헬드라이브
Hell Drive

엽사 판타지 장편소설
FANTASY STORY & ADVENTURE

헬 드라이브 6

초판 1쇄 인쇄 / 2010년 8월 23일
초판 1쇄 발행 / 2010년 9월 1일

지은이 / 엽사

발행인 / 오영배
편집장 / 김경인
편집 / 윤대호, 신동철
펴낸 곳 / (주)삼양출판사 · 드림북스

주소 / 서울특별시 강북구 송천동 322-10호
대표 전화 / 02-980-2112 팩스 / 02-983-0660
편집부 전화 / 02-980-2116 팩스 / 02-983-8201
블로그 / blog.naver.com/dreambookss

등록번호 / 제9-00046호
등록일자 / 1999년 3월 11일

ⓒ 엽사, 2010

값 8,000원

(주)삼양출판사 · 드림북스의 서면 허락 없이는 어떠한
형태나 수단으로도 이 책의 내용을 이용하지 못합니다.

ISBN 978-89-542-3837-3   04810
ISBN 978-89-542-3683-6   (세트)

* 지은이와 협의하에 인지는 생략합니다.
* 잘못된 책은 구입한 곳에서 바꾸어 드립니다.

Hell Drive

헬드라이브 ⑥

엽사 판타지 장편소설
FANTASY STORY & ADVENTURE

dream books
드림북스

Hell Drive
헬드라이브

제1화 오브의 비밀 | 007

제2화 헬리오스 마탑의 위기 | 033

제3화 십흉 | 053

제4화 강적을 피하는 오드만의 비법 | 099

제5화 콜드레인 | 133

제6화 하트 | 173

제7화   **넬, 마계로 떠나다** | **201**

제8화   **람스와 오브의 관계** | **237**

제9화   **헬의 부활** | **277**

제10화   **결말** | **305**

에필로그 | **335**

후기 | **365**

※ 2권 209쪽의 '30년 전'을 '180년'으로 바로잡습니다.

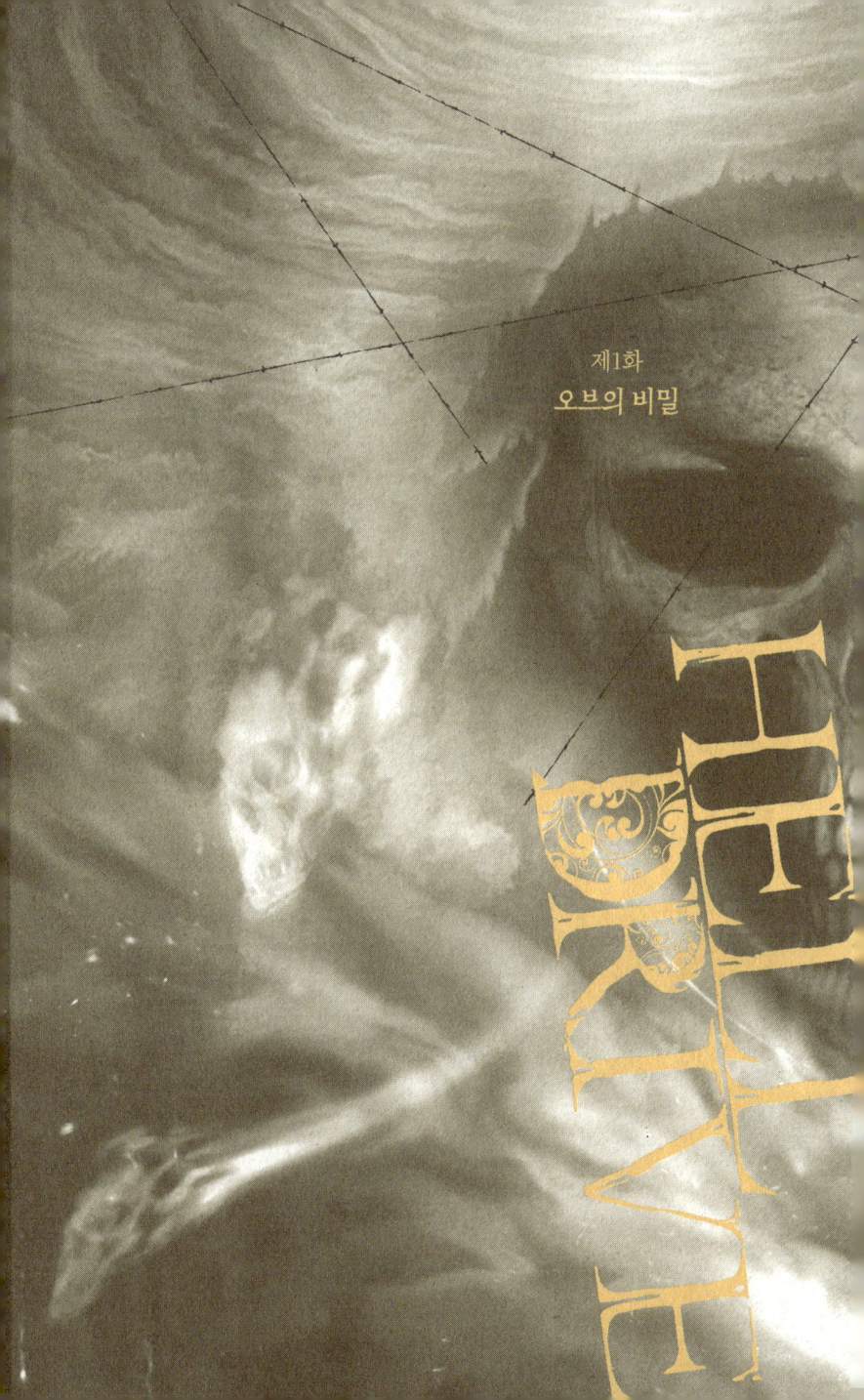

"설마 날 잊은 겐가, 마디오스?"

목걸이에 깃든 영혼, 테디오스가 물었다.

"마디오스?"

람스는 미간을 찌푸렸다.

마디오스라니.

어째선지 익숙한 이름이다. 한데, 누군지는 뚜렷이 기억나지 않는다. 가물가물한 기억. 이상한 것은 마디오스라는 말을 듣자마자 가슴이 두근거린다는 점이다.

어지간한 일에는 평정을 잃지 않던 람스가 이 순간만큼은 격동을 참기가 힘들었다.

그는 눈을 감고 잠시 마음을 추슬렀다.

그 사이 조급증이 난 테디오스가 다시 물었다.

"그 반응…… 설마 기억을 잃은 게냐?"

람스는 미간에 깊은 고랑을 만든 채 고개를 저었다.

"기억을 잃은 적은 없소. 다만 마디오스가 누구인지 모를 뿐."

"뭐야? 마디오스를 몰라?"

테디오스가 버럭 고함을 질렀다.

"그럴 리가. 본인이 스스로에 대해 모른다는 게 말이 돼? 다른 누구도 아닌 마디오스가…… 영생체가 과거를 잃어버리다니."

람스가 불쑥 물었다.

"영생체가 무엇이오?"

"영생체도 몰라? 허허. 설마 본인의 최고 걸작조차도 잊어버렸을 줄이야."

테디오스가 허탈하게 웃었다.

람스는 침묵으로 대답을 대신했다.

"영생체는 존재하는 모든 제약을 뛰어넘은 영혼을 뜻한다. 영원히 쇠하지 않고, 영원히 존재하는 완전무결한 영혼. 하나, 그로인해 오히려 불완전한 존재. 그것이 영생체. 마디오스, 네가 만든 것이지."

테디오스의 설명은 모호했다.

영생체라는 개념 자체가 딱 잘라 말하기 어려운 존재였기 때문이다. 다만 영생체가 불멸의 존재를 뜻하는 말이라는 것만은 분명했다.

람스가 주주에게 고개를 돌렸다.

"이 목걸이는 어디서 난 거지?"

"테디오스요? 회색안개 숲에서 만났어요."

"회색안개 숲?"

"네. 아이언 왕국에 있는 저주받은 숲이라는데…… 이곳에 오기 전에 우연히 그곳을 지나왔어요."

회색안개 숲은 언데드의 숲으로 유명한 곳이다.

절대로 발을 들이지 말아야 할 금지 가운데 하나이기도 하다.

어쩌다 그곳에 진입하게 된 주주와 일행들은 사방에서 밀려드는 스켈레톤과 사력을 다해 싸워야 했다.

"세상에, 스켈레톤들이 얼마나 많던지. 죽여도 죽여도 끊임없이 밀려오는데, 거짓말 하나 안 보태고 강가의 모래알처럼 스켈레톤이 많았어요. 그런데 그 동네 스켈레톤들은 뭔가 좀 이상했어요. 스켈레톤들이 머리에 꽃을 꽂고 다니는 걸 보신 적 있으세요? 없죠? 없으면 말을 마세요. 정말 스켈레톤들이 단체로 미친 것 같았다니까요."

주주가 수다스럽게 첨언했다.

스켈레톤들과 피 말리는 격전을 이어가던 주주와 그녀의 일행들은 어느덧 숲 깊은 곳에 이르게 되었다. 그리고 그곳에서 던전을 발견했다.

"그 던전에서 테디오스를 만났어요. 원래 테디오스는 벽장

시계에 있었는데, 어쩌다보니 그 목걸이에 옮겨간 거예요."

주주의 설명이 끝났다.

람스는 테디오스가 발견된 곳이 회색안개 숲이라는 점에 주목했다.

"회색안개 숲."

일 년 내내 불길한 회색안개로 휩싸인 저주받은 숲.

오래전, 회색안개 숲을 정벌하기 위해 제국이 수만 명에 이르는 대군을 파견한 적이 있었다.

결과는 대패.

제국군은 절반이 넘는 병사를 잃고 도망치듯 숲을 빠져나와야했다. 놀라운 것은 당시 제국군이 엄청난 희생을 치른 곳이 고작 숲의 초입이었다는 점이다.

그 이후 회색안개 숲은 절대의 금지가 되었다.

테디오스는 그 숲의 던전 속에 있었다고 한다.

그 정체가 궁금하지 않을 수 없었다.

"내 정체? 그저 쓸데없이 오래 산 늙은이일 뿐이야."

테디오스는 대수롭지 않게 말했다. 물론 람스는 그의 말을 곧이곧대로 믿지 않았다.

"마디오스는 누구요?"

람스가 다시 물었다.

"누구긴 누구야? 너 자신이지."

"아니. 난 마디오스가 아니오."

그의 이름은 태어난 이후로 줄곧 '람스'였다. 마디오스로 불린 적은 단 한 번도 없다.

"흐음. 마디오스를 모른다고?"

테디오스가 의심스런 목소리로 중얼거렸다.

"그럴 리가. 분명 이 존재감은 마디오스 그 녀석의 것인데. 그런데 정작 본인은 아니라고 하니……. 신혼 첫날밤에 손만 꼭 붙잡고 잤다는 헛소리하고 뭐가 달라? 앞뒤가 안 맞잖아?"

알 수 없는 소리를 중얼거리던 테디오스가 불쑥 물었다.

"마디오스를 모른다고? 그렇다면 넌 어디에서 그 힘을 얻은 게냐?"

람스는 그에게 스승의 오브를 깨트렸던 이야기를 전했다.

"오브? 오브가 뭐지?"

테디오스는 오브에 대해 알지 못했다.

람스가 다시 오브에 대해 설명하자 그제야 뭔가를 알겠다는 듯이 탄성을 흘렸다.

"그렇군. 크리스탈 대신 오브라는 구슬에 힘과 기억을 담은 것이군. 그런데 어째서 크리스탈 대신 오브를 사용했지? 기왕에 마법을 담아둘 것이면 오브보다는 크리스탈에 담아두는 게 훨씬 쉬웠을 텐데. 크리스탈을 구하기 어려웠나? 아니면 크리스탈을 구할 수 없을 정도로 급한 사정이라도 있었던 건가?"

이유가 무엇이건 간에, 이 괴팍한 영혼은 람스와 마디오스의 관계를 대략 눈치챈 모양이었다.

오브의 비밀 13

"그렇구나. 넌 마디오스의 힘을 이은 거였어."

"그 오브에 든 것이 마디오스라는 사람의 힘이었소?"

"네 말이 사실이라면 분명 그럴 것이다. 너의 존재감은 분명 그의 것이니까. 그런데 정말로 마디오스를 모르는 거냐?"

그는 여전히 람스를 마디오스라고 생각했다.

람스가 사용하는 힘은 오브를 통해 이었다고 볼 수도 있다. 하지만 그에게서 풍기는 이 친숙한 느낌은 대체 뭐란 말인가.

"마디오스가 누구요?"

"네 힘의 근원. 스승이 남겼다는 오브 속에 들어가 있는 힘의 주인이지."

설명이 부족했음을 느꼈던지 테디오스가 다시 말했다.

"오래전, 사라진 마도의 마법사가 부활하여 세상에 큰 혼란을 준 적이 있었다."

"180년 전에 벌어진 마도전쟁을 말하는 것이오?"

"180년? 벌써 그렇게 됐나?"

"그러고 보니 마법대전을 일으킨 마도시대의 마법사 이름이……"

"맞아. 마디오스지."

오브에 대한 연구를 하다보면 자연스럽게 접하게 되는 이름, 마디오스.

그제야 람스는 마디오스라는 이름을 어디에서 들었는지 기억해 냈다. 적탑에서 본 오브에 관한 여러 서적들. 그 책들에 마디오스에 관한 내용이 남아있었다.

마디오스의 전적은 화려하다.

부활한 마도시대의 마법사.

백탑을 하늘로 띄우고 수천에 이르는 군대를 세뇌하였으며, 괴이한 괴물들을 만들어내 세상을 혼란에 빠트렸다. 그런데 그런 마왕에 버금가는 인물이 자신과 관련이 있을 줄이야.

'확실히, 오브는 마디오스가 출현한 이후에 발견된 마법 물품이다.'

기록에 따르면 그 이전까지만 해도 오브는 평범한 유리구슬에 불과했다고 한다. 그런데 마법대전이 발발한 이후로 오브에 기이한 힘이 깃들어있다는 사실이 발견되었다.

"그렇다면 오브는 마도시대의 물품이겠군."

"아니야. 오브는 마도시대의 마법과는 관계가 없어. 마도시대의 마법은 크리스탈과 시공간 마법이 주축을 이뤘지. 오브가 뭔지는 모르겠다만 네 설명대로라면 평범한 유리구슬과 다를 바 없을 거야. 아마도 모종의 이유로 크리스탈을 구할 수 없었던 마디오스가 그 대용으로 오브를 사용한 것 같다."

"하지만 문헌엔……."

"문헌? 학자들이 하는 소리라면 믿을 필요 없다. 놈들이 오브에 대해 연구한 게 언제부터지? 뻔하지. 마법대전이 벌어진 이후일 거야. 오브에 이런저런 능력이 숨어있다는 사실이 밝혀진 이후. 그때부터 오브가 가진 능력의 비밀을 밝히기 위해 갖은 이론과 추론을 들먹이며 연구한 걸 테지. 정작 중요한 것은 오브가 마법대전 이후부터 능력을 발현하기 시작했다는 거야. 그 전까지는 그냥 평범한 유리구슬이었고. 이게 가장 중요한 사실이지."

"그렇게 확신하는 근거라도 있소?"

"자네에게서 풀풀 풍기는 마디오스의 냄새! 그리고 저쪽의 친구······. 길쭉한 창을 들고 있는 친구도 그렇군. 저 친구도 오브라는 것에서 힘을 얻었지? 그에게서도 마디오스의 기법이 느껴지는군. 자네와 달리 저쪽은 기법만 이었지만 말이야. 그의 힘은 마디오스와는 관계가 없어. 뭐, 지금은 그마저도 흔적만 남고 거의 사라졌지만."

파에톤. 확실히 그도 오브유저다.

또한 그는 아이볼이 만든 마법진에 오브의 힘을 잃었다.

흔적만 남았다는 건 바로 그 때문이다.

"이젠 내 말을 믿을 수 있겠지?"

"테디오스. 당신의 설명은 마디오스가 평범한 구슬을 마법물품으로 바꿨다는 말인데······. 그런 놀라운 일을 일개 개인이 할 수 있다고 보시오?"

"가능해. 그는 천재였으니까. 마도시대의 천재 크리에이터였지."

"크리에이터?"

"마법을 만드는 사람을 뜻하는 말일세. 그런데 정말 마디오스에 대한 기억은 전혀 남아있지 않는 거냐?"

람스가 고개를 끄덕였다.

"전혀 없소."

"그건…… 아쉬운 일이로구나."

거듭된 부인에도 불구하고 테디오스는 람스를 마디오스로 믿고 있는 눈치였다.

"그런데 녀석은 어째서 오브에 자신의 지식과 능력을 심어 놓은 걸까. 보아하니 자신의 능력뿐만이 아니라 '그것'의 일부도 넣어둔 것 같은데…… 도무지 그 이유를 모르겠군."

당시 마디오스는 리드라고 하는 강적과의 대결을 앞두고 있었다. 결국 그는 그때의 일전에서 리드에게 패해 죽음을 맞았다.

"그렇다면 당시 녀석은 본신의 능력을 절반도 채 발휘하지 못한 셈이 되는군. 어째서 그런 거지? 리드가 그렇게 쉽게 보였나? 아니면 모종의 이유로 뒷일을 도모하기 위해 힘과 기억을 남겨놓은 건가? 알 수 없군. 알 수 없어. 그 친구는 살아서나 죽어서나 여전히 사람을 헷갈리게 만드는군."

테디오스가 알 수 없는 말을 중얼거렸다.

마디오스에 관련된 이야기라 람스는 크게 신경 쓰지 않았다. 그가 궁금하게 생각하는 것은 자신이 보유하고 있는 힘의 기원, 그리고 오브를 남긴 사연이다.

람스가 문득 테디오스에게 물었다.

"그 사람…… 마디오스가 혹시 불을 사용했소?"

그러나 돌아온 테디오스의 대답은 정녕 의외였다.

"불? 전혀 아니다. 그는 검과 마법 모두를 익힌 듀얼마스터였다. 귀신같은 검술에 시공을 마음대로 조절할 수 있었지."

람스는 실망했다.

"그렇다면…… 내가 흡수한 오브는 마디오스와 상관없을지도 모르오."

현재 람스가 사용하는 능력 중 가장 비중이 큰 것을 말하라면 두말 할 것 없이 화염일 것이다. 람스가 흡수한 오브를 마디오스가 남긴 것이라면, 그 역시 화염을 사용했을 것이다.

그가 실망한 기색을 드러내자 테디오스가 다시 설명했다.

"이야기를 끝까지 들어. 마디오스는 분명 검과 마법을 익힌 듀얼마스터. 불은 사용하지 않았다. 하지만 그의 육체는 달랐어. 마지막 순간 그가 사용한 육체는 분명 화염계 능력을 발현할 수 있었지."

"……?"

람스는 혼란을 느꼈다.

마디오스는 불을 사용하지 않았다. 하지만 그가 사용한 육체는 화염계 능력을 보유하고 있었다고?

마치 마디오스라는 사람과 그의 육체가 전혀 별개의 존재라는 소리처럼 들린다.

몸과 영혼은 하나. 그것은 따로 떨어질 수 없는 관계다.

"아니야. 마디오스는 가능해. 그는 영생체였으니까. 모든 제약으로부터 벗어난 영혼. 유령처럼 다른 사람의 몸속에 깃드는 건 너무도 쉬운 일이지."

"당신의 말은 그가 화염의 능력을 가진 누군가에게 빙의했다는 말이오?"

"빙의와는 조금 다르지만, 비슷해. 확실히 그는 화염 능력을 가진 자의 몸을 사용했었다."

"그가 누구요?"

"몰라. 마도시대의 작자이긴 한데⋯⋯. 뭔가 극악한 죄를 짓고 크리스털 감옥에 봉인되어 있었다는 것 말고는 아는 게 없어."

잠시 그에 대해 생각하던 테디오스가 설명을 곁들였다.

"생각해보니 참으로 이상한 녀석이었다. 생긴 것도 인간 같지 않았고⋯⋯. 전신이 피처럼 붉고 은근히 뜨거운 열기를 내뿜는 것이 꼭 지옥에서 막 기어 올라온 악마 같았지."

람스는 테디오스의 말에서 오브에 봉인된 악마의 힘을 떠올렸다. 테디오스의 설명이 사실이라면 다른 오브들에 봉인된 힘은 그 악마와 관련이 있을지도 모른다.

하지만 테디오스도 더 이상 아는 것이 없었다.

무엇보다 그는 오브를 직접 보지 못했다.

"오브라면 내가 가지고 있소."

마침 마탑에 오브 몇 개가 있다.

테디오스에게 그걸 보여주면 무언가 정보를 얻을 수 있을 것이다.

람스는 테디오스에게서 전해들은 정보를 정리했다.

그가 스승에게서 물려받은 오브엔 마디오스의 힘이 깃들어 있었다. 마디오스는 180년 전 마법대전을 일으킨 장본인이다. 어찌된 이유에선지 그는 자신의 힘과 지식, 그리고 그가 마지막으로 사용한 육체가 가지고 있던 화염의 능력을 오브에 봉인했다.

하지만 테디오스를 통해 알게 된 정보는 여기까지가 전부다.

마디오스가 오브를 제작한 이유와 왜 굳이 백 개나 되는 오브를 만들었는지에 대해선 알지 못했다.

람스가 오브에 대해 곰곰히 생각할 때다.

테디오스가 문득 신기한 것을 발견한 아이처럼 탄성을 흘렸다.

"어라? 너, 상당히 좋은 걸 가지고 있잖아?"

"뭐 말이오?"

"팔찌 말이다, 팔찌. 그 팔찌, 어디에서 구했냐?"

람스의 오른 팔에 채워진 팔찌를 말하는 것이었다.

이 팔찌는 사막 부족의 술탄의 의뢰로 주술사들이 심혈을 기울여 제작한 보물이었다.

"주술사들이 만들었다고? 어쩐지……. 마침 잘 됐다. 이 목걸이도 질려가던 참이었는데……."

테디오스는 람스의 허락도 받지 않고 팔찌로 이동했다.

곧 팔찌 안에서 테디오스의 목소리가 들려왔다.

"과연. 훌륭해. 목걸이보다 넓고 편하군."
테디오스는 적이 만족한 눈치였다.
람스는 어이가 없었다.
주인에게 허락도 받지 않고 제 마음대로 팔찌에 들어오다니.
그러나 테디오스는 뻔뻔했다.
"내가 여기 들어가 있다고 해서 손해 보는 것도 없잖아? 남자가 쩨쩨하게 이런 일에 마음 쓰는 거 아니다."
훈계하듯 말한 테디오스는 팔찌 속을 누비며 콧노래를 흥얼거렸다.
'재미있는 사람이군.'
람스는 그가 밉지 않았다.
하는 짓은 엉뚱하고 엉큼하기까지 하지만, 크게 거부감이 생기지 않으니 신기할 노릇이다.
'그는 오브의 비밀을 밝히기 위해서라도 꼭 필요한 사람이니까.'
람스는 당분간 테디오스가 팔찌에 머무르는 걸 허용하기로 했다.
"그만 돌아갈까?"
람스가 주주를 비롯한 동료들에게 말했다.
"네! 스승님!"
주주가 손을 번쩍 들며 기쁨의 환성을 지른다.
마탑으로 돌아가다니.

대체 얼마만인지 모르겠다.

하지만 주주의 귀환은 다시 뒤로 미뤄지게 됐다.

"아훼훼훼훼."

경박한 웃음과 함께 흉측한 무언가가 덤불을 헤치며 모습을 드러냈다.

성인 남성의 두 배쯤 되는 체고.

온몸은 종기 같은 것이 분화구처럼 울퉁불퉁 튀어나왔으며, 아랫배는 항아리처럼 불룩했다. 얼굴은 두꺼비를 닮았고, 카멜레온처럼 툭 튀어나온 눈에, 코는 아예 없고, 입은 칼로 찢은 것처럼 귀밑까지 길게 찢어져 있었다.

괴물이라는 말이 절로 튀어나올 만큼 흉악하고 기괴한 외모였다.

"마족!"

주주는 괴물을 보자마자 그 정체가 마족일거라 짐작했다. 마족 특유의 느낌을 괴물에게서 받았기 때문이다. 헬리오스 마탑의 특별한 수련을 받다보면 누구나 그녀와 같은 감각을 가지게 된다.

혹시 스승님께서 부른 마족일까?

람스는 마계의 마족들을 자유롭게 부릴 수 있었다.

하지만 지금 나타난 마족은 람스와 아무런 관련이 없었다.

언제나 온화하던 람스가 무서운 표정으로 마족을 쏘아보고 있는 것이 그 증거였다.

"넌…… 토드족이군."

토드족. 마계의 북쪽 늪 지역을 지배하는 마족이다.

"토드족의 마말이 다섯 번째 파멸을 뵈옵죠."

마밀이 앞 다리로 땅을 짚고 길고 둥근 허리를 숙이며 예를 보였다. 하지만 배가 땅에 닿을 만큼 허리를 굽혀놓고서도 정작 고개는 빳빳하게 들었다. 큰 눈을 반쯤 가늘게 뜨고 람스를 보는 양이 무척 도전적이었다.

람스가 건조한 음성으로 물었다.

"넌 콜드레인의 수하가 아니냐?"

마말이 히죽 웃었다.

"그렇습죠."

"콜드레인의 수하가 무슨 일로 날 찾아온 거지?"

"아훼훼. 한 가지…… 전해드릴 소식이 있습죠."

마말이 두 눈을 반쯤 뜨고, 입 꼬리를 슬며시 들어 올리며 말을 이었다.

"당신의 마탑, 아니, 당신의 구역이라고 할깝쇼? 메딘산과 그 주변의 땅 말입죠."

마말의 비웃음이 한층 깊어졌다.

"하여간 당신의 구역이라고 할 수 있는 그곳…… 저희가 접수했습죠."

"아!"

주주의 입에서 신음성이 흘러나왔다.

오브의 비밀 23

람스도 잠시 격동하는 모습을 보였다.

그러나 그도 잠시, 평소의 냉정한 표정으로 돌아온 그가 차디찬 음성으로 물었다.

"콜드레인이냐?"

헬리오스 마탑엔 스키머와 디스터가 있다.

그들이 있음에도 당했다는 말은 그보다 더 한 마족이 쳐들어왔다는 의미가 된다. 지금 눈앞에 있는 마말이라는 토드족의 전력으로는 어림도 없는 일. 최소한 콜드레인 정도는 되야 가능한 일이다.

"흘흘. 네, 그렇습죠. 콜드레인 님께서 직접 하셨습죠. 세 번째 파멸님과 네 번째 파멸님도 콜드레인 님과 함께 하셨습죠."

"……!"

람스의 미간이 일그러졌다.

콜드레인과 세 번째, 네 번째 파멸.

마계를 지배하는 파멸이 무려 셋이나 쳐들어온 것이다.

스키머와 디스터가 아무리 강하다 해도 파멸 셋은 무리다. 마말이 불뚝 튀어나온 눈을 희번덕거렸다.

"흘흘. 콜드레인 님께서 말씀하셨습죠. 너의 수하들이 죽는 꼴을 보고 싶지 않으면…… 자살하라고 말입죠. 저에게 당신의 심장을 주면 사로잡은 수하들을 풀어주신다고 하셨습죠."

마말이 끈적거리는 체액으로 번들거리는 팔을 앞으로 내밀었다. 당장 심장을 내놓으라는 듯이.

람스가 무표정한 얼굴로 마말을 쳐다보았다.

"할 말은…… 그 뿐인가?"

"전할 말은 이게 전부입죠. 그런데 심장은……?"

람스가 한마디 한마디 씹어 삼키듯 말했다.

"그렇다면 이번엔 콜드레인에게 내 말을 전하라."

"알겠습죠. 그런데 우선 심장을……."

"내 사람이 한 명이라도 죽거나 다친다면…… 콜드레인, 너와 네놈의 수하들을 단 한 놈도 살려두지 않겠다."

람스의 전신에서 으스스한 살기가 뿜어져 나왔다.

간특한 표정으로 심장을 요구하던 마말이 그 기세에 움찔 놀라 내밀었던 손을 접었다. 가뜩이나 큰 눈이 눈동자가 굴러 떨어질 것처럼 크게 떠졌다.

람스가 마말을 노려보며 말했다.

"전하라. 나의 말을."

하늘이 무너지는 것 같은 압력.

마말은 한겨울도 아닌데 전신을 벌벌 떨었다. 이렇게 엄청난 존재감이라니. 람스가 손가락 하나만 까딱해도 배가 터져버릴 것 같았다.

겁에 질린 마말은 더 이상 심장을 요구하지 못하고 그대로 덤불 속으로 도망치듯 사라졌다.

"스승님……."

주주가 람스의 곁에 섰다.

고향과도 같은 마탑이 마족의 손에 떨어지다니. 사형들은 어떻게 되었을까. 무사할까? 그렇지 않으면…….

람스를 올려다보는 그녀의 두 눈에 슬픔이 가득 고여 있었다.

람스는 그녀의 머리를 쓰다듬어주었다.

"괜찮다."

"정말…… 괜찮겠죠?"

람스는 고개를 끄덕였다. 그러다 진지한 음성으로 말했다.

"상황이 좋지 않구나."

주주는 눈치가 빨랐다.

"전 이곳에서 좋은 소식을 기다릴게요."

함께 가봐야 짐이 될 뿐이다.

람스가 부드러운 미소와 함께 고개를 끄덕였다.

"금방 다녀오마."

람스가 헬게이트를 열었다.

"열려라."

찌거거거걱!

활짝 열린 차원의 균열.

람스는 거침없이 헬게이트 안으로 걸어 들어갔다.

"이, 이건…… 아공간?"

등 뒤에서 들려오는 파에톤의 경악성. 그러나 게이트가 닫히는 소음과 함께 그의 놀란 음성도 묻혀버렸다.

　　　　　　＊　　＊　　＊

 마말은 네크로맨서들이 준비한 텔레포트 게이트를 타고 곧장 네 번째 파멸을 찾아갔다.

 멀리서부터 파멸의 발 앞까지 기어들어가더니, 발 앞에 이르러 다시 한 번 고개를 바닥에 조아렸다. 람스와 달리 이마를 땅에 묻을 듯이 숙이고, 파멸 앞에 등을 훤하게 드러내 보였다.

 완전한 복종의 자세.

 그 자세로 마말은 람스와의 일을 전했다.

 물론 간 크게도 람스에게 심장을 요구했다는 말은 쏙 뺐다.

 그 이야기는 콜드레인이 아닌 마말 스스로가 지어낸 것이기 때문이다. 수하들이 잡혀있다 하면 혹여나 람스가 심장을 바칠 지도 모른다는 생각에서였다.

 아쉽게도 람스는 그의 농간에 걸려들지 않았다.

 "흐흐흐. 다섯 번째 파멸, 놈이 그렇게 말했다고?"

 마말의 이야기를 전해들은 네 번째 파멸이 나직하게 웃었다.

 마치 그럴 줄 알았다는 듯이. 아니, 그렇게 나와야 마땅하다는 듯이.

 "기대되는군. 놈이 흥분해 날뛰면 어떻게 될지. 흐흐흐흐흐."

 네 번째 파멸에게서 풍기는 스산한 죽음의 향기에 마말은 저도 모르게 몸을 떨었다.

 '다섯 번째 파멸의 존재감도 대단하지만…….'

마말은 네 번째 파멸을 흘끔 올려다보았다.

먹이를 노리는 맹수처럼 벽을 등진 채 몸을 웅크리고 앉아 있는 거대한 존재. 그를 슬쩍 보는 것만으로도 마말은 온몸에 소름이 오싹 돋았다.

'놈은 네 번째 파멸님에겐 상대가 안 되겠습죠.'

놀라운 것은 이처럼 놀라운 존재감의 네 번째 파멸이 다른 두 명의 파멸보다 실력이 떨어진다는 점이다.

'이곳에 오면 놈은…… 반드시 죽게 되겠습죠.'

마말은 람스의 죽음을 확신했다.

'기왕이면 처참하게 죽어버리면 좋겠습죠.'

람스의 죽음을 떠올리며 달콤하게 웃은 마말이 떨리는 목소리로 네 번째 파멸에게 말했다.

"보고를 마쳤으니…… 그럼 전 이만 물러가겠습죠."

그런데 물러가 쉬라고 말해줘야 할 네 번째 파멸이 느닷없이 껄껄 웃는 것이 아닌가?

"돌아가? 어떻게 돌아간단 말이냐?"

"네?"

고개를 납죽 엎드린 마말이 눈동자만 가만 위로 올려 떴다. 고르다스의 말이 무슨 뜻인지 이해할 수 없어서다.

고르다스가 실내를 쩌렁쩌렁 울리며 크게 웃었다.

"하하. 넌 아직도 네 몸에 무슨 일이 벌어졌는지 잘 모르는가 보구나."

"……?"

마말은 고개를 갸우뚱했다.

몸이라니? 어디에 이상이라도 생겼단 말인가?

네 번째 파멸의 눈치를 보며 상체를 일으켰다. 아무런 이상이 없다. 특별히 아픈 구석도 없다.

'파멸님께서 장난을 치고 계신 것입죠.'

마말은 파멸의 눈치를 보며 슬그머니 몸을 일으켰다.

'응?'

몸이 일으켜지지가 않았다.

몇 번을 시도해도 그렇다.

이상하게 생각한 마말이 아래를 내려다보았다. 그리고 경악했다.

'다, 다리가!'

그의 다리가 사라지고 없었다.

마치 원래부터 없었던 것처럼.

다리가 있어야 할 곳에 검은 재만 수북이 쌓여있었다.

마말은 너무도 놀란 나머지 비명도 지르지 못했다.

아니, 그보다는 다리가 재로 변했음에도 아픈 곳이 전혀 없어서 이 모든 것이 꿈인 것처럼 느껴졌다.

하지만 하반신이 재로 변한 것은 명백한 현실이었다.

'대체 어느 틈에.'

다시 한 번 자세히 보니 허리 아래쪽에서 검은 불길이 슬금

슬금 그의 몸을 좀먹고 있는 것이 보였다.

"타, 탐욕이라굽쇼!"

마말은 소스라치게 놀랐다.

검은 불길, 탐욕.

람스가 부리는 불 가운데 하나다.

일단 표적에 옮겨 붙으면 전신을 다 태울 때까지 꺼지지 않는다는 기생충과 같은 마계의 불. 대체 어느 틈에 탐욕에게 당했단 말인가.

"흐음. 아무래도 놈은 네 몸으로 의지를 표현한 듯싶구나. 자신의 것을 건드리면 어떻게 되는지 말이야. 서서히 말려죽이겠다? 흐하하. 과연 파멸이라 불릴 만한 놈이로고. 잔인해. 아주 잔인해! 흐하하하하."

네 번째 파멸은 뭐가 그리 재미있는지 껄껄 대소를 터트렸다. 그러나 정작 당사자인 마말은 그렇게 웃을 수 없었다.

"파, 파멸님."

"뭐냐? 살려달라는 말이냐?"

"자, 자비를……"

네 번째 파멸이 몸을 일으켰다. 마말조차 한참이나 올려다봐야 할 정도로 우람했다.

파멸이 마말의 머리에 손을 얹었다. 그리고 밀가루 반죽을 누르듯 마말의 머리를 눌러버렸다.

개구리 알이 터지듯, 마말의 머리가 퍽 하고 터져버렸다.

"자비? 파멸이 무슨 뜻인지 잊은 모양이구나."

손바닥에 끈적끈적하게 묻어나오는 피와 체액을 털어버린 네 번째 파멸이 본래의 자리로 돌아갔다.

"다섯 번째 파멸. 빨리 돌아오는 것이 좋을 것이다. 안 그럼…… 좋은 구경을 놓치게 될 테니까 말이야."

네 번째 파멸이 그늘 아래에 웅크리고 앉은 채 나직하게 웃었다.

제2화
헬리오스 마탑의 위기

찌거걱!

메딘산에서 조금 떨어진 들판. 뇌성과 함께 헬게이트가 열렸다. 그런데 게이트의 모양이 어딘지 모르게 불안했다. 모양이 틀어지고, 당장이라도 부서질 것처럼 흔들렸다.

"여긴……."

불안정한 헬게이트에서 걸어 나온 람스가 주위를 둘러보았다.

헬리오스 마탑이 아니다.

전혀 엉뚱한 장소다.

"열려라."

람스가 다시 헬게이트를 열었다.

드드드!

기묘한 진동과 함께 공간이 출렁였다. 불안정한 모습. 끝내 게이트는 생성되지 않았다.

람스는 곧 그 원인을 찾아냈다.

"시공간이 불안정하다."

독특한 파장이 주변 일대의 뒤흔들고 있었다.

"이건 아이볼이 만들었던 마법진의 파장이 아닌가!"

람스는 마녀들의 숲에서 헬게이트를 사용할 수 없었다. 아이볼이 만든 마법진 때문이었다. 그런데 그때와 똑같은 현상이 이곳에서도 일어나고 있었다.

"그 마법진이 이곳에도 설치되어 있단 소리로군."

헬게이트를 사용할 수 없는 상황.

한가롭게 대응이나 생각할 여유는 없다.

"서둘러야겠군."

람스는 메딘산을 향해 몸을 날렸다.

비록 헬게이트를 사용할 수 없게 되었다 하나, 그의 움직임은 섬전처럼 빨랐다.

* * *

마족들은 흉측하고 사악하다.

단순히 외모나 성품을 이르는 말이 아니다.

그들의 존재 자체가 사악한 기운을 내뿜는다고 해도 과언이 아니다.

마족들의 일부는 전신에서 독을 내뿜고, 또 다른 일부는 생명력을 빨아들인다. 어떤 마족은 용광로처럼 뜨겁고, 또 어떤 마족은 눈에 보이는 모든 것을 짓밟고 부숴버린다.

이러한 존재들이 지나간 자리는 모든 것이 썩어버린다. 식물은 시들고 짐승들은 타락하여 마수나 마물로 변해버린다.

이렇게 마족의 영향으로 지상의 생태가 변해버리는 현상을 마계화라고 부른다.

메딘산 일대는 급속하게 마계화가 진행되고 있었다.

하늘엔 먹구름이 두텁게 깔리고, 지면은 검게 타들어갔다.

그러한 변화는 메딘산 인근의 이스턴 마을에도 영향을 미쳤다.

이스턴은 메딘산에서 가장 가까운 도시.

인구수가 희박한 메딘산에 비해 상업과 광산이 발달하여 거주하는 인구가 제법 되었다.

메딘산을 헤집어 놓은 마족들과 마물들은 자연스럽게 표적을 이스턴으로 돌렸다.

마족들의 능력은 인간과는 비교도 할 수 없을 만큼 대단했다. 도시를 지키던 자경단이 순식간에 허물어지고, 사방에서 불길과 함께 처참한 비명이 메아리처럼 울려 퍼졌다.

마족의 지휘를 받은 검은 마물들이 두려움을 모르는 병정개미들처럼 사방을 휘젓고 다녔다.

살아남은 자경단원은 중앙 광장에 방어진지를 구축하고 마물들을 상대로 처절한 사투를 이어나갔다. 하지만 상황은 최악이었다.

"절대 물러서지 마라. 이곳이 무너지면 모두가 죽는다!"

병사들을 지휘하는 기사가 쉰 목소리로 외쳤다.

이곳은 그야말로 최후의 보루다.

방어선이 무너지면 시민들이 피신해 있는 중앙광장이 마물들에게 노출된다.

굶주린 마물들이 힘없는 시민들을 발견하면 무슨 일이 일어날지 생각만으로도 끔찍하다.

크아앙!

크르르르!

개의 머리에 악어의 비늘, 조류의 발톱을 가진 마물들이 방책에 달려들며 으르렁거렸다. 통나무를 대충 얽어매어 만들어 놓은 방책이 불안하게 흔들렸다.

"죽어라! 마물!"

"뒈져!"

"아악! 내 눈! 내 눈!"

격렬한 전투. 사방에서 터져 나오는 외침과 비명!

사력을 다한 병사들의 공격에 몇 마리의 마물이 피를 쏟으며 쓰러진다. 하지만 그보다 훨씬 더 많은 수의 병사들이 덧없이 죽어가고 있었다.

"더 이상은 무립니다."

겁에 질린 병사가 기사에게 말했다.

"무슨 소리냐! 이곳이 무너지면 모두가 죽는다. 죽을 각오로 지켜! 죽더라도 지켜내!"

기사는 이를 악물었다.

그러나 그의 외침이 채 끝나기도 전, 불안하던 방책의 일부가 허물어졌다.

"으아악!"

"방책이 무너졌다!"

"마, 마물이 들어온다!"

크르르르!

끼끄윽!

마물들이 둑을 허물고 범람하는 홍수처럼 무너진 방책을 넘어 방어선 안쪽으로 쏟아져 들어왔다.

병사들이 이를 악물고 마물들에 맞섰지만, 피해만 늘어날 뿐이었다.

"히, 히익!"

"아악!"

"저, 저리가!"

한쪽이 뚫리니 순식간에 균형이 허물어지며 다른 방책들도 차례로 무너졌다.

"아……. 이것으로 끝이란 말인가!"

기사는 탄식했다.

그때였다.

펑!

폭발음과 함께 무너진 방책 너머에서 화염이 충천했다.

하늘을 삼킬 듯이 치솟은 화염이 무서운 열기를 이글거리며 마물들을 삼켰다.

창칼조차 안 박힐 정도로 단단한 피부를 가진 마물들. 그런 마물들조차 화염 기둥 앞에서는 바싹 마른 낙엽들처럼 활활 타버렸다.

그 한 번의 폭발로 마물 백여 마리가 재가 되어 흩어졌다.

"캥!"

"끄릉!"

마물들의 분위기가 변했다.

조금 전까지만 해도 사람들을 죽이는 데 여념이 없던 괴물들. 어찌된 이유에선지 공포에 떨며 무언가를 피해 달아나려고 애쓰는 기색이 역력했다.

눈앞에 다친 사람이 있음에도 외면하고 멀쩡한 방책에 머리를 들이밀며 끙끙 거렸다.

"감히 나의 땅을 더럽힌 마물들. 한 놈도 놓치지 않으리라."

위엄어린 목소리와 함께 유성이 떨어지듯 한 사람이 나타났다.

람스였다.

나는 듯한 걸음으로 중앙 광장에 모습을 드러낸 그가 분노로 이글거리는 눈으로 주위를 보았다.

피를 흘리며 쓰러진 사람들. 잔인하게 찢겨진 육편. 고막을 후벼 파는 신음성들.

이스턴은 그의 영역이다.

사막 부족의 술탄에게 공식적으로 이곳에 대한 지배권을 인정받았다. 비록 관리 자체는 다른 누군가에게 위임했지만, 실질적으로는 그의 땅, 그의 것이다.

그런 이스턴이 마물들에게 참혹하게 짓밟혀버렸다.

람스의 분노가 극에 달했다.

"모조리 불살라버려라!"

람스가 손을 펼쳤다.

주문도 외우지 않고, 마법진도 그리지 않았다.

그저 달아나는 마물들을 손으로 가리켰을 뿐이다.

화륵!

그의 손끝에서 검은 화염이 일어났다.

작은 불꽃만 한 크기로 일어난 검은 화염이 무서운 속도로 내달리며 달아나는 마물을 덮쳤다.

"캥!"

짧은 비명과 함께 마물이 검은 불길에 휩싸여 죽었다.

화르륵!

마물을 삼킨 검은 불길이 한층 거세졌다.

이동속도마저 빨라졌다. 처음엔 마물보다 조금 빠른 정도였지만 이젠 마물보다 확연히 빠르다.

속도와 위력이 현격하게 높아진 검은 불길이 다음 목표를 향해 미끄러지듯 나아갔다.

"캐캥!"

"캥!"

마물 두 마리가 희생되었다.

화르르륵!

검은 불길의 기세가 다시 한 번 강해졌다.

한껏 기세를 올린 검은 불길이 두 갈래로 갈라지며 마물들을 덮쳤다. 그렇게 검은 불길에 의해 마물들이 한두 마리씩 쓰러졌고, 그와 더불어 검은 불길의 기세 또한 기하급수적으로 강해졌다.

어느새 검은 불길은 성인 남성 크기로 맹렬하게 타오르고 있었으며, 그 수도 물경 백을 넘었다.

검은 불길은 쥐를 잡는 고양이 떼처럼 마을 곳곳을 뒤지며 마물들을 삼키고 다시 세력을 불렸다.

불과 수 분 만에 이스턴을 공포의 도가니로 몰아넣은 마물들이 모조리 퇴치되었다.

놀라운 것은 그 과정에서 인간의 피해는 단 한 건도 없었다는 점이다. 검은 불길은 마치 의지를 가진 생명처럼 오로지 마물들만을 사냥하고 주린 배를 채웠다.

화르르르륵!

마을의 청소를 끝낸 검은 불길이 한데 합쳐지며 해일과 같은 기세로 타올랐다.

"돌아오라!"

람스가 명하자 검은 불길이 바닥으로 착 깔리며 람스의 발밑으로 스며들었다.

압도적인 신위를 선보인 람스의 능력에 사람들은 할 말을 잃었다.

'그 많은 마물을 한번에?'

'마, 맙소사.'

지금 보고 있는 현실이 꿈은 아닌지 의심스럽다.

눈을 비비고 다시 앞을 바라봤지만 현실은 변함이 없었다.

람스가 그림 같은 모습으로 로브자락을 펄럭이고 있었다.

그 모습이 도무지 인간 같지 않아, 누구도 그에게 다가서지 못했다.

"저…… 혹시 헬리오스 마탑주님 아니십니까?"

병사들을 지휘하던 기사가 용기를 내어 말했다.

람스가 그를 돌아보며 고개를 끄덕였다.

"그렇다."

"여, 영주님을 뵙습니다."

기사가 깊숙이 고개를 숙였.

이스턴 마을은 얼마 전 헬리오스 마탑의 소유가 되었다. 관리는 이웃 영지의 영주인 라함이 대신하고 있지만, 실질적인 영주는 람스였다. 기사는 그 사실을 알고 있는 몇 안 되는 관계자 중 하나였다.

"그대는?"

"영주님의 저택을 관리하고 있는 기사 폴헴이라고 합니다. 기억나실지 모르지만 전임 영주님이셨던 지흘님의 기사단장직을 맡고 있었습니다."

람스를 바라보는 폴헴의 두 눈에 존경이 가득했다.

그는 예전에 람스와 브로큰하트의 대결을 두 눈으로 직접 구경한 사람 중 하나였다. 당시 그는 람스의 뛰어난 무력에 한껏 매료되었었다.

그리고 오늘 그는 다시 한 번 놀라고 말았다.

'그때는 실력발휘를 제대로 하지 않으신 것이었군.'

브로큰하트와 싸울 때도 람스의 실력은 놀라웠다.

젊은 나이임에도 전장에서 뼈가 굵은 전사를 상대로 전혀 밀리지 않는 모습에 호감을 느꼈다. 그러나 오늘 보니 당시 람스는 제 실력을 전혀 발휘하지 않았던 모양이다.

마물들을 처리하는 람스의 능력은 인간이라고는 믿을 수 없을 정도로 대단했다.

"폴헴, 다른 곳의 사정도 이곳과 같은가?"

람스가 물었다.

그는 늘 사람들을 대할 때 겸손한 편이다. 그런데 오늘은 행동과 말투에서 위엄이 넘쳤다. 그러나 그 모습에 조금도 거부감이 들지 않았다. 오히려 이쪽이 더 잘 어울린다고 기사는 생각했다.

"메딘산에서 몰려온 마물들은 대부분 이곳 이스턴으로 달려왔습니다. 라함 영지와 인근의 다른 곳으로 샌 마물들도 일부 있긴 합니다만, 그 수는 그리 많지 않습니다. 그곳의 영지군이나 자경단만으로도 충분히 막을 수 있을 것입니다."

람스는 고개를 끄덕였다.

다행히 마물들은 주변으로 그리 많이 퍼지지 않은 모양이다. 이스턴 마을에 큰 피해가 발생하긴 했지만 이 정도면 암울한 상황에 비해 그나마 양호한 편이라고 할 수 있다.

"폴헴, 뒷정리를 맡기겠다."

"걱정 마십시오, 영주님."

폴헴이 숙였던 고개를 다시 들었을 때, 람스는 이미 그 자리에 없었다. 신기루처럼 감쪽같이 사라진 것이다.

"정말 신비한 분이시군."

폴헴은 놀란 눈으로 중얼거렸다.

그러나 그는 곧 람스에 대한 놀람을 털어냈다. 지금은 람스의 등장으로 위기를 넘겼지만, 언제 다시 마물들이 들이닥칠지 모른다.

그는 부상당한 사람들을 치료하고, 파괴된 마을을 복구하는 데 전력을 기울였다.

* * *

 이스턴 마을을 벗어난 람스는 전력을 다해 메딘산 방향으로 달렸다.
 산과 들을 넘는 동안 마물들이 심심치 않게 보였다.
 그때마다 람스는 화염을 쏘아 마물들을 정리했다.
 헬리오스 마탑에 가까워질수록 마물의 수는 점점 많아졌다. 나중엔 숲 전체가 마물로 뒤덮였다.
 '콜드레인 녀석, 이번엔 작심을 했구나.'
 설마 마물들의 수가 이렇게 많을 줄이야. 마계에서 이 많은 마물들을 끌어오려면 큰 희생이 필요했을 것이다.
 람스는 마물들을 그냥 지나칠 수 없었다. 숲에 있는 마물들은 언제고 인근의 마을을 덮칠 수 있다.
 다행히 람스에겐 이런 상황에서 쓸 만한 무기가 있었다.
 "일어나라."
 람스가 손을 떨치자 한 조각의 검은 불길이 일어났다.
 "모두 삼켜라."
 람스가 명하자 검은 불길이 수천 조각으로 쪼개지며 숲 저편으로 사라졌다. 곧 마물들의 비명소리와 함께 검은 연기가 숲 전반을 뒤덮었다.
 이 섬뜩한 검은 불길을 마계에선 탐욕이라 불린다.
 탐욕은 사실 불이라기보다는 불 속성을 가진 마물에 가깝다.

탐욕은 뭐든 닥치는 대로 삼켜서 재로 만든다.
그 과격한 식성은 마왕 다크니스를 닮았다.
적을 태워 힘을 키운다는 성질도 같다.
다만, 그 역량엔 엄연한 한계가 있다.
다크니스의 무한한 증식과는 다르다.
숲 일대를 탐욕에게 맡긴 람스는 탑을 향해 곧장 나아갔다.
멀리 탑의 정상이 어렴풋이 보일 때였다.
"주인님."
멀리서 들려오는 우렁찬 목소리.
고개를 돌려보니 디스터가 쿵쿵 지축을 흔들며 달려오고 있었다.
"디스터!"
람스가 반갑게 그를 맞았다.
"무사했구나."
디스터가 고개를 깊숙이 숙이며 굵은 목소리로 말했다.
"콜드레인의 허약한 마졸들은 주인님의 은총을 받은 저의 상대가 되지 못합니다."
자신감이 충만한 목소리였다.
하지만 말과 달리 그의 전신은 격전의 흔적을 고스란히 보여주고 있었다. 어깨와 등, 그리고 복부에 큰 상처가 있었고, 허벅지엔 부러진 화살이 박혀 있었다. 그 밖에도 자잘한 상처는 셀 수조차 없을 정도로 많았다.

그가 얼마나 힘든 격전을 펼쳤는지 말하지 않아도 익히 짐작할 수 있었다.

디스터는 씩씩하게 웃었다.

"이 정도 상처는 긁힌 축에도 들지 않습니다. 그런데 대강의 상황은 알고 계시온지……."

"콜드레인이 보낸 마족이 날 찾아왔더구나."

"직접 가도 무례할 판에 감히 하급한 마족을 대신 보내다니……."

디스터는 콜드레인이 람스를 업신여겼다며 분통을 터뜨렸다.

람스는 그가 진정하길 기다렸다가 물었다.

"그런데 어딜 그리 급하게 가는 중이었느냐?"

"주인님께 가는 길이었습니다. 헬게이트가 작동을 안 해서……."

스키머와 디스터는 람스의 권능을 빌어 헬게이트를 사용할 수 있었다. 파멸들이 침공해오는 상황에서도 수하들에게 아무런 연락이 없어 이상하다 생각했더니, 바로 이런 이유 때문이었다.

"상황은 어떤가?"

디스터는 현 상황에 대해 굵직한 목소리로 설명을 해갔다. 워낙에 다혈질인지라, 적의 침공 때는 화를 내듯 큰 목소리로 떠들고, 적을 물리치는 공적을 세우는 대목에선 가슴을 두드리며 흥분했다.

"이른 아침, 콜드레인을 비롯한 세 명의 파멸이 수천에 이르는 마족과 마물을 이끌고 쳐들어왔습니다. 저와 스키머는 주인님께 연락을 취하고 마계의 수하들을 불러들이려 했으나, 무슨 이유에선지 헬게이트가 열리지 않아 뜻을 이룰 수 없었습니다."

디스터의 말에 따르면 헬게이트는 이미 그때부터 열리지 않았다고 한다.

"저와 스키머. 그리고 마을 재건에 동원된 어둠의 종자들이 밀려드는 적을 맞아 사력을 다했습니다. 하나, 적은 강하고 수도 많아 역부족이었습니다. 이에 오드만과 스키머가 책략을 꾸며 콜드레인과 세 번째 파멸을 유인하고, 마을 사람들을 대피시켰습니다."

"죽거나 다친 사람은?"

"다행히 조치가 늦지 않아 크게 다친 사람은 없습니다."

"다행이군."

만약 제자들이나 마을 사람들에게서 피해가 발생했다면 그는 분노하여 이성을 잃었을 것이다.

"그럼 지체 말고 가자꾸나."

람스가 몸을 일으켰다.

디스터가 그를 따라 몸을 일으켰다.

람스가 그에게 말했다.

"마침 네게 부탁하고 싶은 것이 있다."

"하명하시옵소서."

"오는 중에 보니 이스턴 마을이 마물들의 습격으로 엉망이 되었더구나. 그들은 또 다른 마족의 습격이 있을지 몰라 전전 긍긍하는 모습이었다. 네가 이스턴 주변을 청소하여 위험을 말끔히 제거하도록 하라."

"하나······."

디스터가 람스를 올려다보며 간절한 표정을 지었다.

그도 람스와 함께 헬리오스 마탑으로 가고 싶은 것이다.

더구나 지금은 헬게이트가 열리지 않아 마계의 수하들조차 부를 수 없는 상황이 아닌가.

오른팔이라고 할 수 있는 자신이 가지 않으면 누가 주인의 힘이 되어준단 말인가.

"걱정하지 말거라."

람스가 나직하게 말했다.

결코 크지 않은 목소리. 하지만 묘하게도 위엄이 넘친다.

그제야 깨달았다.

자신의 주인이 누구인지.

파멸이 셋이나 몰려왔다고 해서 주인이 어떻게 될까? 아니다. 절대 그럴 리 없다. 람스가 누군가에게 패하는 모습은 상상조차 할 수가 없다. 그만큼 강한 인물이다. 람스는.

"명대로 따르겠습니다."

람스가 그의 어깨에 손을 올리며 진중한 목소리로 말했다.

"마을을 부탁하마."

"맡겨주십시오."

디스터의 시원스런 대답을 뒤로한 채, 람스는 마탑을 향해 몸을 날렸다. 산보를 하듯 가볍게 걷는 것 같은데, 어느새 숲 저 편으로 사라지고 없었다.

"부디 뜨거운 분노로 적들을 모조리 불살라버리소서."

람스가 사라진 방향을 잠시 바라보던 디스터가 이스턴 마을 방향으로 뛰어갔다.

* * *

람스는 헬리오스 마탑을 향해 바람처럼 달렸다.

이따금씩 그를 알아보지 못한 마물들이 달려들었다. 그때마다 람스는 탐욕을 뿌리며 주변 청소를 게을리 하지 않았다.

그렇게 울창한 숲과 능선을 넘으니 어느새 헬리오스 마탑에 이르렀다.

"……"

언덕 아래로 보이는 마을의 참담한 모습에 람스는 할 말을 잃었다.

불과 얼마 전에 간신히 복구된 마을이 폐허가 된 모습으로 그를 기다리고 있었다. 가옥들은 모조리 불타고, 아이들의 휴식공간으로 만들어놓은 공원과 놀이터 역시 처참하게 부서진 채 앙상한 골조를 그대로 드러내고 있었다.

무참히 파괴된 마을에 비해 헬리오스 마탑은 비교적 멀쩡했다. 기둥 몇 곳이 무너지고 대리석으로 모양을 낸 바닥이 누군가의 피와 살점으로 엉망이 되긴 했지만, 폐허가 된 마을에 비하면 상태가 지극히 양호했다.

하지만 람스는 헬리오스 마탑의 온전한 모습에 안도할 수 없었다. 너무도 강력한 적이 마탑의 입구에서 그를 기다리고 있었기 때문이다.

"이제 오는군."

람스를 향해 태연하게 웃고 있는 거대한 마족.

그를 본 람스가 이를 갈듯 외쳤다.

"고르다스!"

고르다스.

그는 마계를 지배하는 네 번째 파멸이었다.

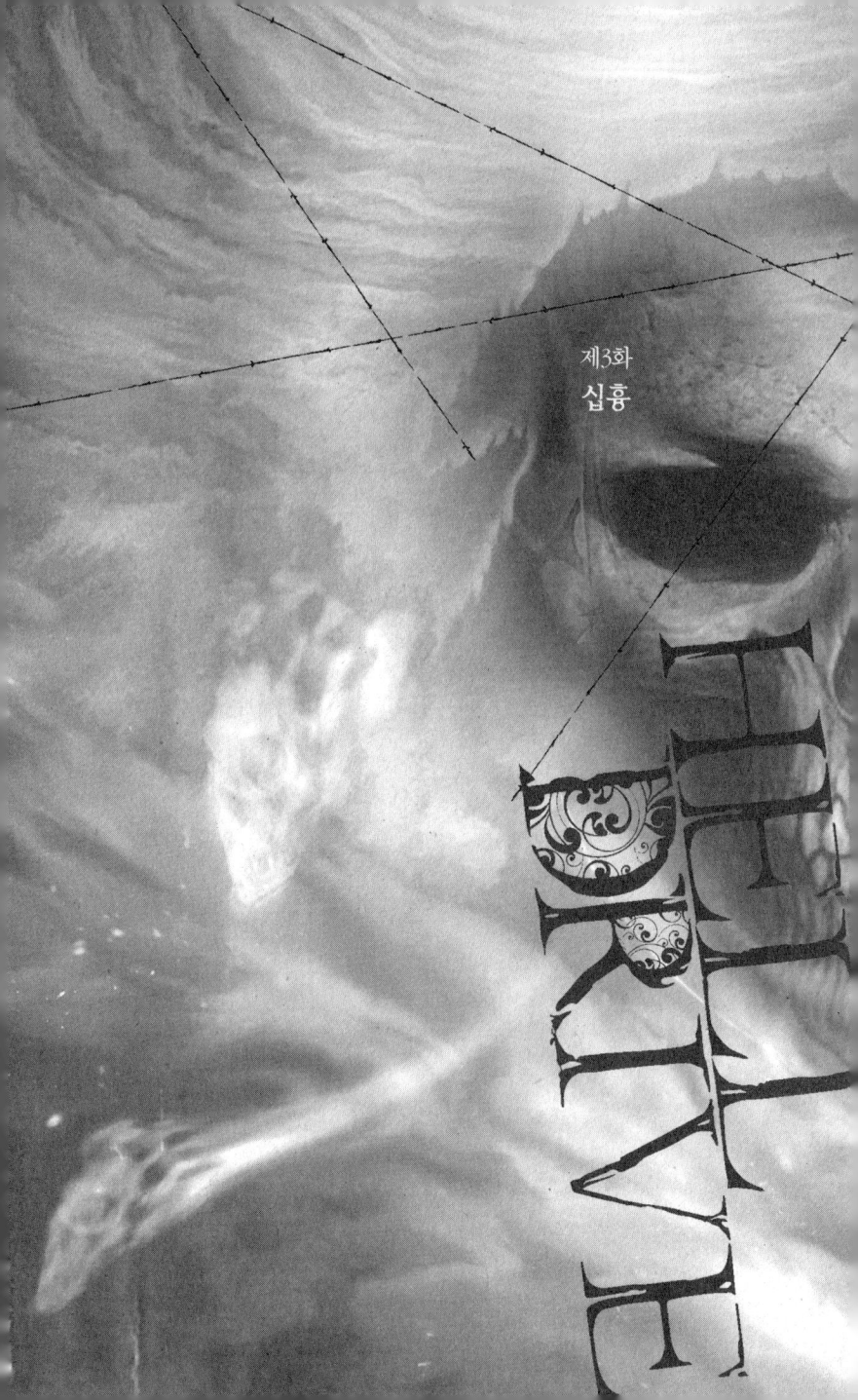

고르다스.

마계를 지배하는 네 번째 파멸.

람스와 더불어 파멸의 일원임과 동시에 마계를 지배하는 절대자 중 하나.

그럼에도 불구하고 람스는 고르다스를 단 한 번도 만나지 못했다. 만나기는커녕 직접 보는 것도 이번이 처음이다.

마계를 지배하는 파멸들은 워낙 방대한 영토를 관리하기 때문에 서로 간에 부딪히는 일이 매우 드물었다. 람스도 스키머와 디스터를 제외하고는 첫 번째 파멸인 콜드레인을 몇 번 본 것이 전부였다.

하지만 람스는 고르다스를 본 순간 그가 누구인지 분명하게 알 수 있었다.

네 번째 파멸, 고르다스.

그에 대한 소문을 귀가 따갑도록 들은 데다, 그가 워낙에 특이하게 생긴 마족이기 때문이다.

고르다스는 전체적으로 황소를 닮은 마족이었다.

신장은 성인 남성 셋을 수직으로 길게 세운 것보다 높고, 굵고 거친 갈색의 털로 뒤덮인 전신은 예리한 보검으로 찔러도 상처 하나 생기지 않을 정도로 단단하다.

그의 두 다리는 소나 말처럼 발굽이 있고, 반대로 두 손은 인간처럼 생겼다. 가슴은 우락부락한 근육에 털이 수북했고, 머리는 소의 그것이었다.

전체적인 생김새는 황소와 인간을 반쯤 뒤섞은 것처럼 생겼는데, 그 모습이 미궁을 지키는 마수, 미노타우르스와 비슷했다. 하지만 모든 면에서 미노타우르스와 같지는 않았다. 결정적인 차이는 뿔이었다.

미노타우르스의 뿔은 양쪽 관자놀이에서 시작해 어깨 위에서 수직으로 꺾여 하늘을 향해 솟아있다. 그에 반해 고르다스의 뿔은 이마 위에서 시작되어 머리카락처럼 머리 뒤쪽으로 둥글게 휘어 뻗어나가다 뒤통수 뒤쪽으로 삐죽 튀어나왔는데, 굵기가 성인 손가락만 한 것이 수천 개나 되어, 자세히 보기 전엔 뿔이 아니라 머리카락으로 착각할 정도였다.

"흐흐흐. 다섯 번째 파멸, 이게 얼마 만인지 모르겠군."

람스를 굽어보던 고르다스가 흥분한 황소처럼 콧김을 뿜어냈다. 람스가 나타난 이후로, 그는 눈에 띄게 흥분한 모습이었다. 당장이라도 달려들어 싸우고 싶은 것을 간신히 참고 있는 듯했다.

람스가 그를 차가운 시선으로 바라보았다.

"고르다스, 그대를 이곳에서 보게 될 줄은 몰랐군."

"흐흐흐. 다섯 번째 파멸, 도망가는 게 그리 쉬운 줄 알았는가?"

"도망?"

람스가 싸늘한 표정으로 대꾸했다.

"내가 그대들이 두려워 마계를 떠난 것이라 생각하는가?"

"그럼, 아니란 말인가? 흐흐흐. 마계의 마족들은 모두가 아는 사실이지. 네가 콜드레인 님을 두려워하고 있다는 것 말이야."

람스가 한숨을 쉬었다.

"콜드레인, 난 그가 두렵지 않다. 단지 그와는……."

"흥! 뻔한 핑계는 집어치워, 다섯 번째 파멸. 파멸이면 파멸답게 인정해라. 콜드레인 님이 두려웠다고 말이야."

람스는 인상을 찡그렸다.

소문대로 고르다스는 멍청하다. 그에게 백날 떠들어봐야 듣지 않을 것이다. 람스는 다른 것에 신경을 기울였다.

"고르다스, 넌 콜드레인을 주인으로 모셨느냐?"

대화 내내 고르다스는 콜드레인을 님이라고 존칭했다.

그가 마계를 떠날 때만해도 고르다스는 콜드레인과 앙숙과도 같은 존재였다.

람스의 질문에 고르다스는 태연하게 대꾸했다.

"콜드레인 님이 아니고서야 그 누가 나를 부릴 수 있을까. 오직 콜드레인 님만이 가능한 권능이다."

"타락했군, 고르다스. 콜드레인의 개가 된 네 모습을 동족들이 본다면 땅을 치고 통탄할 것이다."

"통탄? 흐흐흐. 아니야, 모두들 기뻐하고 있다. 나뿐만이 아니라 모든 미노타우르스들이 이미 콜드레인 님께 복종을 맹세했다. 그분께선 친히 새롭게 열릴 그분의 세상에서 미노타우르스들의 권력과 찬란한 미래를 약속했지."

람스는 그를 비웃었다.

"그 말을 믿는가? 그 냉정한 녀석의 약속을?"

"물론 믿는다."

"미련한 고르다스. 콜드레인은 마음의 가장 밑바닥까지 얼어붙은 자다. 차갑고 사악하지. 그가 마왕이 되면 어떤 일이 벌어질 것 같은가? 강과 바다는 얼어붙고 대지는 끝없는 한파에 시달리게 될 것이다. 영원한 겨울로 변해버린 마계에서 너와 미노타우르스들이 어떻게 살아갈 수 있단 말이냐."

"흥! 그건 너도 마찬가지가 아닌가, 다섯 번째 파멸. 그대가 마왕이 되면 세상은 불바다로 변할 것이다."

"마왕이 된 자는 세상을 마음대로 조정할 수 있다. 그것이 마계의 법칙. 하지만 난 그렇지 않아. 이곳을 보라, 고르다스. 불지옥으로 변해버렸는가?"

"……!"

고르다스가 콧김을 뿜으며 주위를 둘러보았다. 마족들의 침공으로 폐허로 변한 곳이지만, 이곳의 자연은 살아있다. 화염의 군주가 다스리는 곳이라곤 믿어지지 않을 정도로 평화로운 모습이다.

하지만 고르다스는 눈앞의 현실을 믿지 않았다.

"그대는 인간이다. 인간은 사악하고 이기적이지. 이 모든 것이 마족들을 속이기 위한 간교한 수작인지도 몰라. 상황이 변하면 언제든 마음을 바꾸는 것이 인간이다. 다섯 번째 파멸, 난 인간을 믿지 않는다."

"마족은 더더욱 믿을 수 없지. 마족은 태어날 때부터 사악하고 간교한 족속이다."

"닥쳐라, 인간! 하찮은 인간 주제에 감히 마족을 능멸하다니. 이 고르다스, 오늘 널 죽여 마계의 질서를 바로잡겠다."

말로는 해결될 상황이 아니다.

람스의 눈빛이 차가워졌다.

"마계의 질서? 착각하고 있군, 고르다스. 이곳은 마계가 아니라 중간계다."

"흐흐흐. 이곳이 어디건 무슨 상관이냐? 어차피 넌 내 손에 죽게 될 텐데."

"고르다스, 마계와 중간계가 어떻게 다른지 알려주지."

두 파멸이 서로를 마주보며 마력을 끌어올렸다.

막 초유의 격돌이 시작되려는 그때였다.

"잠시만 기다려주십시오, 고르다스 님."

탑 입구에서 회색 로브를 뒤집어 쓴 자가 뛰어나와 고르다스를 말렸다.

"감히!"

고르다스가 눈을 부라리자 그는 급히 고개를 조아렸다.

"고르다스 님. 지금은 흥분하실 때가 아닙니다. 계획을 잊으셨습니까?"

계획이라는 말에 고르다스의 거칠어진 숨이 잔잔해졌다.

"그렇군. 계획이 있었지."

"죽음은 너무도 쉬운 복수입니다. 놈을 좀 더 괴롭히려면 계획대로 하는 것이 좋습니다."

"……"

고르다스는 회색 로브의 사내를 못마땅한 눈으로 쏘아보았다. 그는 체질상 모략이나 음모를 좋아하지 않는다. 아무리 강한 적일지라도 정면으로 부딪쳐서 시원하게 박살내는 편이 좋다. 하지만 콜드레인의 부탁도 있고 하니, 이곳에선 불만스러워도 회색 로브의 말을 따르기로 했다.

무기를 챙긴 고르다스가 람스를 돌아보았다.

"탑 맨 꼭대기에서 기다리마."

그 말을 끝으로 그는 탑 안으로 성큼성큼 걸어 들어갔다.

고르다스의 뒷모습을 지켜보던 람스가 회색 로브를 보았다. 놈은 대체 누군가. 누구기에 폭급한 성격의 고르다스를 몇 마디 말로 진정시킨단 말인가.

"오랜만이군. 날 기억하고 있겠지?"

사내는 람스를 알고 있었다.

그가 회색 로브를 젖히며 얼굴을 드러냈다.

그의 얼굴을 본 람스는 인상을 찡그리지 않을 수 없었다.

사내의 얼굴은 추악했다.

못생겼다는 의미가 아니다. 말 그대로 더럽고 흉악하게 생겼다는 의미다.

사내의 얼굴은 반쯤 썩어 있었다.

녹아내린 볼 살이 턱 아래쪽에 진흙처럼 뭉개져 있고, 코가 있어야 할 자리엔 구멍 두 개만 뻥 뚫려 있었으며, 입술도 사라져서 썩은 치아가 그대로 보였다.

머리에도 몇 가닥 남지 않은 머리카락이 듬성듬성 나 있어 그야말로 걸어 다니는 해골과 같은 몰골이다. 그 몰골을 해서도 죽지 않은 것이 이상할 지경이다.

아니, 사내는 이미 죽은 사람이었다.

한 번 죽었다가 금단의 주술을 이용하여 언데드로 부활했기 때문이다.

스컬킹.

리버스의 수장 중 한 명이며, 람스에게 깊은 원한을 품고 마족들을 중간계로 불러들인 장본인.

"너에게 복수할 이 날을 내가 얼마나 고대했는지 넌 모를 것이다."

스컬킹이 람스를 보며 이를 으드득 갈았다.

"……"

람스는 묵묵히 스컬킹의 말을 듣고만 있었다.

스컬킹의 음산한 목소리가 이어졌다.

"이제 복수의 때가 도래했노라. 네놈을 갈기갈기 찢으리라. 뼛조각 하나 남기지 않고 씹어 삼키겠다."

"……"

람스는 여전히 반응이 없었다.

그 후로도 스컬킹은 람스에 대한 저주와 복수를 다졌다.

한참동안 그의 저주를 묵묵히 듣고만 있던 람스가 어느 순간 불쑥 물었다.

"그런데, 넌 누구냐?"

"……!"

진물이 뚝뚝 흘러내리는 스컬킹의 얼굴이 징그럽게 일그러졌다. 그는 단 한 시도 람스를 잊은 적이 없는데, 정작 람스는 그를 기억조차 하지 못하고 있다.

스컬킹의 입장에서는 람스가 원수였을지 몰라도, 람스의 입장에선 스쳐지나간 사람에 불과하다. 그러한 람스의 태도가 스컬킹을 더욱더 흥분하게 만들었다.

"이, 이…… 씹어 먹어도 시원찮을 놈이!"

스컬킹은 발을 구르며 연신 욕을 뱉었다.

그러고도 분이 풀리지 않아 손에 들고 있는 지팡이를 땅에 내리쳤다. 값비싼 지팡이가 박살났다.

"흐읍, 흐읍. 람스…… 사악한 종자 같으니. 날 기억하지 못한다고? 흐흐흐흐. 내가 그렇게 우습게 보였단 말이지? 으흐흐흐. 그래, 그렇게 마음껏 비웃어라. 하지만 최후에 웃는 사람은 이 몸이 될 테니까."

간신히 마음을 가라앉힌 스컬킹이 마탑을 가리키며 람스에게 외쳤다.

"람스, 이 탑에 네가 소중히 여기는 사람들이 잡혀 있다."

람스를 충동질하기 위한 수작. 과연 람스의 분위기가 사뭇 달라졌다.

스컬킹이 적이 만족한 표정으로 웃었다.

"흐흐흐. 그들의 상황은…… 흐흐흐. 짐작하고 있겠지만 그리 좋지 못하지. 내 생각보다 마족들은 잔인하고 흉포하더군. 인정이라곤 없어. 아이고 어른이고 가리지 않고 찢고 뜯고 발기고……."

그는 소름이 끼친다는 듯 몸을 부르르 떠는 연기를 했다. 그러면서도 람스의 반응을 슬며시 살폈다.

람스는 처음과 다름없이 서 있었지만, 그의 표정은 더 할 수 없이 차갑게 굳어있었다. 당장이라도 폭발할 것만 같은 기세.

"아마도 그들은 애타게 널 찾고 있을 거야. 어쩌면 원망하고 있을지도 모르지. 결국 너 때문에 이렇게 된 것이니까 말이야."

스컬킹은 마탑의 입구를 향해 조심스럽게 뒷걸음질 쳤다. 그러면서도 잔인함이 뚝뚝 묻어나는 음성으로 람스를 유인하는 것을 잊지 않았다.

"람스, 헬리오스 마탑주. 아니, 마계의 다섯 번째 파멸. 죽어가는 그들을 살리고 싶다면 이곳으로 오거라. 물론 이 안엔 그대를 위한 함정이 준비되어 있지. 그래도 넌 이곳을 찾아와야 해. 왜냐고? 그렇지 않으면 모두가 죽게 될 테니까 말이야."

스컬킹이 마탑의 정문 안으로 완전히 들어갔다.

람스를 향해 히죽 웃으며 크게 소리쳤다.

"널 위한 지옥의 만찬이 준비되어 있다. 람스! 이곳에 들어와 죽어라. 크하하하하하!"

스컬킹의 웃음소리와 함께 마탑의 정문이 요란한 소음과 함께 닫혔다.

* * *

스컬킹이 마탑 안으로 사라졌다.

뻔한 함정이다.

층층마다 함정과 강적들이 그를 죽이려 기다리고 있을 것이다. 그런 사정을 뻔히 알고 있으면서도 람스는 적의 함정 속으로 들어가야만 한다.

 마족의 관점에서 보면 어리석은 행동이다.

 일단 헬게이트를 사용할 수 있는 곳까지 물러나 수하들을 잔뜩 불러들여 뒷일을 도모해야 한다.

 하지만 람스는 그러지 않았다.

 성큼성큼. 스컬킹이 파 놓은 함정 속으로 걸음을 옮겼다. 무모한 것일까, 아니면 자신감일까.

 한 가지 분명한 것은 마탑 안으로 들어가는 것도 쉽지 않을 것이라는 점이었다.

 어느 틈엔가 흉악한 마족과 마물들이 마탑의 안마당을 가득 메우고 있다. 천하의 파멸을 앞에 두고도 이를 드러내며 적의를 보인다.

 정상적인 상태에서는 절대로 있을 수 없는 일.

 람스를 멀리서 본 것만으로도 꼬리를 말고 달아났어야 한다.

 '금제를 당했군.'

 슬금슬금 모습을 드러내는 마족들과 마물들의 눈동자가 하나같이 멀겋게 풀려있다.

 '감각을 차단하는 약물? 공포를 잊게 만드는 마법? 환상?'

 어떤 것이든 지금 이곳에 몰려든 마족들은 람스를 두려워하지 않고 있다.

람스의 힘을 빼놓기 위해 누군가 모종의 작업을 한 것이다.

'수가 많군.'

몰려든 마족의 수는 대략 3백. 마물은 수를 셀 수조차 없을 만큼 많다. 적어도 만 마리는 넘을 것 같다. 종류도 다양해서, 고슴도치처럼 온몸에 가시가 돋아난 녀석부터 진흙 괴물까지, 생김새와 크기도 다들 제각각이다.

"크르르르."

"우그그그그!"

람스의 주위를 어슬렁거리며 으르렁대던 마물들이 어느 순간 쏜살같이 몸을 날렸다. 악어와 들개를 합해놓은 듯한 모양의 괴물이었다.

람스는 가볍게 손을 내저어 마물을 재로 만들었다.

압도적인 힘. 상대가 되지 않는다는 것을 알면 물러날 법도 한데 마물들은 오히려 적의를 고취시켰다. 오히려 한 마리가 죽자 분위기가 급격히 달아오르며 무섭게 일어난 파도처럼 람스에게 달려들었다.

새카맣게 달려든 마물들로 인해 람스의 모습이 사라졌다.

"하찮은 것들이……."

람스가 분노를 터트렸다.

퍼엉!

그의 전신에서 화염이 솟구쳤다.

게걸스럽게 달려들던 마물 수십 마리가 일순간에 재가 되어 흩날렸다. 마물들은 죽음을 두려워하지 않았다. 불에 달려드는 부나방처럼 몸을 날렸다. 마족들도 독과 마법을 사용하여 람스를 공격하려 들었다.

람스는 오로지 앞만 바라보고 걸었다.

기이하게도 그가 걸음을 옮길 때마다 발밑이 요란한 소음과 함께 움푹 움푹 꺼지는 것이었다. 더불어 그의 전신에서 후끈한 열기가 뿜어져 나오기 시작했다. 처음 그 열기는 단순히 뜨겁다 하는 정도였지만, 곧 상상할 수도 없을 만큼 달아올랐다.

화아아악!

어느새 람스의 전신이 벌건 불길에 휘감겼다.

불길의 뜨거움은 상상을 불허할 정도. 닿는 것은 철이건 돌이건 마물의 딱딱한 피부이건 간에 순식간에 녹아내리며 땅 위를 냇물처럼 흘렀다.

마물들은 여전히 죽음을 향해 달려드는 부나방처럼 람스의 앞을 가로막았다. 불길에 먹히는 마물의 수가 많아질수록 람스를 휘감은 화염의 위력도 강해졌다. 마치 땔감을 넣은 모닥불처럼 활활 타올랐다.

그리하여 람스가 헬리오스 마탑의 정문에 당도했을 무렵엔 그의 화염이 하늘을 삼킬 듯이 타오르고 있었다. 마탑의 기둥들이 지글지글 녹아내리더니 용암처럼 바닥에 흘렀다.

그리고 더는 람스의 앞을 가로막는 마물은 보이지 않았다.

람스가 마탑의 앞마당에서 현관까지 걸어오는 동안 그 많은 마족과 마물들이 모조리 전멸한 것이다.

화르륵!

마족들을 모조리 삼킨 화염은 만족한 듯이 최후의 불꽃을 화려하게 일으키며 람스의 발아래로 사라졌다.

끼익.

람스가 현관문을 밀었다.

어둠이 문 안쪽을 어슬렁거리고 있었다.

람스는 잠시의 머뭇거림도 없이 암흑의 아가리 속으로 걸어 들어갔다.

　　　　　*　　*　　*

탑의 내부는 무척 어두웠다.

괴괴한 어둠이 사방에 걸려있었다.

끈끈한 점액질의 용액처럼 어둠이 전신에 달라붙는다.

창. 마탑엔 분명 창이 많았다. 해가 어느 곳에 있어도 내부로 햇살이 들어올 수 있도록 설계되어 있다.

아직 해가 남았다. 탑에 들어오기 직전까지만 해도 붉은 노을이 폐허가 된 마을을 핏빛으로 물들이고 있었다.

설계대로라면…… 그리고 람스가 기억하는 대로라면, 불그스레한 양광이 서쪽 창문을 통해 비스듬히 들어와야 한다. 그러나 탑의 내부 그 어디에도 노을의 흔적은 보이지 않았다.

온 세상이 검고 어둡다.

손끝마저 보이지 않는 심연.

마법, 비틀려진 힘으로 빛을 차단한 것이다.

'마계화되었군.'

적어도 이 탑 안에서는 마족들이 힘의 제한을 받지 않을 것이다.

분명 이곳은 헬리오스 마탑.

내 땅, 나의 것인데…….

지금은 낯설기만 하다.

저벅저벅.

람스가 어둠 속으로 걸어 들어갔다.

어둠의 저편, 몇 개의 그림자가 그를 기다리고 있었다.

"어서 오시오, 다섯 번째 파멸."

마족들의 어둠의 끝자락에서 그를 기다리고 있었다.

모두 열 명.

하나같이 괴이한 외모. 하지만 기묘하게도 그들 모두가 람스를 향해 삭막한 미소를 보내고 있다.

람스가 무심한 얼굴로 물었다.

"층층마다 이런 식으로 날 기다리고 있는 건가?"

"걱정 마시오. 당신의 여행은 이곳에서 끝날 테니 말이오."

람스는 대답을 한 마족을 바라봤다.

몸의 왼쪽이 화상 자국으로 얼룩진 마족이다.

어쩐지 눈에 익다.

"기억하고 있소? 이 상처, 당신에게 당한 것인데……."

람스가 고개를 끄덕였다.

기억난다.

마계에 떨어진 지 3년째 되던 때였을 것이다.

마할라.

놈의 이름이다.

우다마라 불리는 지역의 패자.

그곳에서 왕 노릇을 하던 마족.

놈과 충돌했다. 계기는 단순했다.

마할라는 인간을 사냥하는 취미를 가지고 있었고, 유감스럽게도 람스는 인간이었다.

인간 사냥.

인간을 사냥하는 마족들의 유흥.

람스의 존재를 알게 된 마할라는 수하들에게 인간 사냥을 지시했다. 그의 피를 마시고, 살을 구워먹고, 머리를 벽에 장식하고 싶어 했다.

마할라의 수하들이 독기 품은 사냥개처럼 람스의 뒤를 쫓았다.

그러나 마할라의 수하들은 불과 하루 만에 한 줌의 재가 되어 돌아왔다.

재가 된 수하들을 가지고 온 것은 다름 아닌 람스였다.

"인간 주제에 제법이군."

마할라는 람스가 마음에 들었다.

이 능력, 이 배포.

"내 친히 너의 가죽을 벗겨 내 거실 바닥을 장식하겠다. 약속하지. 백년이 지나도 너의 가죽을 다른 것으로 교체하지 않겠다."

그로서는 꽤나 선심을 쓴 발언이었다.

람스는 당연하다는 듯이 화를 냈다.

마할라는 흥미로운 표정으로 그를 보았다.

인간 사냥에 동원된 수하들이 모조리 당했건만, 그는 조금도 긴장하지 않았다.

마계는 강자들만의 세상.

높은 지위에 올랐다는 것은 그만큼 강하다는 의미다.

그와 수하들의 실력은 하늘과 땅만큼이나 큰 격차가 존재했다.

"그럼, 인간 사냥을 계속해 볼까?"

마할라가 무기를 들었다.

둘의 대결은 대단했다.

람스도 강했지만, 마할라도 강했다.

그 당시의 마할라는 사실 마계의 여섯 파멸을 제외하면 대적할 자가 많지 않은 마계의 절대자 중의 한 명이었다.

피 말리는 싸움이 삼 일 밤낮 동안 이어졌다.

그리고 그 긴 싸움의 끝자락에서, 람스는 마할라의 몸과 얼굴에 지울 수 없는 낙인을 새겨놓았다.

"그때의 상처, 지금도 불을 보면 이곳이 욱신거린다오."

마할라가 벌겋게 속살을 드러낸 얼굴 반쪽을 만지며 말했다. 람스를 보는 그의 두 눈에 원한이 가득했다.

"아쉽군."

람스가 중얼거리듯 말했다.

"그때 완전히 지워버리는 건데."

"흐흐. 그랬어야만 했소, 다섯 번째 파멸. 그랬다면 당신이 오늘 이 자리에서 죽을 일은 없었을 테니까 말이오."

마할라는 자신이 있었다.

지금 그의 힘은 과거와는 비교도 할 수 없을 만큼 강하다.

또한 이곳에 모인 마족 모두가 그와 비등한 힘을 가졌다.

마계를 지배하는 여섯 파멸이 사라지면 당장 그 자리를 차지할 수 있는 역량을 지닌 자들.

그들 열 명을 일컬어 마족들은 십흉이라 불렀다.

새롭게 떠오르는 마계의 별인 셈이다.

"오랜만의 재회임에도 슬픈 소식을 알리게 되어 유감이오, 다섯 번째 파멸. 당신은 오늘 이곳에서 죽게 될 것이오. 그리고 파멸 중 다섯 번째 자리는 앞으로 영원히 공석이 될 것이오."

마할라의 말에 다른 마족들이 킥킥 대고 웃었다.

람스는 웃지 않았다.

그는 조용히 앞으로 나가 자세를 잡았다.

"언제까지 수다만 떨 셈인가?"

마할라가 붉은 이를 드러내며 웃었다.

"스스로 명을 재촉하다니…… 참으로 훌륭한 인품이시오."

* * *

"내가 먼저 하지."

십흉 중 한 명이 묵직한 음성으로 말했다.

그는 육중한 덩치의 괴물이었는데, 터질 듯한 근육과 얼굴 한 중간에 우뚝 솟은 날카로운 뿔이 인상적이었다.

십흉 중 네 번째.

사흉.

"간다, 파멸!"

사흉이 두 주먹을 가슴 앞에서 부딪히며 우렁차게 외치더니 성난 코뿔소처럼 람스에게 달려들었다.

쿵쿵쿵!

걸음을 옮길 때마다 지축이 흔들리고 천장에서 먼지가 우수수 떨어졌다.

여태 침묵하던 테디오스가 그 소란에 깨어난 듯 조잘조잘 떠들었다.

"무식한 들짐승 같은 놈이군. 그나저나 네가 화염을 다루는 걸 알면서도 저렇게 자신 있게 나선 걸 보면 뭔가 대비책이 있는 모양이구나."

그의 말대로, 사흉에겐 람스의 화염을 견제할 대비책이 있었다.

"죽어라!"

사흉이 람스를 향해 주먹을 내리쳤다.

부웅!

주먹에서 일어난 파공음이 폭풍처럼 거세다.

람스가 가볍게 피하며 사흉의 옆구리를 툭 하고 쳤다.

사흉이 피식 웃었다.

"흐흐흐. 이게 공격이냐? 간지럽지도……."

그의 말이 채 끝나기도 전,

와르르!

뭔가 묵직한 것이 물과 함께 쏟아져 내리는 소리가 들려왔다.

뒤이어 온몸을 쪼그라들게 만드는 극심한 통증.

고개를 내려 아래를 보았다.

옆구리의 살이 한 움큼이나 뜯겨져 있었다.

그곳을 통해 배 속에 든 것이 바닥으로 쏟아졌다.

'손으로?'

맙소사. 지금 손으로 옆구리를 뜯어냈단 말인가?

무쇠보다도 단단한 자신의 몸을?

"어어!"

사흉이 놀란 소리를 내며 두터운 손으로 상처부위를 감쌌다.

람스가 숙여진 사흉의 머리를 움켜잡았다.

마치 사흉이 람스에게 고개를 조아리고, 람스가 그의 머리를 쓰다듬어 주고 있는 듯한 모습이었다.

"우선 하나."

드드득!

사흉의 머리가 목 뒤로 넘어갔다.

"끄륵!"

사흉이 피거품을 물며 쓰러졌다.

한동안 팔다리를 버둥거리더니 곧 전신을 축 늘어뜨렸다.

사흉, 십흉 중 하나가 허무하게 죽었다.

"으음."

"음."

십흉, 아니, 이제 한 명이 죽어 구흉이라고 불러야 할 마족들에게서 답답한 신음성이 흘러나왔다.

사흉이 이렇게 당할 줄이야.

'사흉은 화염에 내성이 있어서 놈을 압박할 수 있을 줄 알았더니.'

사흉은 용암에서 활동하는 볼칸족 출신이다.

볼칸족, 그 중에서도 가장 뜨거운 곳에서 태어난 마족이 바로 사흉이다.

화염에 대한 그의 내성이 얼마나 대단한지 부글부글 끓는 용암 속에서도 한가롭게 수영을 즐길 수 있을 정도다.

그러한 사흉이었던만큼 화염의 군주라 불리는 람스에 대한 두려움이 전혀 없었다.

화염의 군주? 흥, 그까짓 화염, 내 피부조차 태우지 못할 걸?

사흉은 자신했다.

하지만 그는 람스의 화염을 구경조차 못했다.

'불칸족이 힘으로 밀리다니.'

불칸족은 용암에 대한 내성과 함께 힘 또한 마계에서 첫손에 꼽힐 정도로 대단한 종족이다. 피부도 금강석처럼 단단하여 어지간한 물리공격에는 흔적조차 생기지 않는다.

그런 불칸을 힘으로 제압했다. 오래된 벌집을 부수듯 간단하게 옆구리를 뜯어냈다.

제아무리 피부가 단단한 볼칸족이라고 해도 뚜껑 따듯 거죽을 뜯어내고 배 속에 든 것을 끄집어내면 견딜 재간이 없는 법이다.

'화염만이 아니란 말인가?'

'과연 파멸.'

'쉽게 볼 상대가 아니었군.'

상대를 경시하던 마음이 싹 가셨다.

람스가 십흉을 향해 성큼성큼 걸음을 옮겼다.

무표정한 얼굴.

십흉은 무표정한 얼굴에서 참을 수 없는 모욕과 분노를 느꼈다.

"우릴 무시하는 거냐!"
"이놈!"
십흉이 노호성을 터트렸다.
"쟤들, 화가 난 것 같은데?"
테디오스가 낄낄 대며 웃었다.
그는 마족들이 분통을 터트리는 모양이 무척 즐거운 듯 했다.
하지만 정작 상황은 그렇게 한가롭지 못했다.
십흉은 마계의 2인자라 불릴 만한 존재들.
그 능력 또한 결코 파멸에 못지않았다.
"암흑!"
스스스스.
염소 머리의 이흉이 능력을 발휘하자 검은 안개가 실내를 가득 뒤덮었다.
오흉이 독을 뿌리고, 삼흉이 긴 날개를 요란스럽게 흔들며 고주파를 날렸다. 육흉이 전신의 비늘을 송곳처럼 일으키며 달려들고, 팔흉이 파리한 입술로 죽은 자들을 소환했다. 칠흉과 구흉, 그리고 십흉 역시 각기 독특한 능력으로 람스를 위협했다.
그리고 일흉, 마할라 역시 양 팔의 팔꿈치에 이식된 칼날을 뽑아들었다.
"죽여주마."
십흉 모두가 람스에게 달려들었다.

　　　　　*　　*　　*

"콜드레인 님."

바할의 음성에 콜드레인이 무심한 목소리로 대꾸했다.

"왜?"

"십흉 말입니다. 녀석들이 다섯 번째 파멸 놈을 처리하면 곤란해 지지 않을까요?"

콜드레인이 따분한 표정으로 바할을 보며 물었다.

"뭐가 곤란해진단 말이냐?"

"놈들은 스스로 파멸에 버금가는 존재들이라고 생각하고 있습니다. 명성을 얻지 못해 안달이죠. 그런 녀석들이 다섯 번째 파멸을 죽이게 된다면……."

"명성을 등에 업고 날 위협하는 존재로 클지도 모른다?"

"감히 놈들이 주인님을 위협할 수 있을 거라고 생각하지는 않습니다. 다만 장차 귀찮은 문제를 일으킬 소지가 다분하다고 봅니다."

"하하하. 지나친 걱정이야, 바할."

"하오나……."

"십흉이라……. 놈들이 다섯 번째 파멸을 이길 수 있을 것 같아?"

"그들은 결코 약하지 않습니다. 그런 자들이 열이나 모여 있습니다. 제아무리 다섯 번째 파멸이라 해도 인간인 이상……."

"아니야, 바할."

콜드레인이 고개를 저었다.

"십흉은 절대로 그를 이기지 못한다."

"……?"

바할은 콜드레인을 가만 바라보았다.

어째서 주인은 람스의 승리를 점치는 걸까.

이해할 수 없는 일이다.

람스가 강하다는 건 알고 있다. 하지만 그가 인간인 이상 분명한 한계가 있다.

마력의 제한.

재생력조차 없는 부실한 육체.

인정에 쏠리는 마음.

인간은 너무도 빈약한 존재다.

허점도 많고 육체도 허술하다.

그에 반해 십흉은 철저한 마계의 족속들.

잔인하고 냉정하다.

승리를 위해서는 파렴치한 짓도 서슴지 않는다.

그들의 능력 역시 결코 화염의 군주에 뒤떨어지지 않는다.

그런데 어째서…….

의문을 떠올리는 바할의 귀에 콜드레인의 혼잣말이 들려왔다.

"놈이 인간이라고? 하하. 정말로 그랬으면 얼마나 좋겠는

가. 그렇다면 이렇게 구차한 방법을 동원할 필요조차 없었을 테니 말이야."

차갑게 웃은 콜드레인이 하늘을 올려다보았다.

검붉은 장막이 그의 머리 위를 가리고 있었지만, 그는 그 너머의 하늘을 볼 수 있었다.

이지러진 조각달이 뿌연 밤하늘을 외롭게 달구고 있었다.

"녀석. 지금 어떤 표정을 짓고 있을 지 궁금하군."

콜드레인이 새하얀 미소를 떠올렸다.

* * *

캉!

쉿소리와 함께 검은 비늘로 둘러싸인 어깨가 뭉개졌다.

"크헉!"

육흉은 헛바람을 삼켰다.

놀람과 고통의 흔적이 그 헛바람 속에 녹아 있었다.

그의 비늘은 모든 종류의 물리력을 막아낼 수 있는 절대의 방패다. 어깨에서 시작해서 팔과 등을 타고 꼬리까지 이어지는 검은 비늘은 블랙리자드족의 긍지이자 자랑이다.

그 긍지가 허무하게 부서졌다.

람스가 가볍게 휘두른 주먹에.

"가장 강한 방패라고?"

람스가 냉소했다.

까드드득!

 독수리의 발톱처럼 구부러진 손이 육흉의 등을 훑었다. 귀따가운 소음과 함께 검은 비늘이 후두둑 뜯겨져 나갔다. 육흉의 등을 파고든 람스의 손가락은 늑골 사이에 걸쳐 척추를 뜯어냈다.

"크아악!"

 척추를 뽑아내는 고통에 비하면 생살이 찢겨지는 것은 아무것도 아니었다. 무지막지한 고통에 육흉이 온몸을 부들부들 떨었다.

"이놈!"

좌악!

 구흉이 채찍을 휘둘렀다. 그는 두 자루의 채찍을 자유자재로 휘둘렀는데, 그 채찍 자체가 아포피스라는 마계의 뱀이었다.

 아포피스는 따뜻한 곳을 좋아한다. 특히 인간과 마물의 몸을 좋아해서, 살을 파고들어 온 몸을 헤집어 놓는다.

촤르르르르!

 아포피스가 람스의 팔과 다리를 감쌌다. 똬리를 틀듯 몸을 타고 올라 람스의 머리 위에서 날카로운 이빨을 드러냈다.

쏴아!

 아포피스가 람스의 눈에 달려들었다. 눈알을 파먹고 몸속으로 들어가려 했다.

이때, 람스는 팔흉이 부리는 유령들을 상대하고 있었다. 허깨비처럼 일어난 유령들이 람스의 팔다리에 매달리며 그의 생기를 빨아들였다.

람스는 눈으로 파고들려하는 아포피스 두 마리를 양손으로 거머쥐었다. 마력을 일으키자 손에서 불길이 일어났다.

찌르륵!

손아귀에 잡힌 아포피스들이 귀 따가운 비명을 질렀다. 람스가 불길을 키우자 더는 버티지 못하고 펑 하는 소리와 함께 폭발했다.

"내, 내 아포피스가!"

구흉이 경악성을 터트렸다.

그 사이, 불길로 유령들을 흩어놓은 람스가 구흉을 향해 주먹을 휘둘렀다. 뜨거운 불덩어리가 구흉의 아랫배에 틀어박혔다.

펑!

몸속에서 작은 폭발이 일어났다.

"끄억!"

구흉이 허리를 기역자로 꺾으며 쓰러졌다. 왁 하고 핏물을 토했다. 피와 함께 꿈틀거리는 내장덩이들이 와르르 쏟아졌다.

람스는 구부러진 구흉의 등을 밟고 허공으로 도약했다.

삼흉이 커다란 날개를 펄럭이며 람스를 향해 막 쇄도하려 자세를 잡고 있었다.

람스가 천장에 거꾸로 선 채 삼흉을 내려다봤다. 갑자기 목표가 머리 위로 이동하자 삼흉은 당황했다. 그는 하늘의 제왕이다. 언제나 그의 적은 발아래를 기어 다녔다. 지금처럼 자신의 머리 위에서 적을 맞아본 경험은 전무했다.

람스가 천장을 박차며 무릎으로 삼흉의 등을 찍었다.

펑!

무릎으로 찍은 부위에 불길이 확하고 일었다.

척추가 부서지고, 피부와 근육이 모조리 익었다. 파골의 아픔과 살이 익는 작열통에, 삼흉은 비명을 지르며 바닥으로 추락했다.

람스가 쓰러진 그의 등을 밟고 두 손으로 검은 날개를 움켜쥐었다. 그러곤 옷자락을 찢어발기듯 거침없이 날개를 뜯어냈다.

우지직! 쫘악!

"끄아아아악!"

삼흉이 피를 토하며 괴로워했다.

그의 날개는 그를 십흉의 하나로 올려놓은 최고의 무기이자 위엄의 상징이다. 그런 날개가 찢겨졌다. 이제 그는 평소 하찮게 여기던 다른 마족들처럼 바닥을 기어 다니는 신세로 전락하고야 말았다.

람스가 삼흉의 권위를 짓이겨놓았을 때,

"끄워어어어!"

호곡성과 함께 유령들이 꿀을 본 벌처럼 날아들었다.

팔흉이 부리는 유령들이었다.

"내 마령들에게 체액을 바쳐라!"

팔흉이 부리는 유령들을 달리 마령이라 부르는데, 살아있는 생명체의 생명력을 빨아먹는 게 특기였다.

마령들은 육체가 없다.

유령이니 당연한 일이다.

그러나 마령은 유령 중에서도 특별한 존재다.

팔흉은 특별한 방법으로 마령들을 만들어냈는데, 이 때문에 마령들은 마법과 주술에 특별한 면역이 생겼다.

유령들은 원래 육체가 없기 때문에 물리력이 통하지 않았다. 하지만 반대로 마법과 주술엔 터무니없을 정도로 약했다.

팔흉의 마령은 그러한 유령의 단점을 극복했다. 그것만으로도 마령들은 무적으로 군림할 수 있었다.

물리력도 마법도 주술도 통하지 않는 존재.

무슨 수로 상대한단 말인가.

유일한 공략법은 마령의 주인인 팔흉을 찾아 죽이는 방법뿐인데, 그 또한 쉽지 않았다. 팔흉은 마령을 부릴 때에는 대개 안전한 곳에 숨어 있기 때문이다.

그는 수십 킬로미르 밖에서도 마령들과 심령이 연결되어 있어 바로 눈앞에 있는 것처럼 자유자재로 부릴 수 있었다. 이 때문에 지금까지 안전하게 적을 죽여 왔다.

이 마령들을 이용하여 팔흉은 안정적으로 세력을 키울 수 있었다.

이번 역시 팔흉은 자신만만하게 마령들을 부렸다. 예상보다 쉽게 마령들은 람스에게 달라붙어 그의 생명력을 흡수했다. 흡수된 생명력들이 곧바로 팔흉에게 전해졌다.
 파멸의 생명력이다. 분명 감당할 수 없을 만큼 크나큰 마력일 것이다. 그러나 기대와 달리 람스의 생명력을 흡수한 팔흉의 미간은 깊은 고랑을 만들었다.
 "으음?"
 마력은커녕, 람스의 생명력을 흡수하자마자 가슴이 화끈거리고 얼굴이 벌겋게 달아올랐기 때문이다.
 '왜 이런 거지?'
 팔흉은 이상하게 생각하면서도 마령들을 부려 람스의 생명력을 더욱더 빨아들였다.
 가슴의 화끈거림이 어느새 뜨거움으로 변했다.
 배 속에서 불이 일어나는 것 같다.
 팔흉은 정신이 번쩍 들었다.
 '설마 마령들이 흡수한 것이……'
 마령들은 생명력을 흡수한답시고 꽃에 달려드는 벌처럼 열심히 활동하고 있었지만, 정작 팔흉에게 전해지는 것은 뜨거운 열기였다. 그렇다. 람스는 화염의 군주, 그의 생명력 또한 당연히 화염이다. 그 화염은 뛰어난 능력의 마족이라 할지라도 감당하기 어려운 열기를 품고 있었다.
 "크윽!"

견디기 힘든 고통에 팔흉이 신음을 삼켰다.

혹시 이대로 참고 견디면 람스의 능력을 빼앗을 수 있지 않을까 기대했지만, 내장이 통째로 익어버리는 통증을 도무지 참아낼 수가 없었다.

'그, 그만.'

팔흉이 마령들을 거뒀다.

더 이상 힘을 흡수하다간 목구멍에서 불길이 뿜어져 나올 것 같았기 때문이다.

'과연 파멸. 내 능력으로는 역부족이로구나.'

그는 자신이 파멸에 대해 잘못 생각하고 있었음을 깨달았다.

그러나 그가 행한 가장 큰 실수는 람스 앞에 모습을 드러냈다는 것이었다.

앞서 설명한 것과 같이, 그의 능력은 상대와의 거리가 멀고 보이지 않는 곳에 은신했을 때 최고의 효율을 발휘한다.

그러나 이곳은 좁은 실내다. 람스가 마음만 먹으면 눈 한 번 깜빡이는 사이에 이쪽 끝에서 저쪽 끝까지 이동할 수 있을 정도다.

마음만 먹으면 얼마든지 람스가 팔흉에게 들이닥칠 수 있다는 의미다.

팔흉이 이처럼 안전하지 못한 곳에 굳이 모습을 드러낸 데에는 그만한 이유가 있었다.

그는 십흉들의 능력이 다들 대단하다는 것을 알고 있었다.

제아무리 다섯 번째 파멸이 대단하다고 해도 십흉들이 한데 힘을 합치면 쉽게 제압할 수 있을 거라 생각했다.

'어차피 마계는 첫 번째 파멸에게 정복될 것이다.'

그렇다면 조금이라도 그에게 잘 보여야 한다.

다섯 번째 파멸을 직접 죽이진 않더라도 그를 죽이는 장소에 모습을 드러낼 필요가 있다. 그를 처리하는 데 일조를 하게 된다면 새로운 마계의 왕도 자신을 새롭게 볼 것이다.

그래서 그는 다소 위험할 수 있는 장소에 모습을 드러냈다.

그리고 그 때문에 죽음을 맞게 되었다.

람스는 유령을 부리는 그의 존재를 즉각 눈치 챘고, 곧바로 응징에 들어섰다.

순식간에 십흉 중 몇이 참혹하게 당했다. 그리고 다음 순간 팔흉이 정신을 차렸을 때엔 이미 람스가 그의 앞에서 살기를 번뜩이고 있었다.

"아…… 아…… 나는…… 나는……."

놀란 팔흉이 뭐라 말을 시작하기도 전에, 람스의 손이 그의 얼굴을 찍었다.

뻐걱!

그의 얼굴에 손자국이 깊게 새겨졌다.

팔흉은 눈, 코, 입으로 피를 분수처럼 쏟아내며 쓰러졌다. 바닥에 누워 부르르 떨고 있는 그의 얼굴에서 불길이 화륵 하고 일어났다. 불길은 람스가 남긴 손자국에서 시작되어 전신으로 번져갔다.

십흉 중 팔흉과 비슷한 처지의 마족이 한 명 더 있었다.

오흉이었다.

그는 싸움이 본격적으로 시작되기 전부터 안색이 창백하게 변해 있었다.

"도, 독이 통하지 않아."

그는 독을 사용하는 마족이다.

단순히 독을 다루는 정도가 아니라 그의 몸 자체가 독으로 구성되어 있었다.

일반적으로 독은 불에 약하지만 그의 경우는 다르다.

독 중엔 불에 태워서 독연을 일으키는 계열의 것도 있고, 폭약처럼 터지는 성질의 것도 있다.

구름처럼 연막을 일으켜 불길을 소화시키는 독도 존재한다.

오흉은 람스가 모습을 보일 때부터 은밀하게 독을 풀었다.

지닌바 모든 능력을 발휘해서 람스를 제압하고 약화시키는 데 총력을 기울였다.

하지만 혼신을 다한 노력에도 불과하고 람스의 몸 어디에서도 중독 증상은 보이지 않았다.

"마, 말도 안 돼! 육체가 있는 한 독의 영향에서 결코 자유로울 수 없을 텐데."

그 순간 그는 무언가를 깨달았다.

"서, 설마 다섯 번째 파멸은……"

그가 채 뒷말을 잇기도 전에 람스가 그를 찾아냈다.

람스가 번개처럼 손을 내밀어 오흉의 얼굴을 찍었다.

뻑 하는 소리와 함께 오흉의 얼굴이 재가 되어 쓰러졌다.

순식간에 십흉 중 여섯이 쓰러졌다.

람스의 몸이 폭풍처럼 휘돌며 사위를 쓸었다.

어둠에 융화된 이흉이 순식간에 그에게 쓰러지고, 이흉이 만들어낸 어둠 속에서 암습을 가하려던 십흉마저 채 공격을 펼치기도 전에 죽음을 맞았다.

'위, 위험하다.'

'이 녀석은 우리의 상대가 아니야!'

살아남은 칠흉과 팔흉은 두려움을 느꼈다. 급히 달아나려 했지만, 람스의 분노는 그들을 놓아주지 않았다.

람스의 양손에서 일어난 붉고 푸른 불길이 허공을 달구며 날아가더니 이내 양쪽에서 외마디 비명이 터져나왔다.

"히이이익!"

"크아아아악!"

달아나려던 칠흉과 팔흉이 붉고 푸른 불길에 휩싸여 죽음을 맞았다.

이로써 십흉 중 아홉이 쓰러졌다.

남은 마족은 일흉, 마할라 한 명 뿐.

"놀랍……군."

마할라가 마른침을 삼키며 말했다.

싸움은 느닷없이 시작되었고, 또 모두의 예상보다 너무도 빠르고 허무하게 끝이 났다.

그 진행이 너무도 빨라서 감히 끼어들 엄두조차 내지 못했다.

쓰러진 십흉들.

하나같이 한 지역을 호령하는 절대자들이다.

그런 마족들이 별다른 저항도 못해보고 죽어나갔다.

승부가 싱겁게까지 느껴진 건 람스와 십흉 사이의 격이 그만큼 컸다는 반증이다.

상황이 이쯤 되면 기겁을 하고 달아나기 마련인데, 일흉 마할라는 오히려 히죽히죽 웃으며 살기를 고취시켰다.

"그래. 이 정도는 돼야지. 이 정도는 돼야 파멸이라 불릴 만하지."

그가 누런 이빨을 보이며 웃더니 돌연 람스에게 달려들었다.

* * *

샤아악!

일흉의 공격은 날카로운 예기와 함께 시작됐다.

일흉은 원래 바람을 다루는 마족이었는데, 람스에게 당한 이후로 절치부심하여 바람에 날카로움을 실어 보내는 새로운 기법을 터득했다.

여기에 신체개조를 통해 몸 이곳저곳에 칼을 심게 되자 칼과 바람을 더해 그야말로 칼바람을 부리는 경지에 오르게 되었다.

쩡! 서걱!

일흉이 신형을 팽이처럼 회전시키니 번뜩이는 검광이 바람을 타고 천장과 벽에 예리한 흔적을 남겼다.

현란하게 몸을 움직이며 일흉은 생각했다.

람스가 아무리 대단해도 인간인 이상 내게 걸리면 푸줏간의 고깃덩이로 전락하게 되리라고.

게다가 그는 마탑 앞에서 수천의 마물들과 혈전을 벌이고 다시 이곳에서 십흉들과 싸웠다. 비록 다른 십흉들이 기대만큼 활약해주지는 못했어도, 적어도 그의 힘을 일부라도 소모시키긴 했을 것이다.

람스는 지쳤다.

마할라는 그렇게 단정했다.

비록 겉으로는 아무렇지도 않은 듯 가장하고 있지만, 속으로는 죽을 정도로 피로할 것이다

자고로 지친 사람을 죽이는 것만큼 쉬운 일도 없다.

이것은 일생일대의 기회다!

마할라의 칼부림은 그 어느 때보다도 예리하고 빨랐다.

람스의 마법이 두렵지 않냐고?

결코 두렵지 않다.

그는 바람을 부릴 수 있다.

화염쯤은 간단히 날려버릴 수 있다.

오히려 람스가 마법을 사용하길 고대했다.

그가 마법을 사용하면 그 순간 화염을 날려버리고 그의 품 안으로 뛰어들 것이다. 그러곤 서걱서걱 고깃덩이를 손질하듯 그를 난도질해 버릴 것이다.

유감스럽게 람스는 마법을 사용하지 않았다.

애초에 그는 마법을 사용할 필요성도 느끼지 못했다.

맹렬하게 달려드는 마할라를 우두커니 보고 있다가 마지막 순간에 불쑥 손을 내밀어 마할라의 팔을 잡으려 들었다.

마할라는 코웃음을 쳤다.

회오리치고 있는 칼바람 속으로 손을 집어넣어? 팔이 잘리고 싶어 환장했구나.

람스의 팔은 잘리지 않았다.

오히려 매섭게 몰아치는 칼바람을 모조리 걷어내고 마할라의 팔을 잡아챘다.

"어?"

마할라가 놀란 외침을 흘리는 사이, 람스가 그의 팔을 뒤로 꺾었다.

우드득!

마할라의 팔 하나가 못 쓰게 됐다.

람스는 남은 팔도 꺾어버렸다.

으드득!

마할라가 바닥에 쓰러졌다.

이렇게 허무하게 쓰러질 수 없다 생각한 마할라가 람스의 얼굴을 향해 발길질을 했다.

철컥 하는 소리와 함께 그의 정강이에서 칼날이 튀어나왔다.

그러나 이번 공격 역시 람스는 수월하게 흘려냈다. 그러곤 물이 흐르듯 자연스러운 동작으로 마할라의 공격을 쳐내고, 가슴을 밟았다.

우지끈!

두꺼운 얼음판이 산산조각 나는 듯한 소리가 울렸다.

갈비뼈가 모조리 으스러졌다.

마할라의 눈앞이 캄캄해졌다.

컥 하는 신음과 함께 입 밖으로 피가 뿜어졌다.

그 한 번의 공격으로 승부가 갈렸다.

갈비뼈가 모조리 으스러진 마할라는 전의를 상실했다.

'괴, 괴물이 되었구나.'

오래전 마할라와 싸울 때와 지금의 람스는 하늘과 땅만큼의 차이가 있었다.

"컥컥!"

마할라가 답답한 기침과 함께 피를 토해냈다.

부서진 뼈가 폐를 찔러서다.

무표정한 얼굴의 람스가 발을 들었다.

그대로 마할라의 머리를 뭉개버리려 했다.

마할라는 더럭 겁이 났다.

벌레처럼 기면서 람스의 다리에 매달렸다.

"제, 제발…… 살려주십시오."

방금 전까지 당당했던 모습은 어디에도 보이지 않았다.

"이미 전 치명상을 입었습니다. 마력을 사용할 수 없게 되었어요. 이런 절 죽이는 건 당신의 손을 더럽히는 결과밖에 되지 않을 겁니다."

람스의 표정엔 변화가 없었다.

마할라는 다급해졌다. 고개를 납죽 엎드리며 람스에 대한 칭송을 늘어놓았다.

"당신은 위대합니다. 위대한 파멸입니다. 마계의 영원한 지도자가 될 것입니다. 이 마할라가 힘을 보태겠습니다. 사실 오래전부터 콜드레인 님…… 아니, 콜드레인이 마음에 들지 않았습니다. 마음속 깊이 당신을 흠모하고 있었습니다. 절 거둬주신다면 혼신을 다하여 충성하겠습니다."

방금 전까지 람스를 못 죽여 안달하던 마할라가 이젠 그를 신처럼 떠받든다.

마족이라는 존재가 원래 변덕이 심하고 이기적인 족속이지만, 마할라는 도가 지나친 면이 있었다.

"……"

람스가 그를 우두커니 내려다보다 발길을 돌렸다.

상대할 가치조차 느끼지 못한 듯 보였다.

마할라는 람스의 모습이 보이지 않을 때까지 고개를 들지 않았다. 그의 발소리가 완전히 들리지 않게 되었을 때, 살며시 눈만 돌려 주위를 확인했다.

람스가 사라진 것을 확실히 확인하고서야 몸을 일으켰다.

"크흐흐흐."

마할라가 잔혹한 웃음을 흘렸다.

"또 날 살려주었구나."

마음이 너무 약해. 인간이라 어쩔 수 없는 부분이다.

"결국 그 약한 마음이 널 죽게 만들겠지."

마할라는 이를 으득 갈았다.

"두고 보자. 오늘은 비록 네가 승리했지만, 내일도 그러리 란 보장은 없을 것이다. 내 기필코 네놈의 목을 뽑아 내 벽에 장식하고 말리라."

마할라는 복수를 다짐했다.

오늘 람스에게 치명적인 부상을 입긴 했지만, 그것은 어디 까지나 인간의 기준이다. 늑골이 으스러진 정도로는 마족을 죽일 수 없다.

마할라가 힘겹게 몸을 일으켰다.

피를 얼마나 많이 흘렸는지 바닥에 피웅덩이가 생겼을 지경 이다. 그 위에서 버둥거리며 몸을 일으키다보니 자꾸만 균형 을 잃고 쓰러졌다.

간신히 몸을 일으켰을 때, 그는 이상한 것을 발견했다.

람스에게 당해 쓰러진 십흉들. 그 중 시신을 일부라도 보존하고 있는 마족들의 몸이 검게 타오르고 있었다.

"저건…… 탐욕이 아닌가."

마족의 몸을 삼키고 있는 검은 불길은 뭐든 닿치는 대로 태워버리는 마계의 화염, 탐욕이었다.

"탐욕이 시신들을 먹어치우고 있다?"

보나마나 람스가 뿌려둔 것일 게다.

마계의 불을 부릴 수 있는 존재는 마계 역사상 람스가 유일하다. 그렇다면 람스는 왜 이곳에 탐욕을 뿌려둔 걸까.

십흉이 부활할 것을 우려해서다.

마족은 인간과 달리 재생력이 뛰어나다.

목이 부러지고 하반신이 가루가 되어도 죽지 않고 부활하는 족속도 있다. 그러한 마족의 특징을 람스는 누구보다도 잘 알고 있었다.

그래서 이곳에 탐욕을 뿌렸다.

십흉을 확실하게 처리하기 위해서다.

문득, 마할라는 이상함을 느꼈다.

이미 죽어버린 마족들까지 깨끗하게 처리하는 람스가 어째서 자신은 살려둔 걸까.

그제야 그는 코를 찌르는 끔찍한 악취를 맡을 수 있었다.

고기를 굽는…… 아니, 손질이 안 된 근육과 지방을 새카맣게 태우는 냄새였다.

"이게 어디서 나는……."

무심코 아래를 내려다본 마할라의 두 눈이 찢어질 듯 커졌다.

타고 있는 것은 그의 몸이었다.

시신들을 태우던 검은 탐욕이 그의 발을 야금야금 삼키고 있었다.

"으아악!"

마할라가 비명을 질렀다.

급히 손으로 불붙은 부위를 두드렸다.

불은 꺼지지 않았다.

오히려 손에 옮겨 붙었다.

마할라는 바닥을 구르고 벽에 몸을 비벼대며 발악했다. 그러나 끝내 검은 탐욕을 제압하지 못했다.

어느덧 검은 불길이 그의 전신을 삼켰다.

"잔인한…… 놈."

마할라가 마지막 신음 한 자락을 흘리며 죽었다.

제4화
강적을 피하는 오드만의 비법

헬리오스 마탑의 최상층.

불과 며칠 전만해도 람스의 집무실이었던 곳이다. 그러나 이젠 책으로 가득 찬 지적 공간의 모습은 온데간데없고, 황폐한 검투장과 같은 광기만이 일렁이고 있었다.

사면의 벽을 가득 채우던 책장. 동쪽 구석의 크고 넓은 책상. 중앙의 손님을 위한 넓은 테이블.

그 모두가 모조리 부서져 방 한구석에 쓰레기더미처럼 쌓여 있었다.

머리카락 한 올 찾을 수 없을 정도로 말끔했던 바닥은 마물들의 피와 살점으로 호수를 이루고 있었다.

처참한 싸움의 흔적.

아니, 지옥과도 같은 풍경이다.

그곳에 고르다스가 있었다.

천하에 두려울 것이 없다는 마계 최강의 존재.

네 번째 파멸.

어찌된 이유에서지 그는 난감한 표정을 짓고 있었다.

"저 여자…… 대체 정체가 뭐야?"

북쪽 벽, 창가에 기대어 선 한 여자.

분명 그는 미노타우르스 백 마리와 미노스 삼십 마리에게 이곳의 정리를 맡겼다.

어지간한 마탑 하나를 순식간에 쑥대밭으로 만들 수 있을만한 전력이다. 놀랍게도 그 많은 전력이 투입되고도 끝내 10층은 정복되지 않았다.

이곳을 지키고 있는 한 여자 때문이다.

"누구냐? 저 여자는……."

스컬킹에게 물었다.

이 정도의 무력을 가진 존재가 마계도 아닌 중간계에 흔할 리 없다. 틀림없이 명성을 떨치고 있을 터.

기대와 달리 스컬킹은 고개를 좌우로 흔들었다.

"모르겠습니다. 그녀에 대해서는 들어본 적이 없습니다."

모르겠다는 그의 말에 고르다스가 인상을 썼다.

"쓸모없는 놈."

그의 험상궂은 표정에 겁을 집어먹은 스컬킹이 쥐어짜듯 그녀에 대한 정보를 늘어놓았다.

"가면을 쓰고 있는 걸 보니 소울러 같은데……. 아니, 소울러가 분명합니다. 하얀 가면에 웃는 표정인 걸 보니 소울러 중에서도 신분이 높은 듯 보입니다. 그리고……."

"소울러가 뭐냐?"

"사물을 마음대로 부리는 정령술사 같은 녀석들입니다."

"흠. 사물을 부려? 그래서 부서진 자재들과 식칼 같은 것이 그녀 주위를 떠돌고 있는 거로군."

"보통 소울러는 한두 가지 물품만을 부리는 것으로 알고 있습니다."

"그녀는 수십 가지의 물건을 부리고 있다."

"그, 그것이…… 아무래도 조금 특이한 소울러인 모양입니다."

"은거한 능력자란 말인가? 정신도 온전하지 않은 여자가 대단하군."

그녀의 두 눈은 초점이 안 맞는 것처럼 탁했다.

정신에 문제가 있음이 분명하다.

실제로도 그녀는 굴절 없는 음성으로 끊임없이 같은 말만을 반복할 뿐이었다.

"이곳에서 기다려. 금방 돌아와."

비록 그녀는 정신에 문제가 있었지만 실력 하나만큼은 대단했다.

"너의 실력만큼은 인정해주마. 이곳이 중간계가 아닌 마계였다면 어떤 식으로든 널 내 여자로 삼았을 것이다. 그러나 지금은 상황이 좋지 않아."

고르다스가 무기를 들었다.

"기다리는 친구가 있어서 말이다. 더 이상은 시간을 끌 수 없다. 미안하지만…… 이만 죽어줘야겠다."

고르다스가 그녀에게 걸어갔다.

멍한 눈으로 그를 보던 그녀가 다시 한 번 알 수 없는 말을 중얼거렸다.

"이곳에서 기다려. 금방 돌아와."

* * *

십흉들을 물리친 람스는 나는 듯이 탑의 계단을 올랐다.

우려와 달리 2층엔 아무도 없었다.

람스의 힘을 빼놓기로 한 계획을 포기한 걸까?

아니면 십흉 정도로 충분하다고 생각한 걸까.

3층, 4층, 그 이후에도 그의 앞을 가로막는 적은 보이지 않았다.

람스는 계단을 밟고 올라설 때마다 탑을 쌓듯 분노를 키웠다. 반면, 그의 머릿속은 시간이 지날수록 차갑고 냉정해졌다.

놈들은 그를 잡기 위해 함정을 팠다.

이 위에 어떤 함정이 그를 기다리고 있을지 알 수 없다. 어쩌면 그의 제자나 마을 사람 중 누군가가 인질이 되었을 수도 있다. 만약 놈들이 인질을 두고 협박을 하면 어떻게 대응해야 하는가.

람스는 앞으로 벌어질 수 있는 갖가지 상황을 떠올리며 그 대응을 모색했다. 그러면서도 빠른 걸음으로 계단을 뛰어올랐다.

콰콰쾅!

머리 위에서 폭음이 들려왔다.

마탑 전체가 우르르 진동했다.

무언가 큰 충돌이 있음이 분명하다.

어쩌면 그의 제자 중 누군가가 마족들과 싸우고 있을지도.

람스의 움직임이 빨라졌다.

순식간에 10층에 이르렀다.

굳게 잠긴 문을 뜯어내자 혈향으로 얼룩진 실내의 모습이 드러났다.

"다섯 번째 파멸? 생각보다 빨리 왔군."

고르다스가 람스를 돌아보며 아쉬운 표정을 지었다.

지금 막 여자를 몰아붙이려던 참이었다. 여자를 묵사발내고 람스가 놀라는 모습을 보고 싶었는데, 간발의 차로 뜻을 이루지 못했다.

람스의 출현에 태연한 고르다스에 비해 스컬킹은 자지러질 듯이 놀랐다.

"라, 람스!"

그는 설마 람스가 이곳에 나타나리라고는 상상도 하지 못했다. 이곳의 1층엔 십흉이라는 무지막지한 존재들이 있지 않은가. 그들이라면 람스를 충분히 죽일 수 있을 것이라 믿었다. 그래서 다른 함정도 준비해 두지 않았는데……. 람스의 멀쩡한 모습을 보니 십흉은 별다른 저항도 하지 못하고 당한 모양이다.

'이럴 수가. 놈이 이렇게 강한 존재였단 말인가?'

십흉의 무서움을 잘 알고 있는 그로서는 람스의 출현이 너무나도 충격적이었다.

10층에 올라선 람스는 무심한 눈으로 실내를 훑었다.

고르다스, 스컬킹, 십여 마리의 미노타우르스들. 그리고…….

상황을 파악하던 그의 두 눈이 실내 저편에 고정되었다.

창가에 기대어 선 한 사람의 그림자가 위태롭게 흔들리고 있었다. 그림자의 주인공을 확인한 람스가 놀란 목소리로 그녀의 이름을 불렀다.

"넬."

위태롭게 흔들리고 있는 그림자의 정체는 다름 아닌 넬이었다.

그의 놀란 음성에 창가에 선 넬이 고개를 들었다.

탁하던 그녀의 눈동자에 비로소 생기가 돌았다.

그린 듯한 눈과 붉고 도톰한 입술이 작은 미소를 그린다.

"돌아…… 왔다."

람스를 향해 희미한 웃음을 보인 넬은 그대로 의식을 잃고 쓰러졌다.

그녀가 땅바닥에 꼬꾸라지려는 찰나, 번개 같이 달려 나간 람스가 그녀를 받아냈다.

의식을 잃은 넬이 그의 품에 안겼다.

람스는 그녀를 찬찬히 살폈다.

머리는 산발을 하고, 입고 있는 옷은 넝마처럼 변했다.

마족들을 상대로 대체 얼마나 힘든 싸움을 벌였던 걸까.

그녀의 얼굴에 묻은 피를 닦아냈다. 마족 특유의 검은 피를 걷어내자 그녀의 뽀얀 피부와 오뚝한 콧날이 드러났다.

마왕은 어디가고 그녀 혼자 이 흉악한 마족들을 상대로 싸우고 있는 걸까. 그리고 다른 사람들은 어디로 사라진 것인지…….

물어볼 말이 산더미처럼 많다. 하지만 기절한 그녀를 깨워서 물을 수는 없는 노릇이다.

"네 여자냐?"

고르다스가 물었다.

그의 눈이 호기심으로 번뜩였다.

람스는 대꾸하지 않았다.

고르다스는 그의 침묵을 긍정으로 받아들였다.

"괴물의 여자 역시 괴물이라는 건가?"

괴물의 대명사라고 할 수 있는 마족, 그것도 정점이랄 수 있는 파멸이 그녀를 괴물이라 부르길 주저하지 않는다. 그만큼 그녀는 강했다.

람스는 넬을 눕혀둘 만한 곳을 탐색했다.

실내의 집기는 모조리 박살이 나서 침대로 쓸 수 없었다.

그나마 깨끗한 바닥을 찾아 외투를 벗어 바닥에 깔고 그 위에 넬을 눕혔다.

잠시 넬을 바라보다 몸을 일으켰다.

고개를 돌려 고르다스를 보며 뚜벅뚜벅 걸음을 옮겼다.

그의 표정은 평소와 달리 삭막했다.

무거운 발소리와 함께 은은한 분노가 전해져왔다.

"히익!"

람스가 앞으로 나서자 스컬킹은 크게 놀랐다.

그는 턱을 덜덜 떨며 두려움에 몸서리를 쳤다.

스컬킹은 람스에게 한 번 죽은 경험이 있었다. 그때의 공포가 언데드가 된 지금도 그를 괴롭히고 있었다.

그는 불안한 눈으로 고르다스를 봤다.

떨리던 몸이 점차 안정을 찾아갔다.

"그래. 이곳엔 고르다스 님이 계신다."

람스가 제아무리 강하다고 해도 고르다스 님의 상대는 안 될 것이다. 더구나 놈은 지쳤다. 마탑의 안마당에서 수많은 마물들의 습격을 받았고, 또한 십흉이라는 어마어마한 녀석들의 합공을 받았다. 겉보기엔 멀쩡해 보여도 실제로는 많이 지쳤을 것이 자명하다.

같은 상황이라면 체력을 보전하고 있는 고르다스 쪽이 월등하게 유리할 터.

그는 교만해졌다.

"하하하. 람스, 용케도 이곳까지 왔구나. 하나, 네놈의 발악도 여기까지다. 여기 계신 고르다스 님께서 네놈을 처참하게 짓밟을 것이다. 안 그렇습니까? 고르다스 님?"

"음."

"흐흐흐. 그럼 고르다스 님, 저 놈을 당장 죽여 저의 분을 풀어주십시오."

스컬킹이 두 손을 비비며 고르다스에게 청했다.

그러나 돌아온 답은 그의 귀를 의심케 했다.

"네가 해."

"네?"

"그렇게 복수가 하고 싶으면 직접 하란 말이다."

스컬킹의 두 눈이 휘둥그레졌다.

이 잔인한 마족이 갑자기 왜 이러는 거지? 혹시 공양이 부족했던 것은 아닐까?

그럴 리가! 그와 다른 마족들을 대량으로 소환하기 위해 그는 지탄을 받아 마땅한 악행도 서슴지 않았다. 아끼던 제자들도 모조리 제물로 바치고 그도 모자라 인근의 도시 두 개를 통째로 바쳤다.

"네, 네?"

놀라운 마음에 다시 물었다.

고르다스가 심드렁한 목소리로 말했다.

"복수를 하고 싶으면 네가 직접 하란 말이다. 나를 이용할 생각은 하지 말고."

스컬킹이 당장 눈물을 흘릴 것 같은 표정으로 호소했다.

"하, 하지만 저는 그를 이길 수 없습니다."

"실력이 부족하면 수련을 해. 그를 이길 수 있을 때까지."

"그, 그는 너무도 강합니다. 수련을 한다 해도 그를 이길 수 있을 리가……."

스컬킹이 계속해서 약한 소리를 하자 고르다스가 인상을 험악하게 일그러뜨렸다.

"흥!"

콧김을 크게 한 번 뱉은 고르다스가 스컬킹의 머리를 움켜잡더니 그대로 비틀어버렸다.

으드득.

스컬킹의 목이 등 뒤로 돌아갔다.

"난 너처럼 비겁한 놈들이 제일 싫단 말이다."

그러다 무슨 생각이 났는지 스컬킹의 해골을 다시 한 번 움켜쥐었다.

"그러고 보니 네 녀석은 언데드였지. 그렇다면 목을 꺾는 정도로는 죽지 않겠군."

스컬킹의 머리를 움켜잡은 손에 힘을 주었다.

빠각!

뼈 부서지는 소음과 함께 스컬킹의 머리가 산산조각으로 부서졌다.

고르다스는 손에 남은 스컬킹의 부서진 머리파편을 바닥에 던졌다.

조각난 해골에서 데구르르 굴러 나온 눈동자가 그를 원망스럽게 올려다보았다.

어째서냐고 묻는 것 같은 시선이었다.

"넌 말이야, 바라는 게 너무 많아. 피곤하게시리. 고작 헬게이트 하나 열어준게 무슨 큰 은혜라고 쉴 새 없이 이것저것 많은 걸 요구하는 거냐? 우리가 네 소원을 들어주는 요정으로 보이더냐? 흐흐흐. 착각하지 마. 우린 마족이다."

고르다스가 스컬킹의 눈알을 밟아서 터트렸다.

배덕의 네크로맨서 스컬킹.

그는 스스로 불러낸 마족의 손에 의해 잔인하게 최후를 맞았다.

* * *

람스는 무표정한 얼굴로 모든 걸 지켜보았다.

그를 본 스컬킹이 길길이 날뛰고 고르다스에게 매달리며 애원하는 모습. 고르다스가 짜증이 역력한 얼굴로 몇 마디 받아주다 결국 스컬킹의 머리통을 부숴버리는 장면까지.

그 모두를 담담하게 지켜보고만 있었다.

그러다 고르다스가 스컬킹의 눈알마저 밟아버리자, 그때서야 잠시 멈췄던 걸음을 다시 옮겼다.

우연히 대로변에서 친구를 만난 사람처럼 느긋하게 걸어가더니, 어느 순간 섬전 같은 움직임으로 고르다스에게 쇄도했다.

"흥!"

고르다스가 고개를 슬쩍 기울여 람스의 공격을 피했다. 간결한 동작. 그리고 다음 순간 등 뒤에 걸린 도끼를 꺼내 번개같이 휘둘렀다.

고르다스의 도끼는 보통의 도끼와는 그 생김새가 전혀 달랐다. 양쪽으로 붙은 거대한 두 개의 날은 새의 날개처럼 위아래로 둥글고 길게 뻗어있는데, 그 모양이 꼭 원반처럼 생겼다.

손잡이 또한 지극히 짧아서 도끼라기보다는 날이 달린 방패 같은 느낌이었다.

부아악!

고르다스가 도끼를 휘두르자 바람을 가르는 파공음이 천둥소리처럼 울렸다.

도끼가 스치지도 않았는데 주변의 기물들이 쩍쩍 갈라졌다.

람스는 두 주먹에 불길을 일으키며 현란한 움직임으로 고르다스에 맞섰다.

그가 공격을 펼칠 때마다 뜨거운 화염이 대기를 이글이글

달구고, 작고 큰 폭발이 폭죽처럼 연달아 터져 나왔다.

빠바바박! 파파파파팡!

쇳소리와 폭음이 고막을 찢어발길 것처럼 요란하게 실내를 두드렸다.

화염이 사방으로 불똥을 날리고, 고르다스의 도끼가 벌겋게 달아올랐다.

'이놈…… 정말로 십흉들을 상대하고 올라온 건가?'

고르다스는 놀라지 않을 수 없었다.

람스의 힘을 빼놓기 위해 탑 입구에 마족과 마물 수천 마리를 대기시켰다. 그것으로도 모자라 탑 1층에 십흉을 배치했다.

다른 놈들은 몰라도 십흉은 파멸에 비견될 만한 존재들.

고르다스조차도 열 명이나 되는 십흉들을 상대로는 승부를 장담할 수 없다.

람스는 그런 자들과 사투를 벌였다.

분명 많이 지쳤을 것이다. 아니, 지치는 게 당연하다.

그러나 기대와 달리 람스는 전혀 지쳐 보이지 않았다.

'능력까지 봉인당한 녀석이…….'

람스는 헬게이트를 사용할 수 없는 상태다. 평소 전력의 절반밖에 발휘하지 못한다는 이야기다. 그런 녀석이 이 무슨 터무니없는 무력이란 말인가.

이곳이 중간계라 람스가 유리할 것이라는 말은 핑계가 되지 못한다.

이 탑은 세 번째 파멸의 힘으로 마계화 되었다.

마족이라도 이곳에서만큼은 능력을 십분 발휘할 수 있다.

그럼에도 람스를 제압하지 못하고 있다.

이런 저런 사건으로 체력을 허비한 그를.

'이놈의 저력은…… 인간 주제에 체력이 무한대란 말인가!'

쉼 없이 터져 나오는 람스의 능력에 고르다스는 기가 질릴 지경이었다.

그러나 고르다스는 기가 꺾이지 않았다.

오히려 짐승처럼 으르렁거리며 마력을 증폭했다.

"네놈을 산산조각 내주마!"

부우우웅!

고르다스가 일갈과 함께 도끼를 힘차게 휘둘렀다.

그 힘이 범상치 않다고 생각한 람스가 슬쩍 한 발 물러섰다. 바로 그때, 고르다스가 도끼를 던졌다.

설마 무기를 던질 줄이야!

생각지도 못한 기습!

다른 누구도 아닌 파멸의 공격이다. 당연히 도끼에 실린 속도와 힘이 번개처럼 빠르고 파괴적이었다.

그러나 람스는 노련했다. 그는 고라다스의 도끼가 독특한 형태를 취하고 있음을 눈 여겨 보았다. 그리하여 돌연 고르다스가 도끼를 날렸을 때에도 당황하지 않고 팽이처럼 신형을 회전하며 도끼를 피할 수 있었다.

휘리릭!

도끼를 피한 람스는 발이 바닥에 닿기 무섭게 고르다스에게 파고들었다. 고르다스는 도끼를 날린 직후라 틈이 컸다. 그 빈틈을 파고든 람스가 화염이 이글거리는 주먹을 소나기처럼 퍼부었다.

콰콰콰콰쾅!

큰 충격을 받은 고르다스가 쿵쿵 깊은 족적을 찍으며 몇 발자국 물러섰다. 람스의 주먹이 꽂힌 복부에서 붉은 불길이 확 하고 타올랐다.

람스가 그 뒤를 추격하듯 몸을 날렸다.

그런데 바로 그 직후, 뒤통수가 서늘해지는 것이 아닌가. 불길한 예감에 공격을 포기하고 고개를 돌려보니 방금 전 고르다스가 날린 도끼가 맹렬하게 회전하며 날아오고 있었다.

도끼는 부메랑이었다.

원반처럼 생긴 날을 이용해서 바람을 거슬러서 돌아오고 있는 것이다.

람스도 도끼가 부메랑처럼 돌아올 줄은 상상도 하지 못했다.

"이놈. 이곳이 바로 네놈의 무덤이다!"

충격을 받고 물러났던 고르다스가 어느새 다가와 람스를 와락 껴안았다.

"이젠 도망도 못갈 것이다."

하지만 이때, 또 한 번 생각도 못한 변화가 일어났다.

고르다스가 람스를 움켜쥐었을 때, 람스가 돌연 한 줄기 연기로 화해 사라진 것이다.

지금까지 숨겨두었던 람스의 능력 하나가 발현된 것이다.

"무엇?"

설마 연기로 변할 줄이야.

고르다스의 눈이 찢어질 듯이 커졌다.

그리고 일시 당황한 고르다스를 향해 도끼가 날아들었다. 고르다스는 피하지 못했다.

퍽!

도끼가 고르다스의 가슴에 박힌 채 맹렬하게 회전했다.

드드드드득!

갈비뼈가 가닥가닥 끊어지고 그 안에 든 내장이 톱니에 감긴 고깃덩이처럼 밖으로 쏟아져 나왔다.

고르다스는 신음을 흘리지 않았다.

그는 얼굴에 경련을 일으키며 가슴의 상처를 내려다보고 있었다.

자신의 무기에 당할 줄이야. 치욕적인 일이다.

고르다스가 가슴에 박힌 도끼를 뽑아냈다.

상처를 막고 있던 도끼가 빠지자 피가 분수처럼 뿜어져 나왔다. 조개처럼 쩍 벌려진 상처 너머로 허연 등뼈가 보였다.

치명적인, 너무도 치명적인 부상.

하지만 고르다스는 죽지 않았다.

도끼를 버리고 두 손으로 벌어진 가슴을 모았다.

보통 마족이라면 죽어도 오래전에 죽었을 극심한 부상. 그럼에도 그는 아무렇지도 않게 행동했다.

그를 파멸의 자리까지 이끈 능력, '불사'였다.

"끄으응."

상처를 재생하며 고르다스가 답답한 신음을 흘렸다.

대충 가슴을 붙여놓은 고르다스가 람스를 바라보았다.

람스는 산책을 나온 사람처럼 뒷짐을 진채 오연히 서 있었다.

"그르릉."

고르다스의 숨이 거칠어졌다.

오연히 서 있어?

감히 날 앞에 두고?

자존심에 깊은 상처를 입었다.

하지만 그럼에도 고르다스는 흥분하여 날뛰지 못했다.

내부적인 문제가 그를 괴롭히고 있었기 때문이다.

'피가 끓어오르고 있다.'

몸속의 체액과 피가 부글부글 끓고 있었다.

그 때문에 귀와 입은 물론, 전신의 모공에서 희뿌연 김이 모락모락 피어올랐다.

도끼로 인해 벌어진 가슴은 차라리 양호하다. 그쯤은 재생 능력으로 쉽게 치유할 수 있기 때문이다.

하지만 람스에게서 받은 타격은 상황이 다르다.

겉보기엔 신체 몇 군데에 화상을 입은 정도로만 비춰졌지만, 겉과 달리 그의 내부는 심각한 위기에 봉착해 있었다. 타격을 통해 내부로 숨어든 불길이 그를 뜨겁게 달구고 있었다.

 심장과 같은 내장들은 차라리 나았다. 전투적으로 발전을 거듭한 마족들의 심장과 간 같은 주요 내장들은 뼈처럼 단단한 물질로 변해버렸다.

 어지간한 열기는 감당할 수 있다는 이야기다.

 하지만 피와 체액은 이야기가 다르다. 아무리 수련을 한다고 해도 피가 단단해지지는 않는다. 액체에서 고체로 바뀌는 것은 더더욱 아니다.

 그렇다보니 내부로 침투한 불길에 체액과 혈액은 너무도 약할 수밖에 없었다.

 그나마 뛰어난 재생능력이 체액을 계속해서 보급하고 있긴 하지만, 그것에도 엄연히 한계가 있기 마련이다.

 피를 끓게 만드는 열원은 여전히 몸속 깊은 곳에서 새로 생성된 체액과 혈액에 열을 가했다.

 '기생충 같은……'

 그랬다. 몸속에 도사린 화염은 기생충처럼 그의 몸속을 조금씩 좀먹어가고 있었다.

 비로소 화염의 군주, 람스의 비밀을 알게 되었다.

 아니, 화염의 군주라는 말이 어떤 의미인지 실감하게 되었다는 것이 옳은 표현일 것이다.

말 그대로 불을 마음대로 다룬다는 의미다.
단순히 불을 쏘고 용암을 쏟아낸다는 의미와는 다르다.
놈은 불과 관련된 모든 것을 지배할 수 있었다.
지글지글.
피가 더욱 심하게 끓어올랐다.
망할 기생충.
시간이 갈수록 약해지기는커녕 오히려 더욱 거세지기만 했다.
그때, 람스가 그를 향해 걸어왔다.
저벅저벅.
긴박감을 전혀 느낄 수 없는 평온한 걸음이다.
고르다스는 등골이 오싹한 전율을 느꼈다.
지금껏 콜드레인 말고는 두려워할 상대가 없다고 생각했다.
이 세상에서 오직 콜드레인에게만 재생능력이 통하지 않는다고 생각했기 때문이다.
이제 또 한 명, 목숨을 위협하는 존재가 나타났다.
으드득.
고르다스가 이빨을 갈았다.
충혈된 눈으로 당장 람스를 씹어버릴 것처럼 으르렁거렸다.
"흐흐흐. 다섯 번째 파멸, 과연 대단하군. 하지만 이 고르다스, 이대로 허무하게 당하지는 않을 것이다."
고르다스가 바닥에 떨어진 도끼를 주워들었다.
인정하지 않을 수 없었다. 람스가 자신보다 더 강하다는 사실을.

그럼에도 고르다스는 살기를 거두지 않았다. 마지막 발악이라도 해보일 심산이다. 말할 것도 없이 고르다스의 발악은 가공할 위력을 보일 것이다.

파멸. 마계의 한 구역을 지배하는 왕.

그 힘은 헬리오스 마탑과 인근 지역을 삼키고도 남았다.

원래 상처 입은 맹수는 함부로 건드리지 않는 법이다. 상처를 입었을 때가 오히려 더 사납기 때문이다.

그러나 람스는 승부를 피하지 않았다.

그는 분노했다.

감히 그의 터전과 그의 사람들을 괴롭힌 무도한 자들에게 표현할 수 없을 만큼 무시무시한 분노를 뿜어내고 있었다.

모두 죽이리라.

나의 땅을 침범하고 어지럽한 모든 마족과 마물을 단 한 마리도 남기지 않으리라.

고르다스마저도 람스의 살기에 몸이 떨릴 지경이었다.

입술이 바짝바짝 마르고, 머릿속이 욱신거렸다.

내장을 헤집고 다니는 기생충 같은 불길이 더더욱 기승을 부렸다.

'이, 이 정도까지 엄청난 녀석이었던가.'

고르다스는 전율했다.

그가 듣고 짐작했던 다섯 번째 파멸은 기껏해야 불을 좀 다루는 약해빠진 인간이었다. 그러나 실제로 마주대한 람스는 상상과는 전혀 달랐다.

 이게 인간이라고?

 말도 안 돼!

 그 누구보다도 마계에 어울리는 작자가 아닌가.

 '목숨을 걸어야겠군.'

 고르다스는 오늘 살아남기 힘들 것이라는 예감을 받았다.

 그때였다.

 계단을 올라오는 발소리가 들렸다.

 곧 살기가 폭풍처럼 몰아치고 있는 실내로 큰 덩치의 마족이 들어섰다. 마족의 덩치와 위압감은 고르다스에 비해 결코 밀리지 않았다.

 디스터. 람스의 충실한 수하였다.

 "주인님."

 디스터가 람스에게 넙죽 고개를 숙였다.

 람스가 눈으로 물었다.

 '마을은 어쩌고?'

 디스터가 공손한 어조로 대답했다.

 "주변을 깨끗이 정리했습니다."

 람스가 고개를 끄덕였다.

 그는 이글거리는 눈으로 고르다스를 잠시 보다 신형을 돌려 넬에게로 걸어갔다.

디스터가 숙였던 몸을 곧게 폈다.

"오랜만이군, 고르다스."

"으음."

고르다스가 침음을 흘렸다.

람스에 이어 연달아 강적과 조우하게 되다니.

그가 디스터를 보며 한없이 무거워진 음성으로 말했다.

"여섯 번째 파멸. 그대가 다섯 번째 파멸의 수하가 되었을 줄이야."

디스터.

그가 바로 마계를 지배하는 여섯 파멸 중 여섯 번째였다.

"이번엔 내 차례다, 고르다스."

"……"

고르다스의 얼굴이 일그러졌다.

* * *

디스터와 고르다스가 서로를 바라보며 적의를 고취시키고 있을 때쯤, 람스는 넬의 상체를 일으키고 있었다.

다행히 그 사이 넬이 정신을 차렸다.

"괜찮니?"

람스의 물음에 넬이 고개를 끄덕였다.

거듭된 혈전으로 피로하긴 했지만 심각한 부상을 입지는 않앉다. 람스가 포션을 꺼내 그녀의 몸에 난 자잘한 상처에 발라주고, 남은 것을 마시게 했다.

넬의 얼굴에 활기가 돌아왔다.

람스가 다시 물었다.

"다른 사람들은?"

오드만, 리자크를 비롯한 다른 제자들의 모습이 보이지 않았다. 마을 사람들의 모습도 보이지 않았다.

"다들 잘 있어요."

심각하던 람스의 표정이 밝아졌다.

"어디지? 어디에 있니?"

넬이 고개를 살래살래 저었다.

그녀가 람스의 어깨너머로 시선을 주었다.

대치중인 고르다스와 디스터.

이곳에선 곤란하다는 의미다.

"나가자."

람스가 그녀를 안아들었다.

디스터와 고르다스의 곁을 태연히 지나갔다.

고르다스가 나직하게 으르렁거렸지만, 감히 람스의 앞을 가로막지는 못했다.

람스와 넬, 두 사람이 아래층으로 내려갔다.

발자국 소리가 멀어지자 디스터가 맨바닥에 털썩 주저앉았다.

그의 행동에 의문을 느낀 고르다스가 물었다.

"무슨 짓이냐?"

"지쳤지? 회복해라."

고르다스가 누런 이를 드러냈다.

"얕보는 거냐?"

"주인님에게 당한 상처가 깊지? 그래가지고 제대로 싸울 수나 있겠어?"

"물론! 네놈 하나 무찌르는 건 일도 아니다, 여섯 번째 파멸."

디스터가 피식 웃었다. 그러다 스산한 눈으로 다시 말했다.

"좋게 말할 때 회복하는 게 좋을 거다. 허무하게 죽고 싶지 않다면 말이야."

고르다스의 숨소리가 한층 더 거칠어졌다.

두 눈이 붉게 충혈되고 얼굴 위로 굵은 혈관이 툭툭 불거져 올라왔다. 극도로 흥분한 증거. 하지만 고르다스는 끝내 광분하여 날뛰지 않았다.

디스터의 말이 맞다. 그는 지금 싸울만한 상태가 아니다. 상대가 파멸 중 하나인 디스터라면 더더욱 그렇다.

고르다스는 몸을 웅크린 채 치유에 집중했다.

어두운 실내에 두 괴물의 대화가 잔잔하게 울려 퍼졌다.

"다 됐냐?"

"조금 더 기다려!"

"……."

"……"
"이젠 끝났겠지?"
"기, 기다려."
"……"
"……"
"왜 이렇게 오래 걸리는 거야?"
"성질 급하긴. 얼마 안 남았다."
"……"
"……크으응."
"……설마 자고 있는 건 아니지?"
"쿵! 아, 아니다!"
"방금 코까지 곤 것 같은데?"
"감히 내가 누군 줄 알고!"
"이제 그만 시작하지?"
"아직 회복이 덜 됐다. 기왕 기다린 거, 조금만 더 기다려라……."
"……"
"……"

　　　　　*　　*　　*

람스는 넬과 함께 마탑의 문을 열고 밖으로 나갔다.

문 앞엔 그를 기다리고 있는 존재가 있었다.

검은 불길.

탐욕.

숲과 주변을 정리한 탐욕이 람스를 찾아 이곳까지 온 것이다.

화르르륵!

탐욕의 검은 불길이 하늘을 집어삼킬 듯 거셌다.

마족과 마물들을 삼켜서인지 그 기세가 확연히 강해졌다.

"오라."

람스가 손을 뻗었다.

검은 불길이 잘 길들여진 강아지처럼 그의 발아래로 숨어들었다.

람스는 잠시 눈을 감았다.

잠시 후 그가 감았던 눈을 다시 떴을 때, 심연처럼 가라앉은 그의 눈빛이 더욱더 깊어졌다.

탐욕이 집어삼킨 마물들의 마력을 흡수했기 때문이다.

스컬킹과 디스터가 한 가지 잘못 알고 있는 것이 있었다.

그들은 마물들과 십흉을 동원하여 람스의 힘을 빼놓으려고 했다. 분명 일반적인 적이었다면 그들의 전략이 효과를 발휘할 수 있었을 것이다.

하지만 람스는 다르다.

그의 힘은 체력과는 무관하다. 그의 본성은 불, 화력만 유지할 수 있다면 무한한 힘을 영원히 사용할 수 있다.

이러한 화력은 자연적인 불과 함께 체온과도 같은 열기도 포함이 된다.

마물과 마족들은 체온이 무척 높다.

체력과 활동능력이 인간보다 훨씬 뛰어나기 때문이다. 람스는 그러한 체온들도 뽑아서 에너지원으로 사용할 수 있다. 격전 중 그가 헤치운 마물들의 체온과 열기가 모두 람스의 마력으로 흡수되었다. 검은 탐욕이 삼킨 마물들의 힘도 그렇게 람스의 것이 되었다.

수를 동원한 전략은 애초에 람스에게 통하지 않는 것이다.

탐욕이 가져온 마력을 갈무리한 람스가 넬에게 고개를 돌렸다. 그녀에게 물어볼 말이 있었다.

"다른 사람들의 행방에 대해 알고 있니?"

넬이 고개를 끄덕였다.

"그들은 어디에 있지?"

넬은 대답대신 다크니스를 불렀다.

그녀의 그림자가 부글부글 끓어오르더니 곧 거대한 검은 덩어리가 모습을 드러냈다.

마왕 다크니스였다.

"주인! 괜찮냐?"

다크니스가 당황한 목소리로 물었다.

평소엔 그녀를 인정하지 않는 것처럼 행동하는 마왕이지만, 지금과 같은 특수한 상황에서는 저도 모르게 본심이 튀어나왔다.

넬이 고개를 끄덕였다.

"괜찮아."

"정말?"

확인이라도 하듯 다크니스가 넬의 주위를 한 바퀴 돌았다. 행색이 말이 아니긴 하지만 별다른 상처는 보이지 않았다. 잠시 안도하는 듯 보였던 다크니스가 버럭 고함을 질렀다.

"그러니까 내가 쓸데없는 짓하지 말고 내게 맡겨두라고 했잖아!"

다크니스의 핀잔에 넬에 대한 걱정이 묻어있었다. 오랫동안 함께하다보니 없던 정이라도 생긴 모양이다.

람스는 다크니스의 반응을 흥미롭게 바라보았다.

다크니스의 심경에 무언가 변화가 생긴 것이 분명하다.

어쩌면 넬의 성장과 더불어 마왕에 대한 지배력이 강해졌기 때문일 수도 있다. 그도 아니면 진짜로 마왕이 넬에게 정을 느낀 것일지도.

코흘리개 여동생을 걱정하듯 호들갑을 떠는 마왕에 비해 넬은 여전히 무표정한 얼굴이었다.

"다크니스."

"왜?"

"꺼내줘."

"뭘?"

"사람들."

"……알았다."

다크니스가 입을 열었다.

쩍 하고 벌어진 커다란 입에서 사람들이 우르르 쏟아져 나왔다.

그 수가 제법 많아 금세 마탑 앞 광장을 가득 메웠다. 마을 사람들이었다. 오드만과 리자크를 비롯한 마탑의 제자들도 보였다.

그들을 본 람스가 반색을 했다.

"다크니스 안에 숨어있었구나."

마족들의 대대적인 공습에 혹여나 사람들이 죽거나 다치지는 않았을까 노심초사했다. 파괴된 마을을 보고 얼마나 마음이 무거웠던가. 다행히 사람들은 무사했다.

마왕의 입속에 숨는 기발한 방법으로 마족의 습격을 빗겨낸 것이다.

"오드만의 생각이었다."

다크니스가 말했다.

"오드만?"

다크니스의 입에서 쏟아져 나온 사람들은 헛구역질을 하고 재채기를 하는 등 상태가 그리 좋지 못했다.

아무리 살기 위해서라도 마왕의 배 속으로 들어가는 건 결코 좋은 경험이 될 수 없었다.

그렇게 괴로워하는 사람 중에 오드만의 모습도 보였다.

"마왕님의 배 속에 숨는 거요? 네. 제가 생각한 것입니다."

간신히 충격에서 벗어난 오드만이 한숨과 함께 말했다.

곧 자세한 사정을 들을 수 있었다.

"암담한 상황이었습니다. 마족들은 밀려오는데 헬게이트는 열리지 않고……. 마을 사람들과 함께 피하고 싶어도 마땅한 곳이 없었습니다."

"그래서 다크니스의 배 속으로 들어갈 생각을 했나?"

"고아원의 아이들을 삼켰다가 고스란히 뱉으시는 모습을 보고 어쩌면 가능할 지도 모르겠다고 생각했습니다."

다크니스는 물질과 반물질의 중간 단계. 말하자면 살아있는 아공간과 같은 존재다. 다크니스의 뱃속은 다른 공간과 연결되어 있기 때문에 사람이 숨는 것도 불가능한 일은 아니다.

이것은 도박과도 같은 일이었다.

만약 다크니스가 온전한 생물이었다면 그의 뱃속에 들어간 사람들은 그의 위액에 녹아버렸을 것이다. 다크니스가 완전한 아공간의 생물이었더라도 큰 문제가 발생한다. 아공간이라는 곳 자체가 인간이 살기에 매우 부적합한 곳이기 때문이다. 잠시라면 모를까, 오랫동안 그곳에 머무르면 생기를 잃고 죽지도 살지도 못하는 존재로 변해버린다.

다행히 다크니스는 중간 단계의 생물이었고, 사람들은 그의 뱃속에서 소화되지 않고 살아나올 수 있었다.

"현명한 판단이었다."

람스는 오드만을 칭찬했다.

그가 아니었다면 마을 사람들 중 적어도 절반은 죽음을 면치 못했을 것이다. 어쩌면 전멸했을는지도 모른다. 오드만의 재치가 많은 생명을 살린 셈이다.

'그래서 넬이 다크니스도 없이 홀로 싸우고 있었구나.'

넬이 무시무시한 마족들과 혈전을 벌이는 동안 다크니스는 그녀의 그림자 아래에 숨어 있어야 했다.

사람들을 보호하기 위해서였다.

격전 중에 다크니스의 몸에 이상이라도 생기면 그 속에 숨어있는 마을 사람들에게도 피해가 간다.

그래서 그녀가 고초를 겪고 있음을 알면서도 다크니스는 모습을 드러낼 수 없었다.

"그깟 놈들 뭐가 두렵다고. 애초에 내게 맡겨두었으면 깡그리 먹어치워 버렸을 텐데."

다크니스가 으스대듯 말했다.

중요한 싸움에 참여하지 못한 것이 불만이었다.

그에게 마족들은 잘 차려진 만찬이다.

그저 발버둥치는 먹이에 지나지 않는 존재들.

하지만 그는 자신이 얼마만큼 약해져 있는지는 제대로 실감하지 못하고 있었다.

"아! 스승님."

돌연, 무언가가 떠오른 듯 오드만이 손바닥을 두드렸다.

람스가 그를 보자 오드만이 급한 목소리로 외쳤다.

"스키머 님이 위험하십니다."

"스키머가?"

"네. 스키머 님께선 넬 님을 보호하고 위해 적들의 수장을 유인하셨습니다. 아마 지금쯤 위험한 상황에……."

뒤늦게 생각이 났다.

디스터가 전한 말. 스키머가 콜드레인과 세 번째 파멸을 유인했다고 말했다.

"그는 어디로 갔지?"

"마지막으로 뵈었을 때, 메딘산 정상을 향하고 계셨습니다."

"알았다."

말이 끝나기도 전, 람스는 이미 메딘산 정상을 향해 몸을 날리고 있었다.

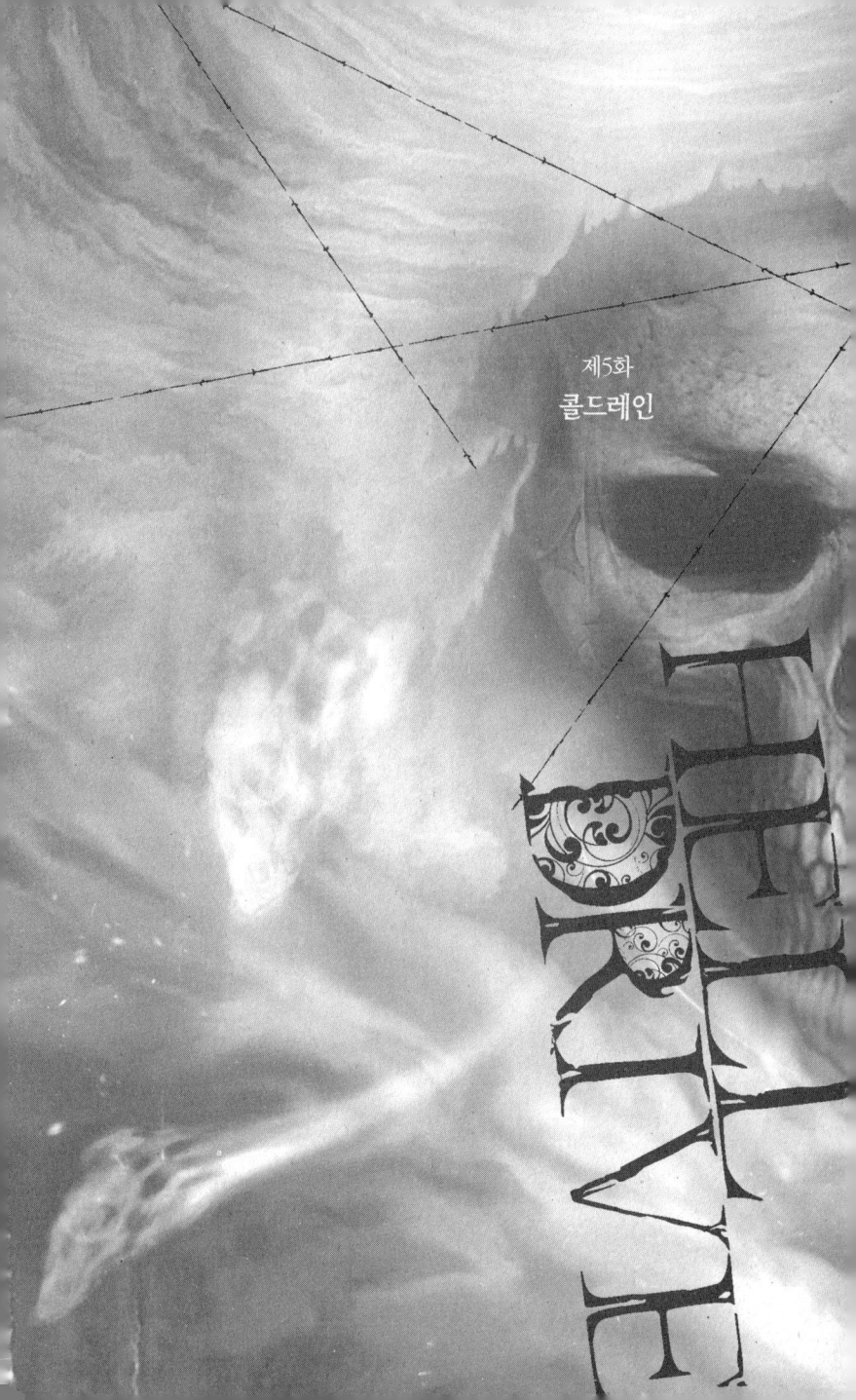

산 정상의 기후는 변화무쌍하다.

방금 전까지만 해도 잔뜩 흐리던 하늘이 어느새 구름 한 점 없는 맑은 날로 변했다. 살을 에던 찬바람도 어느새 훈훈한 기운을 품고 있다.

"쯧쯧."

산 아래를 굽어보던 콜드레인이 혀를 찼다.

"일이 성가시게 되었군."

지금 그가 서 있는 산 정상에서 헬리오스 마탑이 있는 아랫마을까지는 까마득한 거리가 있다. 그 먼 거리에도 불구하고 콜드레인은 아랫마을의 상황을 정확하게 파악할 수 있었다.

"무슨 일이 생겼습니까?"

그의 수하인 바할이 조심스럽게 물었다.

"고르다스가 당한 것 같다."

"……!"

한순간 바할의 눈이 찢어질 듯이 커졌다.

믿기지 않는다.

불사의 능력을 가진 고르다스가 당하다니.

"누굽니까?"

"누구겠는가? 다섯 번째 파멸, 바로 그 놈이지."

"으음."

바할이 그르렁 목울림을 울렸다.

다섯 번째 파멸. 강한 줄은 알았지만, 이 정도일 줄이야.

"고르다스에겐 십흉과 수천 마리의 마물이 함께 있었는데……"

"마물과의 싸움은 꽤나 인상적이었지. 흐흐. 역시 놈에겐 물량으로 밀어붙이는 게 소용이 없어."

무에 그리 즐거운지 콜드레인은 나직하게 웃었다.

고르다스, 그의 수하이자 파멸 중 하나가 당했음에도 별반 긴장하는 기색이 없었다.

바할이 새삼스러운 눈으로 그를 보았다.

주인은 마족들이나 십흉으로는 다섯 번째 파멸을 막을 수 없을 것을 이미 짐작하고 있었다. 혹시 고르다스가 당할 것도 알고 있었던 것은 아닐까?

대체 어떻게······.

"녀석과는 몇 번 부딪힌 적이 있었지."

첫 번째 파멸과 다섯 번째 파멸은 여러 번 충돌했다. 그건 널리 알려진 사실이다. 하지만 정작 그들의 싸움을 직접 본 마족은 없다. 그래서 둘의 싸움이 어떤 양상으로 시작되고 어떤 식으로 결론이 났는지 아는 자가 없었다. 다만 한 가지, 어느 누구도 승자가 되지 못했다는 것만은 확실하다.

바할은 두 파멸의 싸움이 궁금했다.

호기심을 가득 담아 콜드레인을 봤다.

콜드레인은 알려줄 생각이 없었다.

그저 시큰둥하게 '영양가 없는 싸움이었다.'라고만 대답할 뿐이었다.

"놈이 오고 있군."

산 아래를 보고 있던 콜드레인이 눈을 반짝였다.

마탑을 나선 람스가 바람처럼 산자락을 오르고 있었다.

무시무시한 속도.

얼마 지나지 않아 다섯 번째 파멸이 이곳에 도착할 것이다.

흥미로운 눈길로 람스를 지켜보던 콜드레인이 고개를 돌렸다.

"많이 지친 듯한데, 이제 그만두는 게 어떤가?"

그의 주변은 기괴한 어둠이 장막처럼 둘러쳐져 있었는데, 그는 장막 너머에 있는 누군가에게 말을 건 것이었다.

첫 번째 파멸, 콜드레인이 이곳에 머물고 있었던 것은 자의적인 선택이 아니다. 이 어둠의 장막이 그와 바할의 움직임을 제한한 것이다.

무려 파멸 두 명을 묶어버린 장막.

그 장막의 주인이 흉흉한 목소리로 대답했다.

"흐흐흐. 아직도 이곳을 벗어날 생각인가?"

"갇혀있는 건 좀 답답해서 말이야."

상대가 풀어줄 생각이 없어 보이자, 콜드레인이 자리에서 일어났다.

"때가 무르익었으니 슬슬 나가 볼까?"

장막 밖의 목소리가 위협하듯 크게 소리쳤다.

"흥. 그게 네 마음대로 될 것 같으냐!"

콜드레인은 대답 대신 가볍게 목을 풀었다.

"된다. 내가 그리 하기로 마음먹었으니까."

콜드레인이 손을 펼쳤다. 그의 손끝에서 일어난 한 줄기 냉기가 곧 눈보라를 일으켰다.

눈보라는 무시무시한 냉기를 품고 있었다.

쩌거걱.

그와 바할을 둘러싼 붉은 장막이 이내 얼어붙었다.

콜드레인이 얼어붙은 붉은 장막 한 쪽을 툭 하고 걷어차자 유리가 부서지듯 돔 형태의 장막이 와르르 무너졌다.

부서진 붉은 장막 너머, 그가 있었다.

피로한 모습의 두 번째 파멸.

그는 다름 아닌 스키머였다.

넬이 고르다스와 마물들을 상대로 위험한 줄다리기를 하고 있을 때, 스키머는 이곳에서 콜드레인과 바할을 막는 데 총력을 기울였다.

그 대가로 그는 젊음을 잃고 말았다.

검고 윤기 나던 머리칼은 은회색으로 시들고, 팽팽하던 얼굴엔 주름이 가득 새겨졌다. 통통하던 볼살도 움푹 들어가고, 목과 손등엔 혈관이 도드라져 보였다.

그가 목숨까지 걸어야 할 정도로 콜드레인은 강했다.

"피를 너무 많이 사용한 모양이지? 그래도 꽤 오랫동안 날 잡아두셨군. 과연 밤의 제왕다워."

콜드레인이 스키머에게 걸어갔다.

손을 내밀어 스키머의 머리를 잡아 올렸다.

이미 스키머는 손가락 하나 까딱할 힘도 남아있지 않았다.

콜드레인이 스키머의 오른쪽 다리를 툭 하고 쳤다.

그의 다리가 와지직 소리를 내며 부서져 내렸다.

뼈가 부러졌다 게 아니다. 말 그대로 살얼음이 깨어지듯 가루가 되어 부서졌다는 소리다.

콜드레인의 힘에 의해 냉각된 다리에서는 피 한 방울 흘러나오지 않았다.

끔찍한 고통이 밀려왔다.

그러나 스키머는 신음 대신 대소를 터트렸다.

"하하하. 이미 늦었다. 주인님께서 돌아오셨으니, 너희는 곧 종말을 맞게 될 것이다."

그의 웃음이 콜드레인의 심기를 거슬렀다.

콰드득.

스키머의 왼쪽 다리와 두 팔이 가루가 되어 부서졌다.

콜드레인이 몸만 남은 스키머를 내려다보며 이죽거렸다.

"어때? 이래도 웃을 테냐?"

"하하하하."

스키머는 여보란 듯이 껄껄 웃었다.

콜드레인이 손을 들었다. 그대로 스키머를 지워버리려 했다. 그러다 무슨 생각에서인지 손을 내렸다.

"네가 그렇게 웃을 수 있는 것은 다섯 번째 파멸을 믿기 때문이겠지?"

콜드레인이 몸과 머리만 남은 스키머를 바닥에 던졌다.

더러운 흙과 먼지 속을 구르는 그를 내려다보며 콜드레인이 다시 말했다.

"네가 보는 앞에서 람스를 죽여 널 절망하게 만들겠다."

람스를 향한 스키머의 마음은 숭배에 가깝다. 스키머가 보는 앞에서 람스를 죽이면 그는 자신의 죽음보다 더 큰 고통을 느낄 것이다.

"흐흐흐. 그게 가능할 것 같은가?"

"가능해. 적어도 지금의 녀석이라면 말이야."

"……?"

"궁금한 눈빛이군. 뭐, 곧 알게 될 테지만……. 안 그런가? 람스."

콜드레인 고개를 돌렸다.

절벽 위, 조금 전까지 보이지 않던 사람이 그곳에 서 있었다.

람스였다.

* * *

"……"

람스는 말없이 스키머를 내려다보았다.

팔다리가 모두 부서지고, 몸과 머리만 남았다. 그 꼴을 하고서도 람스를 확인하더니 만족한 듯 껄껄 웃는 것이었다.

"보아라. 주인님이 오셨다. 이제 너희는 각오하는 게 좋을 것이다. 단 한 번도 경험하지 못한 끔찍한 파멸이 너희의 육체와 너희의 영혼을 앗아갈 것이다."

람스가 첫 번째 파멸과 세 번째 파멸 모두를 지워버릴 것임을 추호도 의심하지 않는 확신에 찬 웃음이었다.

"쯧. 끝까지 헛소리로군."

콜드레인이 짜증을 내더니 발을 가볍게 굴렀다. 발아래에서 일어난 한 줄기 냉기가 스키머의 몸을 얼어붙게 만들었다. 스키머는 웃는 모습 그대로 얼음동상이 되었다.

"……!"

람스의 눈이 찢어질 듯 커졌다.

스키머.

두 번째 파멸.

그가 자신을 주인으로 섬긴 것은 승부에서 졌기 때문이었다. 그가 스스로를 노예라 자처할 때만 해도 이토록 끈끈한 관계가 될 줄은 몰랐다.

뱀파이어들의 군주.

마계의 밤을 지배하는 위대한 왕.

결코 저렇듯 초라한 모습으로 죽어서는 안 되는 마족이다.

람스는 조용히 분노를 일으켰다.

그의 내부는 부글부글 끓어오른 용암처럼 뜨겁게 변했지만, 그의 얼굴과 머릿속은 그와는 정반대로 차갑게 식어버렸다.

콜드레인이 그런 람스를 보며 혀를 찼다.

"쯧, 냉정하기는. 능력에 어울리게 길길이 날뛰기라도 하면 얼마나 좋아?"

아쉬운 듯 혀를 차던 콜드레인이 람스에게 걸음을 옮겼다. 그러나 채 몇 발자국 옮기지 못하고 발을 멈춰야 했다.

수하인 바할이 그의 앞에 무릎을 꿇었기 때문이다.

"뭐냐?"

콜드레인이 눈썹을 곤두세우며 물었다.

바할이 무릎을 꿇은 채 간절한 목소리로 말했다.

"놈을 제게 주십시오."

"다섯 번째 파멸을?"

"네."

잠시 말없이 바할을 내려다보던 콜드레인이 다시 입을 열었다.

"람스는 강하다."

그가 인정하는 유일한 호적수.

그게 바로 다섯 번째 파멸, 람스다.

바할은 긴장하기는커녕 오히려 음침하게 웃었다.

"놈이 인간인 이상, 제 힘을 극복할 수는 없을 것입니다."

콜드레인이 고개를 끄덕였다.

"알아서 해."

"감사합니다."

주인의 허락이 떨어졌다.

바할이 자리에서 일어나 람스를 응시했다.

번들거리는 눈빛이 마치 먹이를 보는 뱀의 그것과 같았다.

실제로 그의 눈동자는 세로로 갈라져 있어 보는 사람으로 하여금 섬뜩함을 느끼게 만들었다.

"처음 보는군."

바할이 말했다.

마계의 정점.

서로 상대의 소식만 들었을 뿐, 마주대한 것은 이번이 처음이다.

바할의 말이 이어졌다.

"내가 너와의 만남을 얼마나 고대했는지 넌 모를 것이다."

그는 인간을 노예로 부릴 수 있는 특수한 능력을 가지고 있다. 하지만 인간은 약한 존재다. 끈질긴 생명력을 갖고 있는 마물, 강대한 마력의 마족에 비하면 벌레처럼 보잘것없다. 하지만 다섯 번째 파멸은 다르다. 그는 인간임에도 불구하고 마계의 정점에 올랐을 정도로 강하다.

"그래서 아주 오래전부터 이 날을 기다렸다. 널 가질 수 있는 절호의 기회를 말이야."

람스는 말없이 서 있었다.

바알에게 전혀 관심이 없어보였다.

심지어 그는 바할을 보고 있지도 않았다.

이글이글 타오르는 눈동자엔 오로지 콜드레인만이 담겨 있을 뿐이었다.

"이놈이!"

바할은 크게 흥분했다.

적을 앞에 두고도 한눈을 팔다니.

그야말로 죽여 달라고 목을 내미는 행동이 아닌가.

그도 아니면 자신을 무시하고 있는 것인가?

마계의 위대한 파멸인 이 몸을?

"이놈! 네놈이 집중해야 할 대상은 콜드레인 님이 아니라 바로 이 몸이시다!"

 자존심에 상처를 입은 바할이 일갈하며 다짜고짜 람스에게 달려들었다.

 상처 입은 맹수는 사납다.

 그 상처가 자존심에 입은 것이라면 더더욱 그렇다.

 바할은 람스를 덮쳐가면서 마력을 끌어 모았다.

 그의 전신에서 훅하고 시체 썩는 악취가 일었다.

 "죽어라. 다섯 번째 파멸!"

 바할이 손가락으로 람스의 가슴을 찔러갔다.

 말라비틀어진 나뭇가지처럼 가는 손가락 끝에서 검은 기운이 일어났다.

 독(Poison)!

 평범한 독이 아니다.

 그의 독은 영혼을 오염시킨다.

 몸에 깃든 독은 해독제로 치유할 수 있지만, 영혼이 오염되면 치료할 방법이 없다.

 바할의 독에 노출된 영혼은 서서히 기력이 쇠하고 이지능력이 상실되며, 결국 그의 노예로 전락하게 된다.

 그 능력은 십흉 중 독을 사용하는 오흉과 영혼을 조종하는 팔흉의 능력을 절반씩 섞은 듯한 느낌이었는데, 실제로 바할은 팔흉과 같은 종족이었다.

 비록 그의 능력이 십흉 중 둘의 힘을 섞어놓은 듯 보이긴 했지만, 그 위력은 상상초월. 십흉 따위와는 비교할 수조차 없을 만큼 강하고 치명적이었다.

그의 전신에서 풍기는 냄새를 맡는 것만으로도 성신의 축복을 받은 성기사가 타락하고 변질되어 노예로 변해버린다.

인간이라면 절대로 피할 수 없다.

그의 능력은 인간에게만큼은 절대적이다.

물론, 그가 아무리 강하다 해도 단순히 몸에서 풍기는 냄새만으로 람스를 어찌할 수는 없었다. 다섯 번째 파멸. 그는 차원이 다른 존재이기 때문이다.

그래서 바할은 다소 위험부담을 안은 채 직접 몸을 날려야 했다. 어떻게든 한 번이라도 스치기만 하면 승부는 그의 승리로 끝나게 된다.

상대가 인간인 이상, 영혼을 가지고 있는 이상, 그의 지배력에서 벗어날 수 없다.

바할의 움직임은 놀랄 만큼 빨랐고, 람스의 방심을 제대로 짚은 것이기도 했다.

그의 깡마른 손가락이 람스의 가슴을 짚었다.

바할은 흉측하게 웃었다.

이제 사상 최강의 노예를 확보하게 되는 것이다.

그가 기쁨의 광소를 터트리려 하는 순간, 람스의 몸이 허깨비처럼 사라졌다.

"뭣!"

바할의 눈이 찢어질 듯 커졌다.

방금 전까지 눈앞에 서 있던 람스가 감쪽같이 사라졌다. 당연히 그의 손가락은 텅 빈 허공을 가로질렀다.

방금 전까지 람스가 서 있던 자리엔 희뿌연 연기가 피어오르고 있었다.

"마, 말도 안 돼는……!"

당황한 바할이 주위를 둘러보았다.

람스의 모습은 그 어디에도 보이지 않았다.

설마 정말로 연기로 변해 사라졌단 말인가.

그때, 누군가 그의 어깨를 턱 하고 짚었다.

사라졌던 람스였다.

"……!"

바할이 깜짝 놀라며 급히 신형을 돌려 람스를 봤다.

적에게 등을 보이다니. 절체절명의 위기가 아닌가.

그러나 예상과 달리 람스는 어떠한 공격도 하지 않았다.

그저 그의 어깨를 툭툭 두드리고는 고개를 돌려 콜드레인을 노려보는 것이었다.

모르는 사람이 보았다면 람스가 바할을 위로한 것처럼 보일 만한 행동이었다.

"이, 이놈이!"

바할의 분노가 하늘을 찔렀다.

기회가 있었음에도 공격하지 않아?

자신이 그렇게 하찮게 보였단 말인가!

오냐, 그렇게 죽기를 소망한다면 죽여주마.

바할은 람스를 노예로 만들려던 계획을 버렸다. 대신 총력을 기울여 람스를 죽이기로 마음먹었다.

그가 분노하면 온 산천의 원혼들이 모조리 몰려온다.

땅이 있는 곳이면 어느 곳이나 억울하게 죽은 자들이 넘쳐나고, 그러한 영혼을 바할은 마음대로 조종할 수 있는 능력이 있었다.

그러한 능력을 총동원하여 람스를 죽일 것이다.

그러나 마지막 순간, 그의 얼굴이 창백해졌다.

어깨가 견딜 수 없이 뜨거웠기 때문이다.

람스가 토닥여준 바로 그 어깨였다.

'이, 이건……'

바할은 당황했다.

좀 전에 람스의 행동, 그를 농락한 것이 아니란 말인가.

설마 그게 공격이었던 말인가?

가볍게 어깨를 토닥여준 바로 그 행동이?

고작 그 정도로 마계를 주름잡는 파멸을 공략했단 말인가?

믿을 수 없지만 어깨를 토닥인 그 단순한 동작은 공격이 분명했다. 그리고 람스는 그것만으로도 세 번째 파멸인 바할을 제거할 수 있을 것이라고 보았다.

실제로도 그랬다.

어깨를 타고 들어온 한 줄기 화염은 바할의 내부를 부글부글 끓게 만들었다.

바할은 고르다스처럼 '불사'의 능력 따위는 없었다.

불에 탄 육체는 그대로 재가 되어 흩어졌다.

"으아아아아아아악!"

바할이 끔찍한 비명을 질렀다.

온몸이 불타는 고통. 너무도 끔찍하다.

고통이 얼마나 극심했던지, 람스가 등을 훤히 보인 채 서 있음에도 불구하고 어떠한 공격도 펼칠 수 없었다.

바할은 미친듯이 바닥을 구르며 불을 꺼보려고 노력했다. 그러나 불길은 시간이 지날수록 더욱더 맹렬하게 타올랐다.

지글지글 어깨를 태운 불길이 어느새 가슴과 목으로 번졌다. 이제 바할은 비명조차 지르지 못하는 신세가 되었다.

"쯧쯧."

보다 못한 콜드레인이 혀를 차며 그에게 다가갔다.

불타오르는 목과 가슴을 가볍게 만져주자 무섭게 타오르던 불길이 순식간에 식어버렸다.

같은 파멸의 반열에 오른 바할이 어떠한 수를 써도 꺼지지 않던 불길이 콜드레인의 가벼운 손짓 한 번에 수습된 것이다.

"주, 주인님."

간신히 고통에서 벗어난 바할이 비틀거리며 몸을 일으켰다. 굳이 무릎을 꿇는 바할을 내려다보며 콜드레인이 다시 혀를 찼다.

"쯧. 앞으로는 팔 하나가 없는 불구로 살아야겠구나."

바할이 침통한 표정으로 고개를 숙였다.

람스의 불길에 의해 그의 왼쪽 팔이 모조리 녹아버렸다. 상처야 재생력으로 어떻게든 치유 할 수 있지만, 없어진 팔을 다시 만들 수는 없다.

파멸씩이나 되는 존재가 졸지에 팔 하나가 없는 불구로 전락한 것이다.

콜드레인이 바할을 내려다보고 혀를 차고 있을 때, 람스는 스키머를 살피고 있었다.

얼음동상이 된 스키머.

처참하게도 스키머는 손발이 사라지고 없었다.

콜드레인에게 당한 것이다.

보통 사람이었으면 벌써 오래전에 죽었을 것이다.

다행히 스키머는 마족이다. 그것도 뱀파이어의 왕.

그런 스키머라면 없어진 손발을 복구할 방법이 아예 없는 것은 아니다. 충분한 혈액만 있다면 원래의 그로 돌아갈 방법이 있다.

람스가 손을 내밀어 그의 어깨 부위를 잡았다.

치이이익!

뿌연 수증기가 일어나며 스키머를 얼려버린 냉기가 사라졌다.

콜드레인이 람스의 불길을 소화시킬 수 있듯이, 람스 또한 콜드레인의 냉기를 날려버릴 수 있었다.

"콜록. 콜록."

몸을 얼린 냉기가 사라지자 스키머가 기침을 했다.

"더 크게 기침을 해라. 몸속에 냉기가 아직 남아있다. 목과 폐 속에 찬 얼음알갱이를 모조리 뱉어낸다는 생각으로 크게 기침을 해라."

스키머가 시키는 대로 크게 기침을 했다. 그렇게 몇 번 기침을 하고나니 다소 편한 얼굴이 되었다.

"주인님."

스키머가 람스를 올려다보았다.

그의 얼굴이 감동으로 부들부들 떨렸다.

람스는 가슴이 아팠다.

지금 감동해야 할 사람은 오히려 자신이다.

탑과 제자들을 위해 스키머는 참으로 큰 희생을 감수했다. 콜드레인과 바할을 막기 위해 젊음을 바쳤고, 팔과 다리까지 잃었다.

람스는 흔들리는 마음을 숨기며 애써 냉정하게 말했다.

"콜드레인과 싸워야 할 것 같다. 잠시 쉬고 있어라."

그는 스키머를 안아 들고 주위를 살폈다. 안전한 곳을 찾던 중 눈에 띄는 곳이 있었다.

옛 헬리오스 마탑의 잔해였다.

거대한 숲 덩어리로 변해버린 옛 추억.

우연인지, 파멸들 간의 충돌로 주변이 모조리 쑥대밭으로 변한 와중에도 헬리오스 마탑의 잔해만큼은 그대로 보존되어 있었다.

우연일 리가 없다.

스키머가 사력을 다해 지킨 결과리라.

비록 잿더미만 남았을지언정 스키머는 람스의 추억을 어떻게든 지켜내고 싶었을 것이다.

'고맙다.'

람스는 마음으로 고마움을 표했다.

스키머를 옛 헬리오스 마탑의 안마당이었던 곳에 조심스럽게 내려놓았다.

"이곳에서 잠시 쉬고 있어라."

"알겠습니다. 주인님."

스키머가 활짝 웃음을 보였다.

그의 얼굴은 여유로 넘쳤다.

주인이 나타난 이상, 자신이 당한 수모와 굴욕을 남김없이 풀어주리라. 람스가 당할 것이라고는 추호도 의심하지 않는 그런 표정이며 얼굴이었다.

람스가 그의 어깨를 가볍게 두드려주고 몸을 일으켰다.

성큼성큼 콜드레인을 향해 걸어갔다.

그의 넓은 등을 잠시 바라보던 스키머가 눈을 감았다.

지금은 남의 싸움을 구경하듯 여유를 부릴 때가 아니다. 어떻게든 주인님에게 도움이 되어야 한다. 우선은 부상을 회복하고 힘을 되찾는 것이 먼저다.

스키머는 정신을 집중하여 마력을 끌어올렸다. 사력을 다해 어둠을 불렀다. 헬리오스 마탑의 잔해와 무너진 돌담 아래에 숨어있던 어둠이 스멀스멀 그에게로 몰려들었다.

* * *

"어째서…… 이런 일을 벌인 것인가, 콜드레인!"

콜드레인 앞에 선 람스가 분노로 이글거리는 음성으로 물었다.

"왜냐고? 그걸 몰라서 물어?"

람스는 말없이 그를 노려보았다.

"정말 모르는 눈치네."

콜드레인이 피식 웃으며 말을 이었다.

"하긴 네 녀석은 인간이었지? 인간인 네가 마족의 깊은 속을 알리가 없지."

"허튼소리 하지 마라, 콜드레인."

"알았어. 그렇게 노려보지 말고……. 질문이 뭐였더라? 아! 왜 이런 일을 벌이는 거냐고 물었지? 그래, 그런 당연한 것조차 이해를 못하는 군, 람스. 왜냐고? 내가 원하는 걸 네가 가지고 있기 때문이지."

"……"

"네가 가진 권력, 명성, 파멸로서의 지위. 그 모든 것이 날이 자리에 서 있게 만든 거야. 널 죽여야 내가 원하는 걸 얻을 수 있거든."

"마계의 왕이 되고 싶은가?"

"그건 당연한 소리지."

"그렇다면 굳이 날 쫓아올 필요가 없었을 텐데. 난 이미 그곳을 떠나지 않았는가?"

"그게 더 큰 문제였지."

"……"

"이해가 안 가는 표정이네. 잘 생각해봐. 넌 나와 함께 마계를 양분하던 존재야. 파멸이 여섯이나 있다고 해도 사실상 나머지 네 파멸은 너와 내게 속해있으니까, 결국은 이쪽과 그쪽으로 양분된 셈이지. 넌 그렇게 생각하지 않을지 몰라도, 마계의 마족들은 모두 그렇게 알고 있지. 그리고 언젠가 너와 내가 충돌하게 될 날을 고대하게 된 거지."

"……"

"그런데 어느 날 네가 사라진 거야. 증발하듯이 감쪽같이. 마족들은 생각할 테지. 왜 다섯 번째 파멸이 사라진 걸까. 혹시 첫 번째 파멸이 두려워서 도망간 건 아닐까? 아니면 누군가에게 암살당했나? 이유가 무엇이건 간에 김이 빠진 게 사실이야. 희대의 대격돌을 기대했는데, 싸움이 벌어지기도 전에 한쪽이 사라졌으니까 말이야. 그리고 다들 생각했지. 이제 첫 번째 파멸이 마계의 왕이 되겠군. 당연한 소리지. 내 라이벌이라고 할 수 있는 네가 사라졌으니까 말이야."

 람스가 미간을 찌푸렸다.

 "내가 사라진 것이 무슨 문제라는 거냐. 덕분에 손쉽게 마계를 차지할 수 있었을 텐데."

 "그래, 네가 사라진 마계를 차지하는 건 너무도 쉬웠다. 드디어 마계의 왕이 된 거지. 그런데 말이야, 아직 해결되지 않은 문제가 있었어. 그래, 바로 너. 네가 살아있다는 게 문제였지. 넌 마계의 절반을 통치하던 절대자였어. 널 따르던 마족들도 많았지. 그들은 날 인정하려 들지 않았어. 언젠가 네가 돌아오면 빼앗긴 왕좌를 되찾을 거라고 지금도 믿고 있지."

 빠른 목소리로 설명을 이어가던 콜드레인이 람스를 향해 비스듬히 웃었다.

 "이제 이해가 되느냐? 내가 왜 널 죽이려 하는지. 왜 내가 너의 목을 들고 마계로 돌아가야 하는지를 말이야."

 "마족들의 신임을 받기 위해서라는 말인가?"

 "진정한 왕이 되기 위해서다. 나와 비등한 존재가 남아있다는 것은 무지한 존재들에게 묘한 기대를 주기 때문이지. 람스, 마계의 왕은 결코 둘일 수 없다. 내가 우월한 존재로 마계에 군림하기 위해선 네가 죽어줘야 해."

 콜드레인의 미소가 한층 깊어졌다.

 "람스, 내게 목을 바쳐라. 그것이 오래전 네가 우리 일족에게 진 빚을 갚는 길이다."

그의 말에 람스가 냉소하듯 말했다.

"내가 빚을 진 마족은 너나 네 일족이 아니었다."

"그래. 콜드란, 우리 일족의 장로였지."

오래전, 람스가 마계에 떨어졌을 때의 일이다.

낯선 세상과 무시무시한 마물들.

공포에 질린 어린 인간의 아이를 구해준 마족이 있었다.

콜드란.

그의 이름이었다.

돌이켜보면 콜드란과의 만남은 람스의 인생 전체를 통틀어 첫손에 꼽을 만한 행운이었다.

마족들은 잔인한 종족이다. 특히 인간에 대한 증오심이 하늘을 찌를 듯이 높다. 대개의 마족들은 인간을 보는 즉시 노예로 만들거나 포를 떠서 벽에 장식한다.

콜드란은 달랐다.

그는 이 어리고 나약한 이방인을 손님으로 받아들였다.

콜드란의 종족은 마계 내에서도 평화와 화합을 중시하는 몇 안 되는 종족 중 하나였다. 람스는 콜드란의 도움으로 마계에서 살아갈 힘과 지혜를 얻게 되었다.

람스에겐 평생의 은인인 셈이다.

하지만 콜드란은 이제 없다.

람스와 콜드레인을 시기한 마족들에 의해 콜드란과 그의 종족은 마계에서 지워졌다.

한창 람스와 콜드레인이 명성을 키워갈 무렵에 벌어진 사건이다. 정면대결로는 람스와 콜드레인을 꺾을 수 없음을 깨달은 일부 마족들이 콜드란의 종족을 습격하여 어른 아이 할 것 없이 잔인하게 죽였다.

뒤늦게 소식을 들은 람스와 콜드레인은 분노했다. 당장 원수를 찾아갔다. 원수들은 그들을 죽이기 위해 숱한 함정을 준비해 놓았다. 애초에 콜드란의 마을을 파괴한 것도 그들을 함정으로 유인하기 위해서였다.

그러나 그들은 그 모든 노력이 허사였음을 알게 되었다.

분노한 람스와 콜드레인에 의해 원수와 원수의 종족들은 지옥의 밑바닥으로 떨어졌다. 수많은 마족들이 죽었다. 그러나 원수를 모두 죽이고도 람스와 콜드레인의 분노는 가라앉지 않았다.

그날, 마계의 서쪽이 무너졌다. 거대한 산맥이 불타고, 바다는 빙하로 뒤덮였으며, 강엔 물 대신 피가 흘렀다.

마계의 역사를 뒤흔든 일대 사건이었다.

"콜드레인. 지금 너의 모습을 콜드란 씨가 보았다면 아마 땅을 치고 통곡하실 것이다."

"통곡? 흥!"

콜드레인이 코웃음을 쳤다.

"넌 콜드란 그 작자를 꽤나 우상시하는 모양이군."

"그는 나의 은인이다."

"그래. 분명 그는 널 구해주었지. 하지만 그 때문에 그는 우리 종족을 멸망하게 만들었어."

"그것은 그의 탓이 아니다."

"그래. 우리 탓이다. 너와 나! 우리 둘을 시기한 마족들이 벌인 일이지. 하지만 그렇다 해도 그의 책임이 완전히 사라지는 것은 아니야. 평화? 화합? 퉤, 개나 줘버리라고 해. 흉포한 마족들이 우글거리는 마계에서 그 무슨 허풍 가득한 헛소리란 말이냐."

"그는……"

"틀렸어! 그의 생각은 잘못되었어. 화합 같은 엉뚱한 설교를 늘어놓을 시간에 우리 종족을 단련시켰어야 했다. 이웃 종족을 무너뜨리고 세력을 키워야 했어. 그는 그렇게 하지 않았다. 그래서 어떻게 됐지? 모두 죽어버렸어. 일족의 모두가 죽음의 구렁텅이에 떨어졌지. 이게 그의 탓이 아니면 대체 누구 탓이란 말이냐!"

람스는 침묵했다.

콜드레인의 말도 일견 일리는 있다.

적어도 그에겐 그럴 만한 자격이 있다.

유일하게 살아남은 일족의 후예.

이제 콜드레인이 죽으면 그의 종족은 영원히 명맥이 끊기고 말 것이다.

"난 다를 것이다. 누구에게도 굴복하지 않을 것이다. 그 어떤 누구도 감히 저항하지 못할 압도적인 힘과 권위를 손에 넣을 것이다. 마족들의 뇌리에 콜드레인이라는 이름을 공포로 각인시킬 것이다."

웅변을 하듯 큰 소리로 외친 콜드레인이 람스를 노려보았다.

"그러기 위해서 넌 죽어야 한다."

콜드레인의 전신에서 무시무시한 냉기가 솟아올랐다.

"날 위해서 죽어라."

* * *

우르릉.

뇌성이 울렸다.

서편과 동편 하늘에서 먹구름이 몰려와 사위를 뒤덮었다.

잠시 맑았던 하늘이 다시 밤처럼 어두워졌다.

차가운 바람이 불더니 우박이 떨어졌다.

따뜻한 초여름 기온에 비도 아닌 우박이라니.

놀라운 것은 그것이 콜드레인의 능력이라는 점이었다.

점점이 떨어지던 우박이 어느새 폭우처럼 쏟아졌다.

날카로운 칼날 같은 우박이었다.

수목의 잎이 베이고 찢겨졌다. 낮게 누운 잡초나 침엽수도 횡액을 면할 수 없었다.

우스스스.

숲 전체가 비명을 질렀다.

그때 람스가 무겁게 발을 굴렀다.

그의 주위가 뜨겁게 달궈졌다. 쏟아지던 우박이 상공 수십 미르 위에서 물이 되었다. 어느새 우박은 소나기로 변했다.

숲의 울부짖음이 사라졌다.

콜드레인의 한기.

람스의 화염.

장난 같은 마력의 충돌이었지만, 두 사람의 능력을 확연히 확인할 수 있었던 장면이었다.

콜드레인이 물었다.

"시작할까?"

람스가 고개를 끄덕였다.

스륵.

콜드레인이 사라졌다.

그가 서 있던 곳엔 아지랑이만이 일렁이고 있었다.

람스는 당황하지 않고 몸을 팽이처럼 회전했다.

지지직!

신발 바닥이 땅을 긁는 소리가 어지럽게 울렸다.

화악!

그의 발아래에서 화염이 솟구쳐 올랐다. 화염줄기는 나선을 그리듯 그의 몸을 타고 올랐다.

마침 등 뒤에서 그를 노리던 콜드레인의 공격이 그 화염과 부딪혔다.

펑!

화려한 폭발이 일었다.

람스가 손을 내밀어 콜드레인을 가리켰다.

붉은 화염이 폭포수처럼 쏟아져 나왔다.

"흥!"

콜드레인이 가볍게 코웃음을 치자 옷자락을 펄럭였다.

무섭게 쏟아진 화염이 그 모습 그대로 얼어붙었다.

그야말로 화염과 얼음이 만들어낸 절묘한 조각이었다.

콜드레인이 신경질적으로 조각을 쳐냈다.

바닥으로 쏟아진 얼음 조각이 물안개처럼 뿌연 몽연을 일으켰다.

그 순간 람스가 콜드레인에게 쇄도했다.

눈부신 속도로 콜드레인의 품안으로 뛰어들어, 거센 공격을 가차 없이 뿌렸다.

파바바바!

그의 주먹이 어지러운 그림자를 쏟아냈다.

그 주먹 하나하나에 무시무시한 힘과 파괴력이 담겨 있었다.

콜드레인이 다시 아지랑이 속으로 몸을 숨겼다.

콰과광!

육중한 폭발이 연속적으로 터져 나왔다.

후끈한 열기가 주변을 뜨겁게 달궜다.

"옛날, 생각나나?"

허공에서 콜드레인의 음성이 들려왔다.

"콜드란에게서 배운 능력. 넌 연기, 난 아지랑이로 변하기 위해 한동안 애를 먹었지."

스르르.

람스의 등 뒤에서 일어난 아지랑이가 순식간에 콜드레인으로 변했다.

그가 람스를 기습했다.

쩌저적.

람스의 등이 얼어붙었다.

그 순간, 기다렸다는 듯이 람스가 손을 번개같이 쳐냈다.

펑!

콜드레인의 몸이 다시 아지랑이로 변해 사방으로 흩어졌다.

람스가 몸을 풀듯 양 어깨를 돌렸다.

등을 갉아먹던 얼음이 한순간에 증발해버렸다.

"하하하."

콜드레인이 기분 좋게 웃었다.

희뿌연 안개가 밀려와 희롱하듯 람스를 휘감았다.

그 안개가 콜드레인이었다.

형체 없는 냉기, 넓게 퍼트린 차가운 기운.

콜드레인이 만들어낸 이 영역을 니플헤임(Niflheim)이라 부른다.

빙설과 안개의 대지.

이 영역 안에서 콜드레인은 무적이다.

그는 니플헤임의 냉기이며, 아지랑이고, 또한 눈과 우박이다.

영역 안에 존재하는 모든 것으로 변할 수 있으며, 또한 이 안의 모든 것이 그의 본체이기도 하다.

니플헤임 안을 떠돌며 콜드레인이 말했다.

"한때 우린 피를 나눈 형제라고 생각했지."

파멸이 되기 전까지, 둘은 둘도 없는 친구였다.

실제로 팔뚝에 상처를 내고 피를 내어 마시며 영원히 변치 말자 약속하기도 했다. 그때 당시의 콜드레인은 지금처럼 냉정하고 삭막한 마족이 아니었다.

하지만 지금은 마계의 왕이 되기 위해 친구마저 베어버리는 피도 눈물도 없는 사악한 마족일 뿐이다.

콜드레인이 다시 한 번 람스에게 말을 걸었다.

"아공간을 열 수 없게 됐지?"

묻지도 않았는데, 저간의 사정을 시시콜콜 말했다.

"스컬킹의 동료 중에…… 이름이 뭐였더라? 아이볼이었나?"

아이볼. 리버스의 수장이었던 적탑 출신의 마탑주. 마녀들의 숲에서 람스에게 최후를 맞이했다.

"하여간 그 작자가 흥미로운 물건을 만들고 있더군. 스컬킹을 통해 마법진의 설계도를 구했는데, 보는 순간 딱 이거다 하는 생각이 들더군. 그래서 마법진의 구조를 복제해서 강화시켰지. 어때? 마음에 드나?"

이제야 헬게이트를 열 수 없는 이유를 알게 되었다.

"지금까지 난 너와 수차례나 싸웠어. 그때마다 승부를 내지 못했지. 곰곰 이유를 생각해봤더니, 중요한 순간마다 네가 아공간을 열고 달아나기 때문이었더군. 이제 네 능력은 봉인되었다. 더 이상 내게서 달아날 수 없다는 의미다. 람스, 오늘 넌 이 자리에서 최후를 맞이하게 될 것이다."

휘아아악!

회오리바람과 함께 일어난 눈보라가 람스를 휘감아 올렸다.

콜드레인이 람스를 죽이기 위해 능력을 펼친 것이다.

이번 공격은 광범위하면서도 또한 강력했다.

존재하는 모든 것을 얼려버리는 절대의 냉기.

휘몰아치는 눈이 무서운 기세로 그와 그의 주변을 뒤덮었다. 순식간에 람스는 눈사람으로 변해버렸다.

그때, 람스의 목소리가 흘러나왔다.

"콜드레인, 넌 콜드란 씨의 유일한 후손이었다. 그래서 널 죽이고 싶지 않았다."

"하하. 마음만 먹으면 언제든지 날 꺾을 수 있었을 것이라고 말하는 것 같군."

람스의 말이 이어졌다.

"할 수만 있다면 널 도와주고 싶었다. 너와 충돌하게 될 때면 언제나 난 양보를 택했다. 그것이 콜드란 씨의 은혜에 보답하는 길이라고 생각했지."

"흥."

콜드레인이 코웃음을 쳤다.

"지금 네 꼴을 봐라. 그 꼴을 하고도 광오한 말을 할 자격이 있다고 생각하느냐?"

어느새 람스의 모습은 사라지고 그 자리엔 높게 쌓인 눈만이 보일 뿐이었다.

람스가 자랑하던 화염은 콜드레인의 냉기 앞에서 힘을 쓰지 못했다.

그와 같은 상황에서도 람스의 목소리는 계속 되었다.

눈과 얼음의 대지 아래에서 그가 불굴의 의지를 담아 외쳤다.

"콜드레인. 넌 선을 넘었다."

"그래. 선을 넘을 생각이다. 널 죽이고 마계의 왕이 될 것이다."

"넌 나의 영토를 짓밟고, 나의 사람을 해하려 했다."

"너의 사람? 누구 말이냐? 마탑의 쓸모없는 제자들? 하하하. 솔직히 말해서 모두 쓰레기 같은 작자들이 아닌가? 아! 스키머와 디스터는 조금 인정해주지. 그들의 실력은 썩 쓸 만하니까 말이야."

"이젠…… 참지 않겠다."

"하하하. 마음대로 해봐. 눈 속에 파묻힌 그대가 대체 뭘 할 수 있단 말인가!"

그의 말대로 거대한 눈더미가 람스를 뒤덮고 있었다. 눈은 무거운 압력을 받아 단단하게 굳어버렸다. 그를 덮고 있는 눈과 얼음이 작은 동산만한 높이가 되었다.

거대한 빙벽 아래에 갇힌 꼴이다.

"이로써 다섯 번째 파멸이 사라지게 되었군."

콜드레인이 승리를 자신했다.

그때, 변화가 일어났다.

마른 땔감에 불이 붙을 때 나는 자작자작 하는 소음. 그와 함께 불이 일어났다. 놀랍게도 그 불은 람스를 덮은 눈에서 일어났다.

차디찬 눈에 불이 붙은 것이다.

그것도 마른 장작처럼 활활!

물은 불을 끈다. 눈과 얼음은 더 말할 것도 없다. 그런데 그러한 눈과 얼음이 기름처럼 지글지글 타오르고 있었다.

콜드레인의 두 눈이 일그러졌다.

"람스…… 네놈이!"

불길은 거세어져 갔다.

그러다 어느 순간, 펑 하는 폭음과 함께 산처럼 쌓인 눈과 얼음이 모조리 날아갔다.

지글지글 녹고 있는 얼음 무더기 사이로 람스가 걸어 나왔다. 그의 전신은 불길에 휩싸여 있었는데, 불길의 색이 지금까지와는 사뭇 달랐다.

람스가 지금까지 사용한 불길은 붉은색 또는 탐욕이라 불리는 검은색이었다.

그러나 지금 그의 전신을 감싸듯 일어난 불길은 푸른빛을 띠고 있었다.

푸른빛의 불길은 붉은 불길이나 검은 불길과는 비교도 할 수 없을 만큼 뜨거웠다. 람스가 걸음을 옮길 때마다 주위의 모든 것이 용암으로 변했다.

ㅈㅈㅈㅈㅈㅈ.

람스의 발아래에서 시작된 용암이 조금씩 영역을 넓혀갔다. 산 정상에 쌓인 만년설이 녹아내리더니, 이내 숲이 타고 바위가 녹아내렸다.

어느덧 메딘산 정상이 모조리 용암으로 뒤덮였다.

그러나 그것은 시작에 불과했다.

람스에게서 뿜어져 나오는 분노의 불길은 주변의 모든 것을 촛농처럼 줄줄 녹여나갔다. 심지어 콜드레인이 부른 먹구름마저 형체가 일그러졌다.

무스펠헤임(Muspelheim).

헬리오스 마탑의 네 번째 마법.

"그것은……!"

콜드레인이 크게 놀란 목소리로 외쳤다.

람스가 시전하고 있는 마법은 놀랍게도 광범위마법. 그 형식은 콜드레인의 종족, 콜드래곤의 방식을 따르고 있었다. 그의 종족은 냉기를 사용하는 마족 중 하나였는데, 특히 범위 마법을 그 특징으로 하고 있었다.

그들은 그 능력에 큰 자부심을 가지고 있었다. 적어도 광범위하게 마법을 사용하는 능력으로는 그들 종족을 능가할 마족이 없었다.

그런데 놀랍게도 람스가 그 능력을 사용하고 있는 것이다.

"어떻게……."

"콜드란 씨가 가르쳐주셨다."

"그, 그럴 리가 없어! 그 마법은 일족에게만 전수하도록 되어 있다!"

"……."

람스는 말없이 서 있었다.

그 침묵이 오히려 더 많은 진실을 전해주었다.

"설마 콜드란 씨가 널 일족으로 받아들였단 말인가? 이방인에 불과한…… 한낱 인간을?"

람스가 마력을 끌어올렸다.

그를 감싸고 회전하던 푸른 화염이 한층 더 거세게 타올랐다. 이미 메딘산 일대를 얼음지옥으로 변모시켰던 콜드레인의 힘은 그 어디에서도 찾아볼 수 없게 되었다.

냉기가 사라지자 콜드레인의 존재감은 급속도로 약화되었다.

"으으으. 뜨겁다. 견디기가…… 힘들어."

한 줄기 아지랑이로 변한 콜드레인이 들끓는 화염 속을 배회했다.

람스가 아지랑이를 향해 주먹을 펼쳤다.

펑!

묵직한 폭발!

아지랑이가 사라지더니, 그 속에서 콜드레인이 떨어졌다. 람스가 콜록거리며 기침을 하는 그의 멱살을 쥐고 허공으로 들어올렸다.

"죽여라!"

콜드레인이 독기 어린 눈으로 그를 노려보며 외쳤다.

그의 눈동자에 원한과 독기가 서려 있었다.

람스는 증오로 얼룩진 그의 눈을 잠시 바라보았다.

이를 갈고 있는 콜드레인.

그의 얼굴과 콜드란의 인자한 미소가 겹친다.

람스는 한숨을 쉬며 그를 풀어주었다.

"이, 이게 무슨 짓이냐!"

콜드레인이 버럭 고함을 질렀다.

적에게 목숨을 구걸한 꼴이 되다니, 굴욕이다.

콜드레인이 자리에서 벌떡 일어났다.

입가에 흘러내리는 피를 닦을 생각도 하지 않고 람스에게 달려들었다.

비록 그의 광역마법은 람스에게 미치지 못했지만, 그 능력만큼은 여전했다. 그가 안개로 변해 회오리치듯 회전하자 람스의 전신에 살얼음이 끼었다.

람스조차도 정신을 집중하여 대항해야 몸을 침범하는 냉기를 부술 수 있었다.

"하하하."

콜드레인이 깔깔거리며 웃었다.

한동안 미친 듯이 웃던 그가 허공에 둥둥 뜬 상태로 선언하듯 말했다.

"날 죽이지 않은 것을 후회하게 될 것이다, 람스."

람스는 말없이 그를 바라보았다.

콜드레인을 보는 그의 눈길에 안타까움 같은 것이 서려 있었다.

"콜드레인, 네게 중요한 것은 날 꺾는 것이 아니다."

"또 무슨 잔소리를 할 생각인거지?"

"넌 네 일족을 부흥시킬 막대한 사명이 있다."

"하하. 무슨 소리인가 했더니 고작 그 말이었군. 불가능해. 너도 알지 않느냐? 우리 일족에서 살아남은 사람은 이제 나뿐이다."

"그러니까 더욱 노력해야한다 콜드레인. 네 일족의 피를 가진 사람은 너뿐이다. 어떻게든 일족의 피를 후손에게까지 전달해야할 의무가 있다."

"더럽고 냄새나는 다른 마족들과 몸을 섞어서라도? 흥, 그렇게 태어난 아이는 이미 콜드래곤 일족이 아니야. 이도저도 아닌 잡종일 뿐이지."

람스는 이번에도 말없이 그를 바라볼 뿐이었다.

그 담담한 시선에 콜드레인은 입술을 삐죽거렸다.

"세상 모든 일을 다 아는 것처럼 잘난 척하기는……."

콜드레인이 바닥에 내려섰다.

람스의 말이 그를 바른 길로 인도하지는 못했지만, 적어도 그의 마음을 조금이나마 흔들어 놓을 수는 있었다.

"흥이 식었다. 그만 돌아가련다."

그가 바닥에 쓰러진 바할에게 말했다.

"가자."

바할은 곧바로 그의 말을 듣지 않았다. 람스와 콜드레인을 번갈아가며 보고 있었다. 그의 눈에 어린 갈등을 확인한 콜드레인이 버릇처럼 혀를 찼다.

"저 녀석도 이젠 부려먹기 글렀군."

마족들은 잔인하고 사악하지만, 반대로 무한정 힘을 추구하는 단순한 일면도 있다. 람스가 더 강한 것을 알게 된 바할은 더 이상 콜드레인을 따르지 않을 것이다.

"아무렴 어떤가. 어차피 혼자라도 충분한데."

바할을 버려둔 채 콜드레인이 걸음을 옮겼다. 이대로 마계로 돌아갈 생각이었다.

전혀 생각지도 못한 존재가 그들을 찾아온 것은 바로 그때였다.

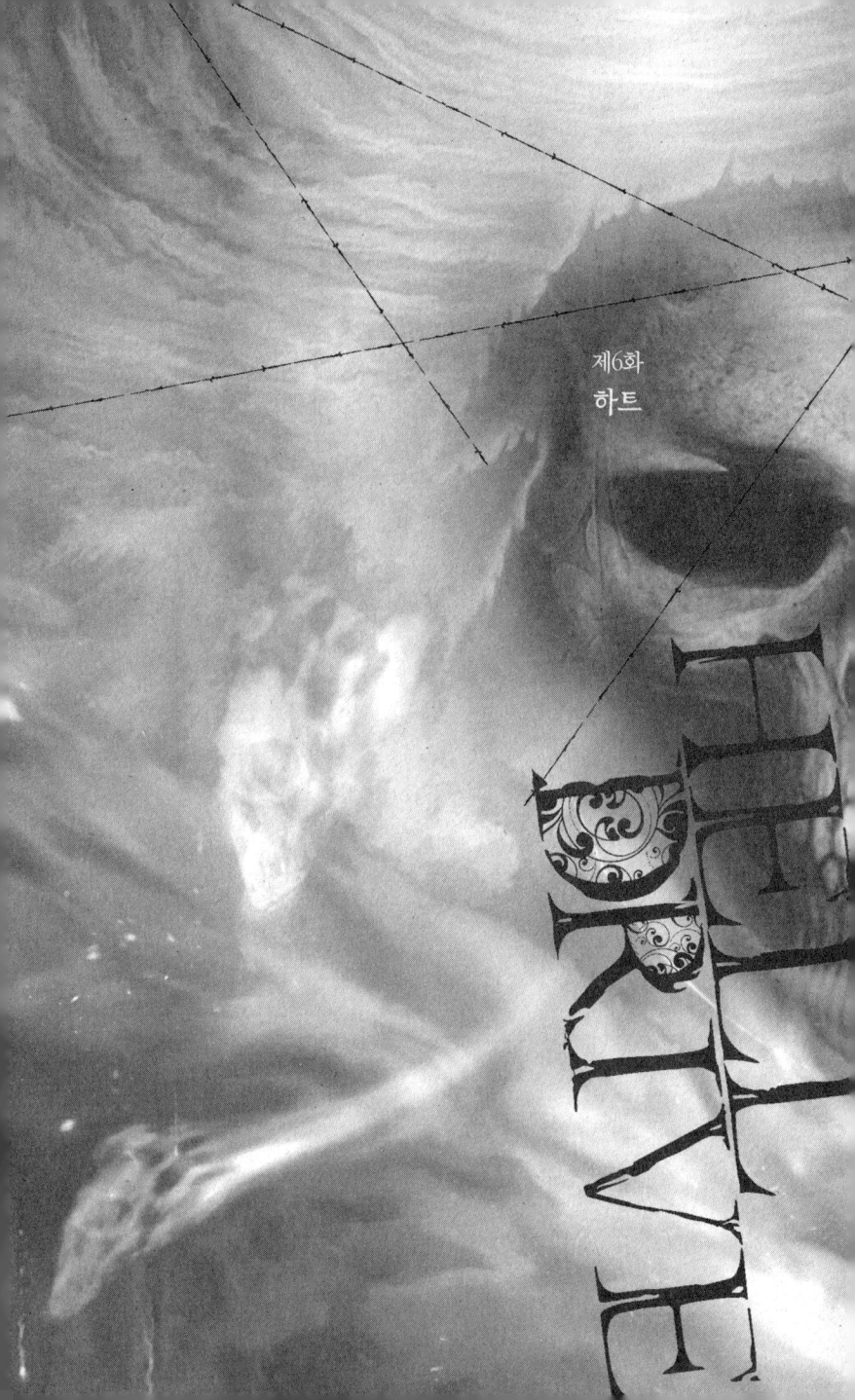

"이런 곳에서 놀고 있었군."

잔잔한 음성이 들려왔다.

막 산을 내려가려던 콜드레인의 눈초리가 날카로워졌다.

'어떤 놈이 감히…….'

그의 목소리에 은은한 놀람이 묻어났다.

지금 이곳은 지옥과도 같은 곳이다.

하늘에서는 눈과 우박이 떨어지고, 대지에서는 용암이 부글부글 끓고 있다.

그야말로 인간이 경험할 수 있는 자연재해를 모두 한곳에 끌어 모은 것 같은 모양새다.

천하의 콜드레인 조차 숨이 턱턱 막힐 지경이다.

그 지옥 속을 한 사람이 터덜터덜 걸어왔다.

그는 보석으로 치장된 현란한 색상의 옷을 입고, 선명한 금빛 장포를 걸치고 있었다.

신기한 것은 그가 걸친 옷과 보석이 이 생지옥과 같은 곳에서도 전혀 녹거나 얼지 않더라는 점이었다.

'저 녀석…… 뭐지?'

콜드레인은 낯선 사내에 대한 경계심을 고취시켰다.

20대 초반이나 되었을까?

꽤 잘생긴 사내였다.

아니, 상당히 잘생겼다.

서글서글한 눈매와 칼날처럼 쭉 뻗은 눈썹. 오뚝한 콧날이 다소 고집스럽지만 사내다운 매력을 물씬 풍기고 있었다. 다만 한 가지, 사내의 미간이 밭고랑처럼 깊게 패여 있어 고민이 많은 사람처럼 보였다.

그가 태연히 용암 위를 걸어왔다.

람스와 콜드레인이 홀린 듯 그를 보았다.

사내와의 간격이 가까워지자 비로소 그가 얼마나 화려한 것을 좋아하는 인물인지 알게 되었다.

그는 온몸에 보석이 주렁주렁 달고 있었다.

목에도 손목에도 손가락에도, 심지어 열 손가락 모두에 영롱한 빛깔의 반지가 끼어져 있었다.

그것도 하나씩이 아니라 몇 개씩이나. 아무리 반지가 가볍다 해도 거기에 달린 보석들은 무게가 상당하다. 저렇게 반지를 잔뜩 걸고 과연 손가락이나 움직일 수 있을까 의문이다.

그러나 정작 사내는 보석들의 무게를 전혀 느끼지 못하는 듯했다.

터벅터벅 걸어온 그가 람스와 콜드레인을 훑듯이 쳐다보았다. 그러다 람스를 직시하며 말했다.

"그대가 람스로군."

람스는 미간을 찌푸렸다.

이 목소리, 왠지 모르게 익숙하다. 어딘가에서 들어본 것 같은데, 정확하게 어디인지는 기억나지 않는다.

사내가 빙그레 웃으며 물었다.

"내가 기억나지 않는가?"

람스는 그의 미소가 무척 매력적이라 생각하며 되물었다.

"나와 만난 적이 있나?"

사내가 씩 웃으며 대꾸했다.

"직접 보진 않았지만, 그대와 대화를 나눈 적은 있었지."

"......!"

순간, 람스의 눈이 커졌다.

기억났다. 사내를 어디서 봤는지. 아니, 그의 목소리를 어디에서 들었는지.

"하트?"

사내가 환하게 웃었다.

마치 오래전에 헤어진 고향 친구와 재회한 사람처럼.

"기억하고 있었군."

람스는 웃지 않았다.

오히려 표정이 삼엄해졌다.

하트는 람스가 사막 부족의 술탄의 금지옥엽인 이르민과 여행하던 중에 듣게 된 이름이다.

당시 람스는 이르민을 노리던 암살자들을 쓰러트리고 그들의 배후를 캐던 중이었다.

그때 한 암살자가 누군가의 조종을 받았다.

그 암살자를 조종하던 인물의 이름이 바로 하트였다.

당시의 상황 자체도 험악했지만, 나눴던 대화도 그리 유쾌하지 못했다.

결코 편한 관계가 아닌 것이다.

그러나 하트는 마치 친한 친구처럼 람스를 대했다.

"그대와 만나는 날을 내가 얼마나 기다렸는지, 아마 자네는 모를 걸세."

반갑게 웃고 있는 하트.

콜드레인이 그를 턱짓하며 물었다.

"뭐냐? 이 녀석은?"

람스는 고개를 저었다.

"모른다."

하트에 대해 아는 바는 그리 많지 않다.

기껏해야 리버스의 수장 중 한 명이라는 정도다. 그의 정체, 배경, 목적. 그 무엇도 알지 못한다.

단 한 가지 아는 것이라면 그가 리버스의 창립에 지대한 기여를 했다는 점뿐이다.

"몰라? 그렇다면 죽여도 되겠군."

콜드레인이 서늘한 눈으로 하트를 쳐다봤다.

그는 하트가 마음에 들지 않았다.

자신을 안중에도 없다는 듯이 대하는 태도도 마음에 들지 않고, 계집애처럼 해실거리는 것도 마음에 들지 않는다.

무엇보다 하트에게서 풍기는 기질 자체가 마음에 들지 않았다. 쳐다보고만 있어도 괜스레 화가 난다고 해야 할까.

콜드레인은 마음에 들지 않는 자를 그냥 두고 넘어갈 정도로 온화한 성격의 소유자가 아니었다.

그가 손을 들어 하트를 가리켰다.

"짜증나는 자식. 죽어라."

그의 손끝에서 한 줄기 냉기가 뻗어나갔다.

호수를 얼게 하고 사막에 눈보라를 휘날리게 만드는 지독한 냉기였다.

그제야 하트가 콜드레인을 쳐다봤다. 그러나 여전히 관심 밖의 눈빛이었다.

"초면에 실례가 많은 사람이군."

하트가 먼지를 털어내듯 팔을 흔들었다.
어디선가 뜨거운 열풍이 일어나 콜드레인의 기운을 쳐냈다.
"……!"
콜드레인의 창백한 얼굴이 형편없이 구겨졌다.
그의 능력을 이처럼 가볍게 밀어내는 자는 처음이다. 필생의 숙적이라고 생각하는 람스도 이 정도는 아니었다.
"넌 누구냐!"
"말했잖은가? 하트라고."
"네놈의 정체가 무어냐고 묻는 것이다."
"내 정체?"
의외로 어려운 대답인 듯 하트는 턱을 쓰다듬으며 곰곰이 생각했다.
"무척 난감한 질문이군. 그대가 묻는 게 내 신분은 아닐 테고……. 필시 종족을 묻는 듯한데, 인간이라고 대답해야 하는가? 아니지, 이것도 곤란하군. 지금 내 형편상 인간이라 하기도 어렵고, 아니라고 하기도 어려우니까……."
"뭐 이런 개 잡종 같은 놈이 다 있어?"
콜드레인이 버럭 고함을 질렀다. 뒤이어 그는 혼신의 힘을 다해 공격을 퍼부었다.
폭풍우를 동반한 눈보라가 하트를 덮쳤다.
위험천만한 상황.
하트가 람스에게 뜬금없이 물었다.

"자네, 지금까지 이런 허접한 녀석과 놀고 있었던 겐가?"

그의 발언에 콜드레인의 분노가 극에 이르렀다.

"내 오늘 무슨 일이 있어도 네놈을 죽이고 말리라!"

콜드레인이 한 줄기 안개로 변해 하트에게 들이닥쳤다.

뱀이 나무를 타듯 하트의 몸을 휘감으며 극한의 냉기를 뿌렸다. 그러나 놀랍게도 하트의 몸엔 살얼음조차 끼지 않았다. 오히려 그의 몸이 너무도 뜨거워 콜드레인이 충격을 받았다.

콜드레인이 본래의 몸으로 돌아왔다.

"으으으으."

신음과 함께 몸을 휘청거렸다.

그의 전신이 뜨거운 용광로 속에 들어갔다 나온 것처럼 후끈 달아올랐다.

"이, 이놈은 대체…… 뭐지?"

마치 유령을 본 사람처럼 하트를 보았다.

세상에. 이렇게 뜨거운 인간이 있을 수가. 이 열기는 오히려 람스를 훨씬 능가하는 것이 아닌가.

"아무래도 그대는 대화에 방해가 될 것 같군."

한가롭게 서 있던 하트가 턱을 쓰다듬으며 중얼거렸다. 그리고 다음 순간, 그의 모습이 콜드레인의 시야에서 없어졌다. 그야말로 땅으로 꺼진 듯이 감쪽같이 사라진 것이다.

"어, 어디?"

"여길세."

사라진 하트가 별안간 콜드레인의 눈앞에 나타났다.

그가 콜드레인의 가슴을 가볍게 툭 하고 쳤다.

"어르신들 대화에 방해가 되니 하찮은 마족은 그만 꺼져주시게."

콜드레인이 찢어지는 비명을 터트렸다.

"으악!"

그의 가슴이 불타고 있었다.

본래 콜드레인은 너무도 차가운 남자다.

마음이 차갑다는 의미가 아니라 그의 몸 자체가 극지의 한기를 모조리 끌어다 모은 것처럼 차가웠다.

그런 그의 가슴에 불이 붙었다.

처음 경험하는 끔찍한 고통에 콜드레인은 비명을 참을 수 없었다. 가슴에 붙은 불은 목과 배로 번지며 전신을 태워갔다. 콜드레인은 필사적으로 냉기를 일으키며 저항했지만, 아무런 소용이 없었다.

"매개만 있다면 얼음도 탈 수 있다네. 물론, 자네처럼 머리가 얼음덩이처럼 굳은 사람은 이해할 수 없겠지만 말이야."

그 사이 콜드레인의 비명이 점차 잦아들었다. 화염은 그의 몸과 생명력을 모조리 삼켜버렸다.

힘을 잃은 콜드레인이 바닥에 쓰러졌다. 그럼에도 불은 꺼지지 않았다. 그의 뼛조각 하나까지 모조리 재로 만들 때까지 꺼지지 않을 것이다.

그때, 람스가 움직였다.

그가 죽은 듯 엎드린 콜드레인의 등에 손을 올렸다.

차가운 한파의 주인조차 불태워버린 불길이지만, 람스에게는 통하지 않았다.

람스가 마력을 끌어올리자 콜드레인을 삼키던 불길이 순식간에 꺼져버렸다.

"호오. 불길을 빨아들였군."

람스는 불을 꺼버리는 대신 몸속으로 빨아들였다.

화염의 군주라 가능한 일이었다.

불을 정리한 람스가 콜드레인의 상태를 살폈다.

많이 약해지긴 했지만 죽지는 않았다.

람스가 홀린 표정으로 엉거주춤 서 있는 바할에게 물었다.

"네가 가지고 있지?"

람스의 말에 멍하니 있던 바할이 눈을 휘둥그레 떴다.

"네? 무엇을……?"

람스가 건조한 음성으로 말했다.

"마법진."

그가 말한 마법진이 무엇인지 깨달은 바할이 고개를 끄덕였다.

"제, 제가 가지고 있습니다."

파멸이라는 칭호에 걸맞지 않게 그는 허둥거렸다.

콜드레인이 최강이라고 믿고 있던 바할은 오늘 그보다 높은 경지의 인간을 둘이나 만났다.

그야말로 혼이 쏙 빠질 것처럼 놀라운 경험이었다.
"내놔라."
람스가 손을 내밀었다.
바할이 가늘고 긴 손가락으로 자신의 허벅지를 긁더니, 매미 날개처럼 얇은 기름종이 한 장을 뜯어냈다.
기름종이의 양면에 복잡한 마법진이 빼곡하게 그려져 있었다.
람스의 헬게이트 생성을 방해하던 문제의 마법진이었다.
들키지 않기 위해 얇고 투명한 특수용지에 새겨서 은밀한 곳에 감춘 것이다.
람스는 마법진을 단숨에 없애버렸다.
헬게이트 생성을 방해하던 기이한 파동이 사라졌다.
람스가 성호를 그리듯 허공에 대고 손을 흔들었다.
콰지지직!
우렁찬 굉음과 함께 헬게이트가 열렸다.
람스는 바할에게 말했다.
"너의 주인과 함께 마계로 돌아가라."
바할은 복잡한 표정으로 그를 보았다.
뭔가 할 말이 있는 눈치였다.
그러나 삼엄한 람스의 표정에 결국 포기하고, 기절한 콜드레인을 어깨에 들쳐 업고는 헬게이트 안으로 사라졌다.
쩌저저저적!
요란한 소음과 함께 헬게이트가 닫혔다.

하트가 호기심 가득한 표정으로 람스에게 물었다.
"적이었던 것 같은데…… 내가 잘못 봤나?"
람스는 대답하지 않았다.
오히려 그에게 물었다.
"무슨 일로 날 찾아왔지?"
"한 가지 물어볼 것이 있어서 왔네."
"무엇이?"
여태 웃고 있던 하트가 돌연 정색을 하며 물었다.
"자넨…… 이 나라, 알타 왕국을 미래를 어떻게 책임질 생각인가?"

* * *

"자넨…… 이 나라, 알타 왕국을 미래를 어떻게 책임질 생각인가?"
하트의 물음.
둘 사이에 어색한 침묵이 지나갔다.
람스는 미간을 잔뜩 찌푸렸다.
무슨 뜻으로 한 말인지 짐작할 수가 없었기 때문이다.
알타 왕국의 미래를 책임지다니?
그게 자신과 무슨 관계란 말인가?
"자넨 이 나라를 어떻게 생각하나?"

이번에도 뜬금없는 소리다.

이 나라, 알타가 자신과 무슨 상관이란 말인가.

알타가 좋은지 나쁜지를 묻는 건가?

"그게 아닐세. 알타의 정치적 경제적 상황을 묻는 걸세."

알타는 특이한 나라다.

종교적 지도자와 정치적 지도자가 따로 존재한다.

정치적 지도자는 다시 늪 부족의 술탄과 사막 부족의 술탄으로 나뉜다.

말하자면 왕이 셋인 셈이다.

"겉으로 보기엔 평화로운 나라지만, 사실 알타엔 문제가 많다네. 그게 다 왕이 많기 때문이지. 동등한 지도자가 셋이나 있으니 걸핏하면 싸움이고, 걸핏하면 전쟁이지. 사막 부족과 늪 부족이 개와 고양이처럼 사이가 나쁘다는 건 익히 알려진 사실이지."

중요한 순간에 불쑥 찾아온 하트. 그는 왜 쓸데없는 정치 이야기를 하고 있는 걸까.

"나라는 하나인데 백성은 셋으로 갈라져 있어. 툭하면 파벌이 생기고 국론이 분열되지. 이래선 발전을 할 수가 없어. 지금 당장에야 광산에서 나오는 마정석을 수출해서 부유하게 살고 있지만, 마정석이 발굴되지 않으면 하루아침에 최빈국으로 전락하게 될 운명이지."

어느새 하트는 자신의 연설에 도취되었다.

"이래선 안 돼. 왕이 셋이라니 말도 안 되는 소리! 왕은 하나여야 해. 그래야 흐트러진 국론을 바로 잡고 뜻을 세울 수 있다. 나라를 위한 계획을 힘 있게 밀고 나갈 수 있다."

하트가 람스를 보았다.

그의 두 눈에 열망과 의지가 일렁이고 있었다.

"술탄이 사라져야 한다. 나라를 혼란에 빠트리고 부족 간의 반목이 있는 것은 모두 사막 부족과 늪 부족에게 그들만의 왕이 있기 때문이다. 술탄이 사라지면 알타를 어지럽히는 모든 문제가 해결될 수 있다. 그래서 나는 도탄에 빠진 알타를 구하기로 마음먹었네. 난 반드시 그 일을 해야만 하는 사람이니까."

람스는 한 가닥 흥미가 일었다.

"왜냐? 왜 그대가 그 일을 해야 한다는 거지?"

하트가 엄숙한 표정으로 대답했다.

"왜냐하면 내가 이 나라의 왕자이기 때문일세."

"……!"

놀라운 이야기다.

하트가 이 나라, 알타의 왕자일 줄이야.

고귀한 혈통.

그런 그가 어째서 리버스를 꾸며 나라를 혼란에 빠트린 걸까.

"다 나라를 위한 일이었네. 압슬라의 딸을 납치하고, 부족들 간의 내전을 야기한 것도. 아! 혹시나 해서 말하는 것이네만, 자네가 방해한 덕분에 일을 도모하기가 꽤 힘들었다네. 압슬라의 딸, 그녀의 납치가 성공했다면 두 부족 간의 내전은 벌써 오래전에 일어났을 걸세. 덕분에 새로운 계획을 짜느라 힘들었었지. 하하하하."

"어째서 왕자인 네가 내전을 일으킨 거지?"

"알타를 통일시키기 위해서다. 그러기 위해선 술탄들이 사라져야 한다."

"그래서 내전을 일으켰다는 말인가?"

"단순히 술탄만을 죽여선 곤란해. 그들을 죽이면 부족내의 다른 자가 빈자리를 메울 뿐이지. 아예 부족의 힘 자체를 흔들어놓아야 한다. 그러려면 전쟁보다 좋은 일은 없겠지. 다른 나라를 침략하는 것은 좋지 않다. 그건 자칫 통제되지 않는 흐름으로 이어질 수 있다. 내전은 정보만 적당히 조작하면 얼마든지 상황을 조절할 수 있어서 편하다네."

이르민이 납치될 뻔한 사건과 현재 진행 중인 내전의 이유가 밝혀졌다.

그 모두가 하트로 인해 벌어진 사건이다.

그는 알타의 왕자로 분열된 왕국을 하나로 만들고자 했다. 그러기 위해 부족의 힘을 약화시켜야 했고, 그 방법으로 내전을 선택했다.

현재 알타는 사막 부족과 늪 부족 간의 전쟁으로 몸살을 앓고 있다. 이 전쟁이 끝나면 두 부족의 전력은 크게 저하될 것이다.

결국 하트의 생각대로 되는 것이다.

람스는 이 모든 사건을 단숨에 이해했다.

그리고 모든 이야기의 원점으로 돌아갔다.

하트가 자신을 찾아와 물었던 말.

"넌 내게 알타의 미래를 책임질 수 있느냐고 물었다. 왜 그런 질문을 한 거지?"

하트는 이번에도 대답 대신 엉뚱한 이야기를 꺼냈다.

"자네, 리버스의 모든 수장들을 죽였더군."

이건 또 무슨 소리란 말인가.

정치 이야기를 막았더니 이번엔 느닷없이 리버스에 대한 내용이다. 그나마 이쪽은 람스와 직접적인 관련이 있었다.

"그렇다."

람스는 부인하지 않았다.

리버스의 수장들 중 아자라스, 스컬킹, 하트, 아이볼이 그의 손에 죽었다.

남은 수장은 지금 눈앞에 있는 하트 한 명뿐.

"대단하군. 설마 한 사람에게 우리 리버스 조직이 뿌리째 흔들리리라고는 상상도 하지 못했네. 정말 대단한 일을 해냈어."

그는 마치 남의 일을 말하듯 람스를 칭송했다.

"아! 그렇게 경계할 필요는 없네. 복수를 하고 싶은 건 아니니까."

서늘한 바람이 불어왔다.

람스가 발하던 뜨거운 열기가 어느새 식었다.

용암으로 들끓던 주위가 상처에 앉은 딱지처럼 검은 덩어리로 굳어버렸다.

하트의 말이 이어졌다.

"앞서 말한 것과 같이, 난 나라의 장래를 위해 다소 위험한 계획을 진행하고 있었네. 리버스는 그 일을 위한 초석이었지. 아쉽게도 중간에 자네라는 인물이 나타나면서 일이 틀어졌지만 말이야."

하트는 애석한 듯 입맛을 다셨다.

"그래서 그렇게 물었던 건가? 알타의 미래를 책임질 수 있느냐고?"

"잠깐만! 이야기를 급하게 진행시키지 말아주게. 아직 하고 싶은 이야기가 잔뜩 있으니까 말이야."

그는 턱을 쓰다듬으며 부산스럽게 람스의 주위를 돌았다.

"어디서부터 이야기를 꺼내면 좋을까. 어떻게 하면 이 복잡한 이야기를 쉽게 설명할 수 있을까?"

람스는 인내심 있게 그의 말을 기다렸다.

하트가 손뼉을 치며 외쳤다.

"그래, 오브에 대해서부터 말을 하면 되겠지."

그가 눈을 반짝이며 람스에게 물었다.

"자넨 오브가 어떻게 만들어진 것인지 알고 있나?"

또 다른 이야기.

하지만 이번만큼은 람스도 관심이 생길 수밖에 없었다.

*　　*　　*

하트는 길고 장황한 이야기로 오브에 대해 설명했다.

그 중 초반부의 이야기는 테디오스에게 들어 알고 있는 것들이었다.

테디오스가 예상한 것은 대부분 들어맞았다.

오브를 만든 인물은 마디오스다.

그리고 그 오브에 화염의 힘을 봉인한 인물 역시 마디오스였다.

그가 오브를 만들게 된 배경은 아래와 같았다.

180년 전, 세상을 혼란에 빠트린 마디오스는 우연히 괴이한 사내를 보게 되었다. 마도시대에 만들어진 크리스탈 감옥, 그곳에 갇혀 있던 그 사내는 온몸이 피를 뒤집어 쓴 것처럼 붉었고, 뜨거운 기운을 끊임없이 뿜어냈다.

그의 이름은 헬.

마도시대의 범죄자였다.

당시 더 강한 힘을 원하던 마디오스는 그의 몸을 숙주로 삼았다. 그리고 알게 되었다. 헬의 가공할 잠재력을. 마디오스의 능력으로도 헬의 능력을 감당할 수 없었다.

헬의 처리를 고심하던 마디오스는 유리구슬에 불과한 오브

백 개를 구해 그 안에 헬의 정신과 힘을 나눠담았다.

그것이 마법이 담긴 오브가 탄생한 배경이다.

원래 마디오스는 오브를 완전히 밀봉할 계획이었다. 어떠한 힘으로도 오브 안에 봉인된 헬의 능력을 꺼낼 수 없도록. 그러나 그의 생각보다 헬의 능력은 더 대단해서, 완벽하리라 믿었던 오브의 봉인이 허술해졌다.

결국 특출한 재능의 인간이 오브와 접촉하면 그 속에 봉인된 헬의 파편이 인간에게 스며들게 되었다.

이것이 링크라고 불리는 현상이다.

마법사들은 오브에 마법이 봉인되어 있고, 그러한 오브와 링크함으로써 큰 마력을 얻을 수 있다는 사실에 고무되었다. 그리하여 조직적으로 오브를 연구하게 되었다.

아이볼이 이끌던 바론 마탑과 아자라스가 탑주로 있던 칼론 마탑이 바로 오브를 연구하던 대표적인 마탑이었다.

실험과 연구의 성과로 몇 사람의 오브 유저가 탄생되었다. 개중엔 파에톤과 같은 멀티 유저도 존재했다.

하지만 이것은 마디오스가 우려한 잠재위험을 높이는 결과가 되었다.

오브에 봉인된 헬의 힘은 너무도 사악했다. 그리고 집요했다. 조금씩 숙주의 정신을 갉아먹으며 완전체가 되려는 시도를 계속했다.

베인과 리차드는 오브의 힘에 완전히 먹혀버린 대표적인 케 이스다.

하트의 긴 설명을 들은 람스는 고개를 끄덕였다.

"오브가 어떻게 만들어졌는지 잘 알겠다. 하지만 아직 넌 내 질문에 대답하지 않았다."

"질문? 아! 알타를 부탁한다는 말이 무슨 의미냐고 물었지? 그것엔 또 다른 사연이 있다네."

"또 다른 사연?"

"그렇지. 방금 이야기 한 오브가 만들어지게 된 배경. 그 배경에 등장하는 주요인물인 헬 말인데……. 실은 30년 전에 한 사람을 매개로 부활하고 말았다네."

쿵!

하트의 이야기를 들은 람스의 가슴이 덜컥 무너졌다.

왜일까. 헬이 부활했다는 소리에 어찌된 이유에선지 큰 불안을 느꼈다.

람스의 얼굴이 딱딱하게 굳어버렸다.

"방금…… 헬이 부활했다고 말했나?"

"분명 그렇게 말했네. 마디오스의 노력에도 불구하고 헬의 영혼은 부활하고 말았지."

헬은 죽지 않았다.

비록 육체를 마디오스에게 빼앗기고, 불에 대한 권능마저 백 개나 되는 오브에 나눠 담기는 치욕을 겪었지만, 그의 영혼은 소멸하지 않고 세상을 떠돌았다.

적합한 육체를 찾아 헤매길 백 수십 년.

마침내 헬의 영혼은 갓 태어난 어린 아이의 몸속에 스며들 수 있었다. 아이와 함께 자라며 세상에 뿌려진 오브들을 회수해 부활하게 될 날만을 기다렸다.

"하지만 모든 일이 그의 생각대로 풀리지는 않았다네. 그가 숨어들어간 아이의 정신력이 남달랐기 때문이지."

람스는 하트의 말을 듣던 중 묘한 느낌을 받았다.

어쩐지 그가 이야기 속의 아이와 무관하지 않다는 느낌이 들었다.

과연 그의 생각대로였다.

"맞네. 내가 바로 그 아이지. 헬의 영혼은 바로 내 안에 잠들어 있다네."

"……!"

람스는 다시 한 번 놀랐다.

어쩐지 오브에 대해 너무도 자세하게 알고 있더라니. 이제 보니 하트 그야말로 모든 사건의 중심에 있는 인물이었던 것이다.

"아주 어린 시절부터 헬은 날 삼키려고 들었지. 하지만 난 유별나게 뛰어난 사람이라서 말이야. 용케 헬의 유혹을 견뎌내고 바른 사람으로 클 수 있었지."

하트도 우여곡절이 많은 삶을 살았다. 태어나자마자 지상 최악의 악마에게 선택을 받아 끊임없는 유혹에 시달렸으니 말이다.

람스는 문득 떠오르는 것이 있었다.

"혹시 리버스를 조직한 것도 오브 때문이었나?"

리버스 조직은 오브를 모으고 있었다.

"물론일세. 리버스를 조직한 진짜 이유는 바로 오브를 모으기 위함이었지."

"어째서? 오브를 모으면 오히려 불리할 텐데?"

하트의 말이 사실이라면 그는 누구보다도 오브를 멀리해야 하는 인물이다. 오브의 힘을 흡수하면 할수록 헬의 힘은 더욱 커진다.

"이치적으로 따지자면 그렇지. 하지만 난 한 가지 사건을 계기로 생각을 달리하게 되었다네. 내가 성인식을 치르고 얼마 지나지 않았을 때, 괴한이 내 침실로 침입한 사건이 발생했네. 왕실기사단에게 체포된 괴한은 놀랍게도 오브 유저였네. 그는 제정신이 아니었는데, 날 향해 끊임없이 심장을 바치겠노라며 헛소리를 했지. 그때 알게 되었네. 내가 찾지 않아도 오브가 날 찾아올 것이라는 것을 말일세."

"그래서 오브를 모은 것인가?"

"오브를 멀리할 수 있는 색다른 방법이 필요했네. 오랜 고민 끝에 기발하고 획기적인 방법을 떠올렸지. 나 혼자 힘으로 오브를 막을 수 없다면, 차라리 오브를 견딜 수 있는 사람에게 주자."

"......?"

"리차드가 좋은 예가 되겠군. 말년엔 결국 먹히고 말았지만 그는 오브의 유혹을 훌륭하게 극복했네. 20개가 넘는 오브를 흡수하고도 정신이 붕괴되지 않았지."

"헬의 유혹을 견딜 수 있는 사람을 찾아 오브를 건네준다. 그가 무너지지 않는 한 오브가 자신에게로 돌아오는 것을 막을 수 있다…… 이런 말이군."

"바로 그 말일세. 다만…… 한 가지 생각을 못한 것은, 오브를 가진 사람이 죽었을 때, 그가 가진 헬의 파편이 자동적으로 내게 날아온다는 것이었네."

"……?"

"이해가 되지 않는 눈치로군. 음……. 누가 좋을까. 그래, 다시 한 번 리차드의 예를 드는 게 좋겠군. 자넨 그와 싸워서 이겼네. 결국 리차드는 죽고 말았지. 그리고 그가 죽는 순간, 그가 가지고 있던 헬의 파편이 모조리 내게로 돌아왔네. 봉인을 푼 사람이 죽자 비로소 모든 제약에서 완전히 벗어나 시공을 넘어 제자리로 돌아온 것이지."

리차드가 흡수한 23개의 오브.

그 속에 들어있던 하트의 파편은 이제 하트의 몸속에서 생명력을 꿈틀거리고 있었다.

하트가 한숨을 쉬었다.

"이미 난 70개가 넘는 오브를 흡수했네. 설마 오브 유저가 죽으면 그가 가진 헬의 파편이 자동적으로 내게 올 줄 누가 알

앉겠나?"

그가 람스를 바라보며 절망 어린 음성으로 말했다.

"열흘 뒤, 헬이 부활할 걸세. 그리고 그 날이 바로 알타가 멸망하는 날이 될 테지."

* * *

열흘 후, 헬이 부활한다.

충격적인 소식을 전한 하트는 생각 외로 평온한 얼굴이었다.

"난 일생동안 악마의 유혹에 시달렸네. 이제와 죽는다 해도 아무렇지도 않아. 다만…… 내가 죽은 후 벌어질 알타의 파멸이 걱정될 따름이지."

하트의 얼굴이 일그러졌다. 알타를 걱정하는 진심이 절절하게 묻어나왔다.

"헬의 부활. 알타의 미래를 책임질 수 있느냐고 물은 건 그 때문인가?"

"그래. 자넨 사태를 이렇게 만든 장본인이니까."

알타를 부탁한다는 말이 아니었다. 알타의 미래가 불안하게 된 책임을 추궁하기 위한 말이었다.

람스는 리버스의 수장들을 모조리 제거했다. 그들이 흡수한 오브들은 하트에게로 돌아갔고, 그로 인해 헬의 부활이 앞당겨졌다.

적어도 하트의 관점에서보자면 람스는 알타의 미래를 어지럽게 만든 원흉인 셈이다.

"아니, 모든 문제는 헬이다."

하트도 인정했다.

"헬, 그자가 문제이긴 하지. 하지만 그에게 책임을 돌릴 수는 없다. 그는…… 뭐랄까, 막을 수 없는 자연재앙 같은 것이니까."

하트는 어떠한 방법으로도 헬의 부활을 막을 수 없다고 판단했다.

람스가 단호한 음성으로 말했다.

"진정으로 알타가 걱정된다면 지금 내가 그를 지워주마."

하트는 고개를 저었다.

"불가능하네. 이미 모든 방법을 다 동원해 봤어. 그를 제거하는 것은 불가능해."

"헬만을 죽이려고 한다면 불가능했을 지도 모르지."

하트가 피식 웃었다.

"내가 죽으면 헬도 자연스럽게 죽을 거라는 의미로군. 내가 그렇게 멍청해 보이나? 나라고 왜 그 방법을 생각하지 않았겠나? 이미 해봤네. 자살도 시도해 보고, 뛰어난 암살자에게 나 자신을 청부해보기도 했지. 모두 소용이 없었어."

람스가 말없이 하트에게 다가왔다. 손을 내밀며 말했다.

"네가 지금까지 한 말이 모두 사실이라면 거부하지 말라."

하트가 대답했다.

"마음대로 하게. 자네가 정말로 날 죽일 수 있다면 좋겠군. 그 결과로 설사 내가 죽게 된다 할지라도 난 자넬 원망하지 않을 걸세."

하트는 눈을 감은 채 묵묵히 람스의 공격을 기다렸다.

람스가 그의 정수리에 화염을 쏟아 부었다.

콜드레인에게도 차마 사용하지 못했던 화염의 정수.

태양처럼 뜨거운 화력이 하트의 정수리를 통해 쏟아져 들어갔다.

"……!"

돌연 람스의 얼굴이 창백해졌다.

그가 무언가에 놀란 사람처럼 하트의 머리에서 손을 뗐다.

화염을 하트의 머릿속으로 흘려 넣은 순간, 하트의 몸속에서 막대한 흡력이 작용해서 화염을 빨아들인 것이다.

람스의 화력은 하트의 머리를 녹이기는커녕 오히려 하트의 힘을 북돋워준 결과가 되고 말았다.

하트가 그럴 줄 알았다는 듯 씁쓸한 미소를 흘렸다.

"안 될 줄 알았네."

비로소 람스는 사태의 심각성을 이해할 수 있었다.

그리고 어째서 하트가 헬을 막을 수 없는 자연재앙이라고 표현했는지도 알 수 있었다.

"사실 자네에게 아직 말하지 않은 것이 하나 있네. 난 어쩌면 헬을 막을 수 있을지도 모르는 방법을 하나 떠올렸네. 오브의 힘. 그 모든 능력을 헬 대신 내가 흡수하는 방법이지. 정신력만 받쳐준다면 헬의 영혼을 불태워버릴 수도 있겠지. 그래서 말인데……."

비틀거리는 람스에게 하트가 손을 뻗어왔다.

그리 빠른 움직임도 아니었는데, 이상하게도 피할 수가 없었다.

"알타의 미래를 위해, 자네의 힘, 내게 넘겨줘야겠네."

부욱!

람스의 몸속에 잠들어 있던 거대한 화염이 하트에게로 옮겨졌다.

람스가 바닥에 쓰러졌다.

그를 잠시 내려다보던 하트가 침울한 표정으로 입을 열었다.

"힘을 잃었다고 너무 슬퍼하지 말게. 그리고 내가 성공하길 기원해주게. 그것이 자네가 살고 알타가 사는 길일 테니까."

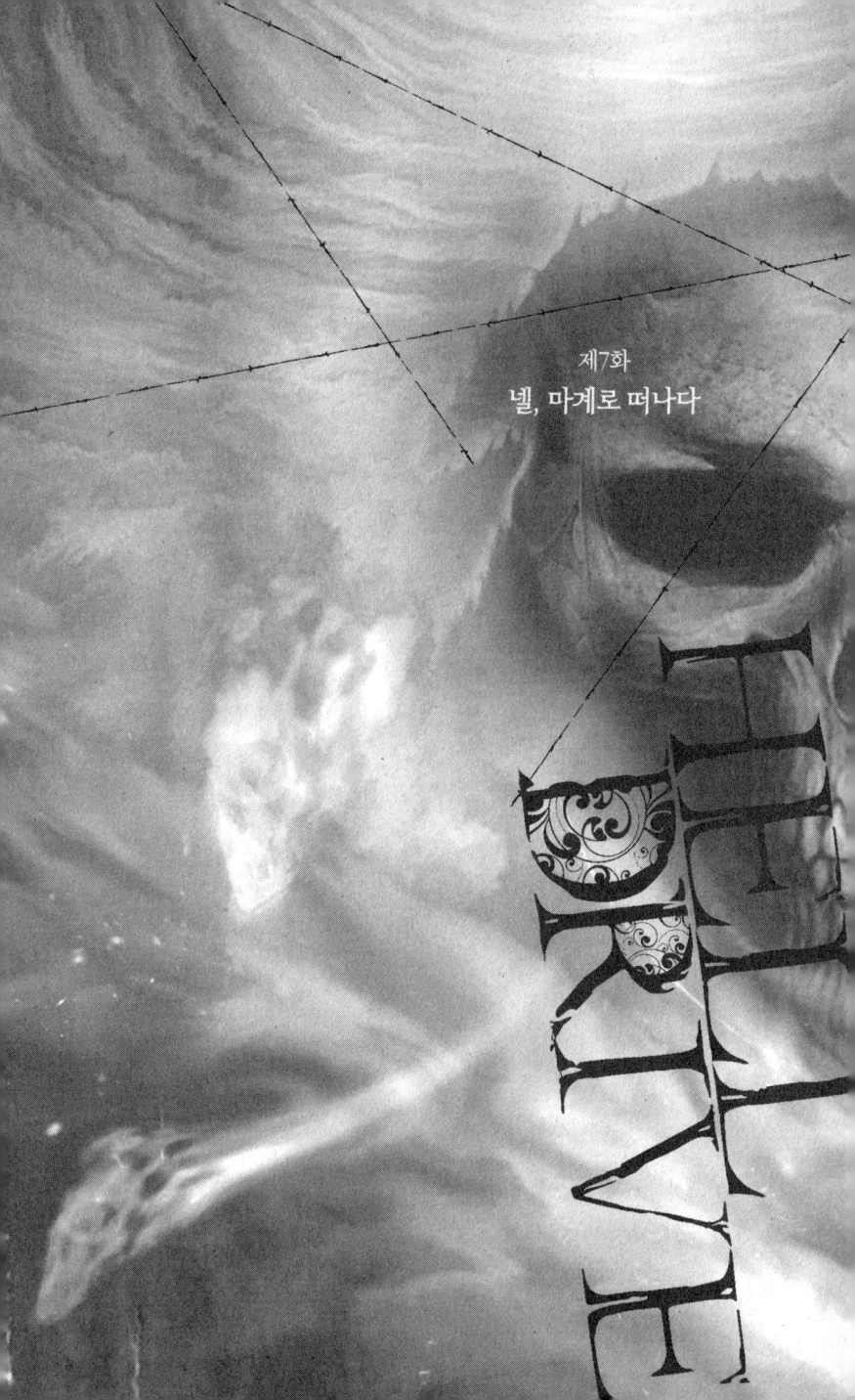

람스의 화염을 흡수한 하트는 그 길로 메딘산을 떠났다.
"주인님!"
하트가 사라지자마자 스키머가 람스에게 달려왔다.
사라졌던 팔과 다리는 어느새 복구되어 있었다.
그는 밤의 제왕.
심장만 무사하다면 얼마든지 몸을 복구할 수 있다.
"주인님!"
스키머가 울분에 찬 음성으로 람스를 불렀다.
그는 오늘 큰 충격과 분노를 느꼈다.
완전무결하고 절대무적이어야 할 그의 주인이 쓰러지다니.

그는 오랜 세월 람스를 보필했지만, 주군이 적 앞에서 무릎을 꿇는 걸 단 한 번도 보지 못했다.

그런데 오늘 람스는 무려 쓰러지기까지 했다.

별다른 저항조차 못한 채.

힘까지 모조리 빼앗긴 수모까지 겪고서.

가슴이 아프다.

람스가 이렇게 될 때까지 아무것도 하지 못한 자신에게 무력감마저 느꼈다.

그는 하트가 나타난 순간부터 옴짝달싹도 할 수 없었다. 실로 거대한 존재감이 그를 내리 눌렀다. 그는 지옥 밑바닥에 깔린 듯 숨조차 제대로 쉴 수가 없었다.

그런 자를 상대로 편안하게 대화하고 마음껏 활보한 람스가 오히려 이상하게 느껴질 정도였다.

"그리 크게 부를 필요는 없다. 난 아무렇지도 않으니."

람스가 잔잔한 음성으로 스키머를 달랬다.

비록 하트에게 당한 충격으로 쓰러지긴 했지만, 기절한 것은 아니었다.

그가 몸을 일으켰다.

옷을 보니 흙과 먼지로 지저분해져 있었다.

람스가 힘을 일으켰다.

화염을 일으켜 지저분한 것들을 모조리 날려 버릴 생각이었다.

"……."

불은 일어나지 않았다.
텅 빈 공허함만이 밀려왔을 뿐이다.
하트는 정말로 그의 모든 것을 빼앗아 간 것이다.
눈치가 빠른 스키머가 그의 옷에 묻은 흙과 먼지를 털어냈다.
람스는 멍한 얼굴로 하늘을 올려다보았다.
어느새 해가 지고, 어둠이 산자락을 집어 삼키고 있었다.
"그만…… 가자꾸나."
람스가 걸음을 옮겼다.

* * *

람스는 거친 산길을 터벅터벅 걸었다.
화염이 사라진 빈자리는 생각보다 컸다.
따지고 보면 그를 마계의 절대자로 만들어준 능력이 바로 화염이 아닌가.
화염의 군주라고까지 불리던 그가 남에게 힘을 빼앗길 줄이야.
"음…… 헬이라. 그 녀석이 살아있을 줄은 몰랐군."
팔찌에서 테디오스의 목소리가 들려왔다.
그 또한 하트의 등장에 적지 않은 충격을 받은 듯 보였다.
"헬. 과연 그녀석이라면 모든 상황을 설명할 수 있겠어."
그가 본래 알고 있는 지식, 그리고 하트에게서 새로 듣게 된 여러 가지 사실을 규합하면 하나의 그림이 나온다.

사건의 발단은 헬이라는 거대한 존재와 그를 봉인하려는 마디오스의 계획에서부터 시작된 일이었다. 그러던 것이 알타의 왕자인 하트가 헬의 영혼을 가진 채 태어나면서부터 일이 복잡해졌다.

　하트는 헬의 부활을 막기 위해 리버스를 만들었고, 또한 그들의 힘과 세력을 이용하여 분열된 알타를 통일시키고자 했다.

　그러나 그 모든 노력에도 불구하고 헬은 부활의 시간을 코앞에 두고 있었다.

　"너무 상심할 것 없다. 화염을 빼앗긴 것은 당연한 결과다. 그는 헬의 영혼을 가지고 있었으니, 불에 관한 한 적어도 너보다는 훨씬 뛰어난 지배력을 가지고 있었을 테지."

　테디오스가 람스를 격려했다.

　하지만 그 말은 위로가 되지 못했다.

　테디오스의 말이 이어졌다.

　"화염 능력을 빼앗겼다고 실의에 젖을 필요는 없다."

　실의에 젖은 것이 아니다.

　영원히 내 것이라 생각한 화염을 빼앗긴 일로 충격을 받았을 뿐.

　"애초에 화염은 네 능력도 아니었지 않느냐? 그까짓 화염, 네가 가진 능력에 비하면 가소로운 힘이지."

　람스가 걸음을 멈췄다.

　뒤늦게 떠올랐다.

그의 능력은 화염 하나가 아니라는 것을.

람스가 허공에 대고 말했다.

"열려라!"

쩌거거걱!

헬게이트가 생성되었다.

아공간을 조작하는 힘은 정상적으로 움직이고 있었다. 람스는 다른 능력들도 점검을 해봤다. 사라진 것은 화염 하나뿐이었다.

화염을 제외한 다른 능력들은 모두 건재하다. 하지만 람스는 기뻐하지 않았다. 오히려 생각에 잠겼다. 어째서 다른 능력들은 빼앗기지 않은 걸까. 하트는 어째서 화염만 가져간 거지?

"내가 말했잖느냐. 네가 가진 능력은 본래 검술과 공간조작 능력, 그리고 마계의 지식이라고. 그런데 넌 검술을 사용하지 않더구나."

검, 한 번도 사용해본 적이 없다.

특별히 검을 사용하는 걸 꺼렸던 것은 아니다.

단지 사용할 필요성을 느끼지 못한 것뿐.

화염의 능력을 각성한 이후로는 적을 상대할 때, 두 주먹만으로도 충분했다.

"아까 전, 네가 검을 사용했다면 결과가 달라졌을 것이다."

람스는 심한 충동을 느꼈다.

생각을 하지 않았을 때는 아무렇지도 않았지만, 막상 검을 사용할 수도 있다는 생각을 하게 되니 심한 갈증이 밀려왔다. 그는 헬게이트를 열었다. 그 속에 손을 넣고 뒤적거렸다. 그가 얇고 화려한 검 한 자루를 꺼냈다.

잠시 무게를 가늠하더니 고개를 가로저었다.

마음에 들지 않았다.

그렇게 게이트 안에서 몇 자루의 검을 꺼냈다.

최종적으로 선택한 검은 어지간한 성인의 키보다 큰 녀석이었다. 투박하고 커서 다루기가 힘들었다.

허공에 대고 가볍게 검을 휘둘러보았다.

묵직한 무게가 마음에 들었다.

"역시 대검이군."

테디오스가 탄성을 흘리듯 말했다.

그가 선택한 검을 보고 다시 한 번 마디오스를 떠올렸다.

람스는 금세 검에 빠져들었다.

가볍게 긋고 휘두르더니, 어느새 제법 그럴 듯한 자세를 잡는다. 그러다 돌연 허공으로 몸을 뽑아 올리며 근처의 절벽을 향해 검을 맹렬하게 휘둘렀다.

부웅!

절벽에 대고 직접 휘두른 것이 아니라 바람을 가르는 파공음만이 요란하게 울렸다.

그런데 다음 순간,

쩍 하는 굉음과 함께 절벽이 비스듬히 갈라져버렸다. 갈라진 길이가 십수 미르에 이르고, 파인 깊이 또한 언뜻 보기에도 상당했다.

람스는 자신이 하고도 믿기지 않아 한동안 멍한 표정으로 절벽을 보았다.

테디오스가 물었다.

"마법을 쓴 거냐?"

아니다. 순수하게 검만 사용했다.

"검을 써본 적은?"

없다. 오늘이 처음이다.

"허허. 검을 든 지 몇 분 만에 허공을 격하고 절벽을 두 동강 내는 실력자가 되다니. 한 시간만 연습하면 소드마스터도 부럽지 않겠군."

람스는 묵묵히 절벽만을 보고 있었다.

테디오스의 진지한 목소리가 이어졌다.

"이제 알겠지? 넌 마디오스다."

람스는 아무런 반박도 할 수 없었다.

* * *

람스가 스키머와 함께 헬리오스 마탑으로 돌아왔을 때는 이미 밤하늘에 별이 가득 떠오른 시각이었다.

마탑의 앞마당엔 커다란 모닥불이 피워져 있었고, 그 앞에

넬, 마계로 떠나다

많은 사람들이 앉아 초조한 심정으로 그를 기다리고 있었다.

"스승님!"

"아! 무사하셨군요."

람스가 나타나자 제자들이 환성을 지르며 맞았다.

스승을 맞는 그들의 눈에 걱정과 안도가 가득했다.

"말도 마세요. 메딘산 정상에서 갑자기 화염이 충천하고 눈보라가 휘몰아치는 걸 보고 어찌나 놀랐는지. 저희는 스승님께서 다치시기라도 했을까봐 크게 걱정했습니다."

다행히 스승께서 무사히 돌아왔으니 얼마나 다행인가.

"저 그런데…… 다른 파멸들은……"

"그들은 마계로 돌아갔다."

제자들은 안도의 한숨을 쉬었다.

"그런데 왜 이곳에 있는 거지?"

주위를 둘러본 람스가 물었다.

마을은 파괴되었지만 마탑은 멀쩡하다. 굳이 야외에서 모닥불을 피워놓고 찬이슬을 맞을 필요는 없다.

"그것이…… 아직 디스터 님께서 싸움을 하시는 중이라."

람스가 마탑을 올려다보았다.

정신을 집중하자 디스터와 고르다스의 기운이 느껴졌다.

람스는 인상을 찡그렸다.

예전엔 의식하지 않아도 사람이나 마족의 기척을 느낄 수 있었다. 지금은 의식하지 않으면 불가능하다.

람스는 곧 그 이유를 알게 되었다.

'화염 때문이군.'

지금까지 그가 적을 찾아내는 방법은 뱀이 열을 감지하는 것과 흡사했다. 체온이라든지 온기 같은 걸 눈으로 보는 것처럼 쉽게 파악할 수 있었다.

람스는 실망하지 않았다.

상황이 변했다면 적응하면 된다. 적응을 하면 오히려 이편이 더 좋을 지도 모르겠다는 생각이 들었다. 체온이 없는 상대도 감지할 수 있는 데다, 기척을 느끼는 범위도 기존보다 훨씬 방대했기 때문이다. 다만, 매번 정신을 집중해야하는 귀찮음이 있는데, 이는 반복된 훈련으로 충분히 적응할 수 있는 문제다.

"이 위에 아직 두 마족이 대치중이란 말이군."

람스는 헬리오스 마탑을 올랐다.

10층. 대치 중인 디스터와 고르다스가 보였다.

그런데 그 모양이 특이했다.

마주선 모습은 분명 대치한 것 같아 보이는데, 한쪽은 팔짱을 낀 채 죽일 듯이 상대를 노려보고 있고, 다른 한쪽은 눈을 감은 채 무언가에 열중한 듯 끙끙 소리를 내고 있는 것이었다.

도무지 싸우고 있다는 느낌이 들지 않았다.

서로에 대한 반응이라곤 이따금씩 팔짱을 낀 디스터가 '이제 됐냐?'라고 묻고, 고르다스가 '아직이다.'라고 대답하는 게 전부였기 때문이다.

질문과 대답은 일 분마다 반복되었다.

"지겹게도 물어보는군. 정말이지 고문이 따로 없네."

고르다스의 푸념에 디스터가 흥 하고 콧김을 뿜었다.

"네 녀석의 회복이 너무 느린 게다. 파멸이라는 이름이 울겠군."

"젠장, 포기다!"

고르다스가 벌렁 누워버렸다.

람스를 본 순간, 이미 일이 틀어져버렸음을 느꼈다.

"죽여라."

디스터가 인상을 썼다.

그가 화난 목소리로 으르렁거렸다.

"뭐하는 짓이냐?"

이제와 포기하면 지금까지 그가 회복되길 기다린 시간은 다 뭐란 말인가.

"시간이 갈수록 상태만 더 심각해지잖아! 어차피 널 이겨봐야 상황이 변하는 것도 아니고…… 다 귀찮다. 그냥 죽여라!"

"이 녀석이!"

디스터가 벌떡 몸을 일으켰다.

한동안 고르다스를 노려보며 씨근덕거리던 그가 람스에게 물었다.

"저 녀석…… 어떻게 할까요?"

죽여 달라고 퍼질러진 놈을 패는 건 그의 취향이 아니다.

다행히 람스는 적절한 해결책을 가지고 있었다.

람스가 고르다스에게 다가가 뭐라 귓속말을 했다.

"콜드레인과 바할은 이미 마계로 돌아갔다. 원한다면 너도 돌려보내주마."

"그게 정말이오?"

고르다스가 눈을 휘둥그레 뜨며 반문했다.

"물론이다. 응할 테냐?"

"그, 그렇게 하겠소."

람스가 허공에 손을 흔들었다.

쩌억 하는 소리와 함께 헬게이트가 열렸다.

고르다스가 반색을 하며 그 안으로 뛰어들었다.

"이대로 돌려보내시면 후환이 있을 수도 있습니다."

디스터가 우려를 표했다.

파멸씩이나 되는 존재를 살려서 보내주었다. 언젠가 놈이 다시 중간계를 도모하지 않으리란 보장이 없다.

그의 우려에 람스가 명쾌한 해결책을 내놓았다.

"이곳의 정리가 끝나면 마계를 접수한다."

"흐흐흐흐."

디스터가 섬뜩한 웃음을 흘렸다.

오랜만에 정말 흡족한 말을 들어서다.

"그 날을 학수고대하겠습니다."

*　　*　　*

디스터가 물러간 후, 람스는 집무실이 있었던 공간으로 걸어갔다. 검게 그을린 벽장 뒤에 비밀 장소가 있다.

람스는 그곳에 아자라스에게서 가져온 오브를 숨겨두었다.

벽장을 열자 텅 빈 공간이 드러났다.

그 속에 있던 오브들이 감쪽같이 사라지고 없었다.

벽장 안쪽에 누군가가 남긴 쪽지가 있었다.

'필요할 것 같아 이것도 가져가겠네.'

오브를 가져간 사람은 하트였다.

람스가 숨겨놓은 오브를 귀신같이 찾아내어 가져간 것이다.

"하트의 몸속엔 부활한 헬의 영혼이 잠들어 있다. 놈의 능력이라면 숨겨놓은 오브를 찾아내는 건 일도 아니었을 게야."

테디오스의 말에 람스는 고개를 끄덕였다.

볼일을 마친 람스가 다시 탑의 앞마당으로 내려갔을 때, 제자들은 인원파악을 하고 있었다. 마탑의 제자들이나 마을 사람 중에 없어진 사람은 없는 지 확인했다.

"어? 너구리 가면이 보이지 않는데?"

마을 사람들이 모여 있는 곳에서도 누군가의 울음이 터져 나왔다.

"마리야!"

젊은 여인이 바닥에 쓰러지며 통곡했다.

어린 딸이 보이지 않았던 것이다.

람스의 얼굴이 어두워졌다.

모두가 무사한 줄 알았는데, 희생자가 있었던 모양이다.

그때였다.

"엄마!"

멀리서 어린 아이의 음성이 들려왔다.

"마리야!"

통곡하던 여인이 반사적으로 딸의 이름을 외쳤다.

아이의 목소리가 들려온 방향으로 모두의 시선이 쏠렸다.

석양을 등지고 한 사람이 달려오고 있었다. 그의 어깨에 올라앉은 작은 소녀가 여인을 향해 손을 흔들고 있었다.

마리야. 사라진 소녀였다.

"엄마!"

"마리야."

여인이 날듯이 달려 나가 아이를 품에 안았다.

"마리야. 어디 갔었니? 이 엄마가 얼마나 걱정했는지 알아?"

아이가 천진난만한 얼굴로 대답했다.

"무서운 괴물들이 몰려와서 도망갔어요. 무서워서 숲으로 막 달리는데 저 아저씨가 와서 도와줬어요."

"아저씨?"

여인이 고개를 들었다.

마리야를 구해서 돌아온 청년.

가장 먼저 눈에 띄는 건 얼굴에 쓴 동물 가면이었다.

사라졌던 너구리 가면이었다.

"고맙습니다."

여인은 너구리 가면을 향해 이마가 땅에 닿을 정도로 허리를 숙였다. 너구리 가면이 쑥스러운 듯 뒷머리를 긁적였다.

은인이라며 목을 높여 칭송하는 여인을 가까스로 물린 너구리 가면이 람스에게 다가왔다.

"마족들은 어떻게 됐습니까?"

람스는 간결하게 대답했다.

"해결됐다."

"다행이군요. 그런데 어떻게 된 일입니까?"

갑자기 마족들과 마물들이 파도처럼 밀려오는 통에 이유도 모른 채 정신없이 싸워야 했다.

눈치 빠른 오드만이 람스 대신 나섰다.

"놈들은 아마도 마왕을 노린 것 같네."

원래 파멸을 비롯한 마족들은 람스를 노린 것이었다. 하지만 굳이 그 사실을 알려줄 필요는 없다. 너구리 가면은 감시를 위해 헬리오스 마탑에 있는 것이기 때문이다.

오드만의 판단은 현명했다. 마족들이 람스를 노린 것이라는 것이 알려졌다면 분명 너구리 가면은 이 일을 매우 심각하게 생각했을 것이다.

하지만 일단 이곳에 마족들이 나타났다는 것 자체가 문제를

야기한 셈이 되었다.

너구리 가면이 난감하다는 표정으로 말문을 열었다.

"어쩌면 이번 사건으로 중간계에 큰 파장이 몰아닥칠 것 같습니다."

"무슨 말인가?"

"이만한 규모의 마족들이 침공을 했으니 당연히 이에 관한 소문이 사방으로 퍼졌겠지요. 가뜩이나 마왕이 이곳에 있다는 걸 알고 촉각을 곤두세우고 있는 성교로서는 즉각적으로 이 문제에 개입하려 들 겁니다."

"마족들이라면 모두 정리가 되었는데……."

"이곳에 마왕이 있다는 사실을 하이파 성교를 비롯한 각국의 정상들이 인지하고 있다는 점이 중요합니다. 지금은 매지 님께서 마왕의 위험성에 대한 여론을 잠재우고 계시지만, 이번 사건으로 말미암아 그들을 막는 것이 힘들어질 것입니다. 결국……."

람스가 나섰다.

"모종의 조치가 취해질 것이라는 소리군."

"머잖아 이곳으로 마왕토벌대가 들이닥칠 것입니다."

하이파 성교는 마족과 마왕을 원수처럼 생각한다.

신이 만들어놓은 균형과 질서를 어지럽히는 어둠의 존재들.

메딘산에 마왕이 있다는 소식을 접한 하이파 성교는 총력을 기울여 사악한 존재들을 말살하려 했다. 그러한 하이파 성교의 의지를 막고 있는 사람이 바로 소울러들의 대모인 매지다. 그녀는 넬을 위해 총력을 기울여 하이파 성교의 분기를 억제하고 있다.

하지만 그것은 어디까지나 마왕이 있다 해도 중간계에 큰 영향이 없을 거라는 전제하에 가능한 이야기다. 이번에 큰 사건이 터졌으니, 매지로서도 더 이상 하이파 성교를 막을 수 없을 것이다.

대륙의 정상들도 이번 일을 중요하게 생각할 것임이 틀림없다. 마왕과 마족의 출현은 자칫 중간계의 질서를 어지럽힐 수 있는 중대 사건.

필요하다면 대단위 군대를 파견하여 불안의 싹을 제거하려 들 것이다.

"지금의 알타 왕국은 그들의 입김을 막을 만한 능력이 없습니다."

현재 알타 왕국은 내전이 진행 중이다.

사막 부족과 늪 부족으로 나뉘어져 치열한 전쟁이 계속되고 있다. 과거 그 어느 때보다도 치열한 전쟁. 어느 하나가 전멸할 때까지 멈추지 않을 기세다.

"또…… 전쟁이란 말인가……."

오드만이 나지막한 한숨을 내쉬었다.

마족들과의 치열한 싸움이 이제 막 끝났다.

안도의 한숨을 쉬기도 전에 또 다른 전쟁을 준비해야 하는 것이다.

이번엔 전과는 차원이 다른 위협이다.

중간계의 모든 나라와 사람들이 그들을 적으로 인식하고 죽이려 들 것이다. 헬리오스 마탑과 관련된 사람은 물론이고, 인근의 주민들과 가축 등, 마왕의 영향이 미칠 수 있는 모든 존재가 말살된다.

너구리 가면은 주위를 둘러봤다.

겁먹은 주민들.

그는 뒤늦게 후회했다.

사람들이 없는 곳에서, 람스에게만 말할걸.

오늘부터 이 사람들은 밤잠을 설치며 고민할 것이다.

하긴, 당장 새벽이슬을 피할 집도 없는 신세지만.

그는 람스를 보며 간절한 음성으로 말했다.

"탑주님. 서둘러 이곳을 떠나시길 간청 드립니다."

연합군이 몰려오기 전에 이곳을 떠나야 한다. 남의 눈에 띄지 않는 곳에 숨어 지낸다면 구차할 지 언정 어떻게든 목숨을 이어갈 수 있을 터다.

람스는 그를 무심히 보다 입을 열었다.

"이곳을 떠나면 달리 갈 곳이 있는가? 뿔뿔이 흩어진 채 거지와 같은 신세로 뒷골목을 전전하게 될 뿐이다."

"죽는 것보다는 낫습니다."

람스는 고개를 저었다.

넬, 마계로 떠나다 219

"아니. 우린 이곳을 지킨다."

"하지만……."

너구리 가면은 람스를 설득했지만, 그는 고개만을 흔들 뿐이었다. 오히려 근심하는 너구리 가면을 향해 부드러운 미소를 보였다.

"걱정 말게. 그 일이라면 내가 달리 손을 써 볼 테니까."

대체 어떻게!

너구리 가면은 버럭 고함이라도 지르고 싶었다.

대체 어떻게 손을 쓴단 말인가.

당장 중간계 전체가 이곳을 세상에서 지워버리기 위해 온 힘을 다할 터인데.

하지만 너구리 가면은 더 입을 열지 못했다.

워낙 람스의 말과 행동이 단호했기 때문이다.

이때, 리자크가 근심하는 주민들을 향해 말했다.

"자. 이제 뒷정리를 합시다. 또 집이 부서졌으니 다시 지으려면 당분간 바쁠 것 같군요. 그래도 다행스럽게 이번엔 머물 곳이 있습니다. 보세요. 마탑은 멀쩡하죠? 새 집이 지어질 때까진 모두 마탑에서 생활해야 할 것 같습니다. 아! 혹시 생활하시다 헬리오스 마탑이 마음에 드시는 분이 계시면 언제든 말씀만 하세요. 연령 불문, 자질 불문. 원하는 사람은 누구나 제자가 될 수 있습니다."

웅성거리던 주민들의 농 섞인 그의 말에 조금이나마 활기를 되찾을 수 있었다.

* * *

피곤한 밤이 지나고 어느새 아침이 밝았다.

람스는 해가 뜨기도 전에 자리를 털고 일어나 메딘산 정상에 올랐다.

잠시 추억이 깃든 옛 마탑을 바라보다 허공에 손짓을 했다.

쩌거거걱!

헬게이트가 열렸다.

람스는 헬게이트 너머에서 어둠의 종자들을 불러들였다.

검은 무리가 차원의 문을 넘어 우르르 쏟아졌다. 스키머가 그들을 이끌고 산 아래로 내려갔다.

본격적으로 마을 재건이 시작된 것이다.

이젠 군이 마을 사람들의 눈치를 볼 필요도 없기에 대놓고 마족들을 부렸다.

오래지않아 마을은 재건될 것이다.

예전보다 빠르고 튼튼하게.

"하지만 곧 다시 부서지겠지."

테디오스가 말했다.

"너구리 가면이라는 녀석의 말대로 토벌군이 몰려오기라도 한다면 마을 주민들은 또 한 번 집 없는 난민 신세로 전락하게 될걸? 어떻게 할 거냐? 전면전? 도주? 아니면 협상?"

람스는 침묵했다. 테디오스의 말이 이어졌다.

"협상은 애초에 불가능할 것이고. 전면전 아니면 도주인데……. 대륙의 모든 사람이 눈을 벌겋게 뜨고 있는데, 주민들과 함께 숨을 곳이 마땅히 있을 리도 없고……. 네 실력이면 전면전을 벌일 만은 하겠지만, 그러자니 영영 중간계에서는 평화롭게 살 희망을 버려야할 테고……."

테디오스의 말은 전적으로 옳았다.

"아! 넌 헬게이트를 열 수 있었지? 그럼, 다 같이 마계로 가는 방법도 있겠구나. 하지만 과연 그 지옥과도 같은 곳을 주민들이 버틸 수 있을까?"

아마 대다수는 얼마 버티지 못하고 시름시름 앓다 죽게 될 것이다.

"아니야. 생각해보면 토벌군은 나중 일이다. 그보다는 헬의 부활이 먼저지."

토벌군은 각국의 협의가 필요한 일인 만큼 단시일 내에 조직될 수 없다. 그에 반해 헬의 부활은 불과 열흘 밖에 남지 않았다.

하트가 오브의 힘을 모아 무언가를 할 모양이지만, 과연 그의 생각대로 잘 풀릴지는 미지수다. 최악의 상황을 염두에 두어 한다.

"어떻게 상대할 거냐?"

람스는 마계에서 화염의 군주로 통했다.

실제로 세상에 존재하는 모든 불이 그를 따르고 경배했다. 가벼운 손짓 하나에 산이 불타고 호수가 말라버렸으며, 울창한 숲이 노랗게 타들어갔다.

콜드레인과의 싸움에서도 전력을 사용하지 않았다. 콜드란에게 입은 은혜 덕분이다. 그런 그의 능력도 하트에게는 통하지 않았다.

하트, 오히려 그야말로 화염의 군주에 어울리는 존재다. 아니, 몸 자체가 화염인 것 같았다. 람스에게 순종하던 화염은 오히려 하트의 힘에 빨려 들어가고 말았다.

"너로서는 두 번 다시 겪고 싶지 않은 경험이겠지. 자신의 무척 따르던 아이가 어느 날 갑자기 자신을 무시하고 다른 사람의 뒤를 쫓아다니는 느낌이랄까? 일종의 배신감마저 느꼈을걸?"

이제 그 엄청난 하트와 싸워야 한다. 아니, 하트 안에 도사린 헬과의 싸움을 준비해야 한다.

지금까지 그의 수족과 같았던 화염은 완전히 각성한 헬 앞에서는 전혀 통하지 않을 것이다. 그렇다면 대체 무슨 수로 그와 싸워야 한단 말인가.

"그런데 넌 전혀 걱정하는 눈치가 아닌걸?"

테디오스가 조금 김이 빠진 목소리로 물어왔다.

이쯤 놀렸으면 경악을 한다거나 실의에 젖을 만도 한데, 람스는 여전히 담담한 미소를 짓고 있다.

"대책이라도 있는 거냐?"

람스는 이번에도 대꾸하지 않았다. 하지만 그의 입가에 서린 미소는 여전히 지워지지 않았다.

"쩝. 자신이 있다는 소리처럼 들리네."

흥이 식어버렸다. 테디오스는 말꼬리를 돌렸다.

"그런데 넬이라는 아이 말이다."

"......!"

람스가 반응을 보였다.

부드럽게 웃기만 하던 그가 팔찌를 내려다보았다.

갑자기 왜 넬에 대해 묻는 걸까.

혹시, 그녀에게 뭔가 문제라도 있는 건 아닐까?

팔찌 속의 영혼 테디오스는 마도시대의 사람으로서 박식하게 이를 데 없었다. 그렇다면 자신이 보지 못한 그 어떤 문제를 발견했을지도 모른다.

람스의 기대를 한 몸에 받은 테디오스가 끈적끈적한 어조로 물었다.

"어디까지 갔냐?"

"......?"

람스는 혼란을 느꼈다.

어디까지 갔냐, 라는 테디오스의 말이 무슨 뜻인지 언뜻 감이 안 왔기 때문이다. 뒤늦게 그가 파렴치한 변태라는 사실을 깨닫고 얼굴을 붉히며 소리쳤다.

"그 무슨 소리요! 그녀는 우리 마탑의 손님이며 또한……."

"그래그래. 소중한 사람이겠지. 그 정도는 눈빛만 봐도 충분히 알겠어. 그래서 어디까지 갔냐니까?"

테디오스는 막무가내였다.

람스는 한숨을 쉬었다.

"전혀."

"전혀? 아무것도?"

"그렇소?"

"그 거짓말, 사실이냐?"

"사실이오."

"뭣이! 그게 말이 된다고 생각해?"

테디오스가 돌연 흥분한 목소리로 외쳤다.

"사지 멀쩡한 남자가 주주와 넬처럼 어여쁜 처자들을 곁에 두고도 아무런 말썽도 일으키지 않다니. 이게 말이 된다고 생각해?"

람스는 태연하게 대꾸했다.

"말이 되오."

"말이 안 된다니까!"

테디오스가 버럭 고함을 쳤다.

그는 이 터무니없는 순둥이에게 불만이 가득 쌓였다.

"리드 녀석은 그래도 순진한 구석이라도 있어서 말이라도 들었지. 이 녀석은 아예 앞뒤가 꽉꽉 막혔다니까. 누가 마디오스가 아니랄까봐……."

람스는 그의 장단에 더 이상 어울리고 싶지 않았다.

"쓸데없는 말 그만하고……. 혹시 넬에 대해 아는 거라도 있소?"

"물론 잘 알지."

테디오스가 자신만만하게 말했다.

"그 아이, 소울러지?"

확실히 넬은 소울드라이브를 익힌 소울러다. 물론, 평범하지는 않다. 마왕과 소울한 역대 최악의 소울러라는 평을 듣고 있으니까.

"이미 말했잖느냐. 세상에 소울드라이브를 전한 게 바로 나라고. 넬, 그 아이, 뭔가 문제가 있지? 보아하니 그녀의 정신력으로는 감당이 안 되는 존재와 소울을 한 것 같더구나. 그래서 정신도 붕괴된 것 같고……."

"당신! 뭔가 해결책을 알고 있소?"

"물론."

"어떻게 하면 되는 것이오?"

람스는 잔잔하던 평소와 달리 흥분한 기색이 역력했다.

"이제야 좀 인간 같군."

"쓸데없는 소리 그만하고, 그녀를 도와줄 수 있는 방법이 뭐요?"

테디오스가 콧소리가 섞인 음성으로 말했다.
"일단은 넬에게 가자꾸나."

　　　　　　　＊　　　＊　　　＊

람스는 그길로 곧장 넬을 찾아갔다.
그녀의 방에 노크를 하니 다크니스의 날카로운 목소리가 들렸다.
"누구냐?"
"나다."
"쳇."
다크니스의 토라진 목소리와 함께 문이 열렸다.
비스듬히 열린 문틈으로 넬의 작은 얼굴이 보였다.
"잠깐 대화를 하고 싶은데……."
넬이 문을 활짝 열어주었다.
처음 보는 넬의 방이다.
실내에 있는 것이라곤 작은 침대와 서랍장 하나.
여자 방이라면 으레 보여야 할 화장대나 잡다한 가구들, 알록달록한 커튼 같은 것은 눈 씻고 찾아봐도 볼 수가 없었다.
원래 그녀에게 이 방을 내어줄 때 기본으로 있던 가구 그대로 아무런 변화가 없다.
테디오스의 혀 차는 소리가 들려왔다.

"여자가 이렇게 삭막하게 살아서야……."

람스는 그의 말을 무시하고 넬에게 말을 걸었다.

"내 팔찌에 테디오스라고 하는 영혼이 들어와 있다. 그가 네게 할 말이 있다고 하는 구나."

람스는 넬에게 건네기 위해 팔찌에 손을 올렸다. 그 순간 테디오스가 빠른 목소리로 그에게 뭔가를 물었다.

좀처럼 표정 변화가 없는 람스의 얼굴이 붉게 변했다.

곧 그가 인상을 찡그리며 테디오스를 꾸짖었다.

"왜 내가 넬의 속옷에 대해 물어야 하는 거냐!"

진지해야할 상황임에도 불구하고 테디오스가 그에게 넬의 속옷 색깔을 물어보라고 한 것이다. 그 이후에도 테디오스의 이상한 질문이 계속되었다.

"그녀와는 아무런 일도 없었다니까! 내 건강을 왜 의심해! 그녀의 신체 사이즈를 내가 어떻게 알아!"

전에 없이 버럭 고함을 지른 람스가 결국 한숨을 쉬며 넬에게 말했다.

"아무래도 내가 실수한 것 같다. 오늘은 이만 가도록 하마."

그가 몸을 돌리자 테디오스가 다급한 목소리로 외쳤다.

"자, 잠깐만. 난 정말 그녀에게 할 말이 있단 말이야!"

"속옷이 궁금한 거겠지."

"몸매도 궁금한데……."

람스의 얼굴이 딱딱하게 굳었다.

"아, 아니 그건 장난이고……."

라고 말하면서도 혼잣말로 '물론 알려주면 고맙긴 하겠지만…….' 이라는 말을 덧붙였다.

람스가 뒤돌아선 채 잠시 이를 갈았다. 간신히 화를 삭이고 다시 넬에게로 왔다. 팔찌를 풀면서도 테디오스에게 경고의 말을 잊지 않았다.

"넬에게 쓸데없는 소리를 하면 가만 두지 않겠다."

"절대! 맹세하마!"

람스는 팔찌를 풀어 넬에게 건네주었다.

"받아봐라. 만약 그가 이상한 소리를 하면 즉시 내게 넘겨주고."

넬은 평소의 무심한 얼굴로 팔찌를 받았다.

곧 그녀의 정신으로 테디오스의 목소리가 흘러들어왔다.

대체 테디오스는 넬에게 무슨 말을 하고 있는 걸까.

넬은 표정변화 없이 이따금 고개를 끄덕이기도 하고 다음엔 고개를 저으며 묵묵히 테디오스의 말을 듣고만 있었다.

테디오스와의 대화는 상당히 오랜 시간 계속 되었다.

넬은 테디오스를 두 손에 감싸 쥔 채, 침상에 몸을 기댔고, 람스도 의자에 앉은 채 팔짱을 끼고 넬의 표정을 예의 주시했다.

한 시간쯤 지났다.

넬이 고개를 갸웃하더니 람스에게 팔찌를 내밀었다.

"이상한 소리."

테디오스가 이상한 소리를 한다는 말이다.

람스가 낚아채듯 팔찌를 받아들였다.

"대체 무슨 소리를 한 거냐!"

협박하듯 람스가 말했다.

바른대로 말하지 않으면 팔찌를 당장 뜨거운 용광로에 던져 넣겠다는 듯 두 눈을 부리부리하게 떴다.

테디오스가 별일 아니라는 투로 대답했다.

"속옷이 너무 작은 것 같다고 했다. 얼굴은 소녀 같아도 몸은 아주 육감적인 것 같은데, 몸에 어울리지 않은 작은 속옷을 입은 것 같아서 말이야. 속옷을 제대로 입지 않으면 체형이 망가지고, 체형이 망가지면 나중에 거사를 치를 때 남자가 실망하게 될 수도……."

람스는 팔찌를 벗어 바닥에 패대기쳤다.

* * *

"테디오스가 한 시간이나 뭐라고 했니?"

팔찌를 방 한 구석에 던져 넣은 람스가 흥분이 가시지 않은 표정으로 넬에게 물었다.

침대 가에 조신하게 앉은 넬이 그녀 특유의 조용하고 굴절 없는 음성으로 대답했다.

"소울드라이브."

"소울드라이브?"

그녀의 짧은 대답에 람스는 심각하게 고민했다.

그때, 넬의 그림자에서 다크니스가 나타났다.

"그 변태가 넬에게 소울드라이브를 알려줬다."

"혹시 이상하게 가르친 건 아니고?"

람스의 물음에 넬은 고개를 가로저었다.

테디오스가 제대로 가르쳤다는 말이다.

람스는 고개를 끄덕였다.

'테디오스. 그가 리드 공에게 소울드라이브를 가르쳤다고 하더니……'

넬의 말로 보아 사실인 모양이다.

다크니스가 다시 소란스럽게 떠들었다.

"그 변태가 넬의 부족한 부분을 도와줬다. 변태지만 소울드라이브라고 하는 능력에 대해서는 잘 알고 있는 눈치더군. 덕분에 넬의 장악력이 강해졌다."

신나게 떠들던 다크니스가 돌연 으르렁거렸다.

"생각해보니 좋아할 일이 아니잖아?"

슬레이브에 대한 장악력이 커졌다는 의미는 곧 다크니스에 대한 넬의 구속이 강해졌다는 의미가 된다. 가뜩이나 최근 한층 강해진 넬로 인해 숨 한 번 크게 못 쉬던 마왕에겐 그야말로 하늘이 무너지는 소식이 아닐 수 없었다.

다크니스가 푸념했다.

"정말 도움이 안 되는 녀석이로군."

람스가 물었다.

"그밖에 또 무슨 이야기가 있었는가?"

"뭐 몇 가지 잡다한 이야기. 그리고 한 가지 이상한 이야기를 하던데?"

"이상한 이야기?"

"나더러…… 아니지, 정확하게는 넬에게 마계에 가라고 하더군."

"마계?"

전혀 생각지도 못한 이야기다. 어째서 테디오스는 마계행을 이야기 한 것일까.

"내가 정말 마왕이라면 마계를 접수하는 일이 크게 어렵지 않을 테니. 그곳을 확실하게 장악하라고 하더군. 제대로 배운 소울드라이브와 내 힘이 합쳐지면 크게 힘들지 않을 거라고……. 그것이 후환을 없애는 길임과 동시에 널 도와줄 수 있는 길이라고 하더군."

람스는 새삼스런 얼굴로 테디오스가 들어간 팔찌를 봤다.

그가 람스와 넬을 위해 이렇게까지 깊은 생각을 하고 있을 줄이야. 확실히 넬이 마계를 장악할 수 있다면 람스의 고민이 크게 줄어든다.

돌연 넬이 자리에서 일어났다.

"나, 마계 갈래."

"테디오스의 말을 따를 생각이니?"

넬이 고개를 끄덕였다.

"쉽지 않은 일이다. 어쩌면 큰 위험에 처할 수도 있다."

그녀를 대신해 마왕이 떠들었다.

"내가 같이 가는 데 뭐가 위험하다는 거야?"

람스가 다크니스를 보았다.

"넌 소울러들에게도 당한 적이 있잖아?"

다크니스가 화를 냈다.

"그건 넬이 내 봉인을 풀어주지 않아서 그렇다. 봉인만 풀리면 그런 허접한 녀석에겐 절대로 당하지 않았을 거야. 그리고 내가 당한 건 알케 뭐시기라는 녀석이지, 머저리 같은 소울러들이 아니었다."

"봉인?"

"흥! 설마 이 위대한 몸이 이렇게 약한 것을 정상이라고 생각하는 건 아니겠지?"

"뭔가 숨기고 있는 비장이 무기라도 있단 소린가?"

"물론! 장담하지만 봉인만 풀리면 람스 너 또한 날 감당할 수 없을 것이다."

람스는 넬에게 물었다.

"사실이냐?"

넬이 고개를 끄덕였다.

그러곤 람스를 초롱초롱 빛나는 눈으로 바라봤다.

그녀의 눈빛이 이렇게 말하고 있었다.

당신에게 도움이 되고 싶어요. 날 마계로 보내주세요. 걱정 마세요. 전 안전할 테니까요.

그녀의 눈빛에 간절함과 단호함이 어려 있었다.

람스는 어쩔 수 없이 그녀의 결정을 따라주었다.

넬이 말했다.

"지금."

다크니스가 그녀의 말을 보충했다.

"기왕이면 지금 당장 가고 싶다는데?"

람스는 그녀의 요청에 따라 헬게이트를 열어주었다.

헬게이트로 총총히 걸어가던 넬이 람스를 돌아다보았다.

"다녀올게요."

넬이 고개를 까딱였다.

그녀의 그림자에서 검은 형체가 떠올랐다.

다크니스.

그가 람스에게 물었다.

"파멸, 날 보내는 걸 후회하지 않느냐?"

람스가 반문했다.

"왜 내가 후회할거라 생각하느냐?"

"마계를 정벌하면 난 과거의 능력을 되찾게 될 것이다. 그리되면 넌 더 이상 날 금제할 수 없게 될 것이다. 흐흐흐. 힘만 되찾으면 난 너에게 복수할 것이다."

다크니스의 협박에도 람스는 여유를 잃지 않았다.

"할 수만 있다면 마음대로 해."

"흥. 자신감이 지나친 녀석이군. 과연 내가 마계를 접수한 후에도 그렇게 웃을 수 있는지 두고 보자."

복수를 다짐하는 말을 남긴 채 넬과 다크니스는 헬게이트 너머로 사라졌다.

담담한 얼굴로 그들을 배웅한 람스가 수하를 불렀다.

"스키머."

"네, 주인님."

람스의 그림자 아래에서 뱀파이어의 군주가 모습을 드러냈다.

"그녀를 돌봐다오."

"알겠습니다, 주인님."

공손하게 대답한 스키머가 헬게이트로 몸을 날렸다.

비로소 람스는 굳었던 얼굴을 조금이나마 펼 수 있었다.

스키머는 두 번째 파멸로 불리던 존재다. 더구나 마계의 밤을 지배하는 뱀파이들의 군주이기도 하다.

그를 위협할 만한 존재는 다른 파멸뿐이다. 그나마 콜드레인을 비롯한 나머지 파멸들은 심각한 부상을 입었다.

이런 상황에서 스키머가 뒤를 봐준다면 큰 위험은 없을 것이다.

람스는 방 구석에 떨어진 팔찌를 들었다.

"왜 그녀에게 마계로 가라 했나?"

"뭐야? 그게 궁금했어?"

테디오스가 심드렁하게 대꾸했다.

"인간의 허약한 정신력으로 마왕을 거느린다는 것이 가능할리가 없잖아. 그래서 그녀의 정신이 붕괴된 것이지. 그녀를 치료하려면 수련이 필요해. 그것도 목숨을 걸어야할 만큼 치열한 수련이."

"그래서 마계로 보냈는가?"

"마계만큼 치열하게 수련할 수 있는 곳이 어디 있겠냐? 목숨을 걸고 싸우다보면 그녀의 정신력은 몰라볼 만큼 발전하게 될걸? 마왕에게 빼앗긴 기억과 정신도 돌아올 거고 말이야."

"……."

테디오스의 판단은 옳다.

람스와 그녀를 위한 최적의 선택이었다.

테디오스의 현명함만큼은 인정하지 않을 수 없었다.

"그런데 정말 그녀와는 아무런 일이 없었냐?"

변태만 아니었다면 얼마나 좋을까.

"아무 일도 없었어!"

람스가 팔찌를 패대기치며 외쳤다.

제8화
람스와 오브의 관계

 넬과 다크니스를 마계로 보낸 람스는 10층의 집무실로 올라갔다. 그곳은 이미 어느 정도 정돈이 끝난 상황이었다. 부서진 집기들도 치워지고, 어디서 구해왔는지 새 가구들이 빈자리를 채우고 있었다.
 가구들에서 풀풀 날리는 기운을 보니 마계에서 가져온 것이 분명한 듯 보였다.
 집무실엔 오드만과 리자크가 그를 기다리고 있었다.
 "스승님, 오셨군요."
 "보고할 것이 있습니다."
 람스는 반기는 제자들에게 고개를 끄덕여주곤 창가에 섰다.

콜드레인이 남긴 흔적은 메딘산 일대에 숨길 수 없는 깊은 상처를 남겼다. 그 흔적들을 치우기 위해 어둠의 족속들이 분주하게 일을 하고 있었다.

낮인데도 불구하고 마족들은 거리낌이 없었다. 적어도 이곳 메딘산에서만큼은 마족이 별스런 존재가 아니기 때문이다. 주민들도 어둠의 족속들을 이미 한 번 경험한 터라 별다른 반응을 보이지 않았다. 오히려 천막을 치며 햇볕을 가려주는 등, 마족들의 작업을 도와주고 있었다.

람스의 등 뒤, 리자크가 간밤에 있었던 일을 보고했다.

"지난 밤 사이, 몇 가구가 사라졌습니다."

너구리 가면의 경고를 듣고 겁을 집어먹은 것이다.

보고를 올린 리자크는 람스의 눈치를 살폈다.

엄밀히 말해, 이곳 주민은 스승님의 영지민들이다.

이미 사막 부족의 술탄으로부터 이스턴과 메딘 산맥에 대한 권리를 인정받았기 때문이다. 영지민이 영주의 허락 없이 야반도주하는 것은 즉결심판감이다.

그러나 람스는 아무런 조치도 취하지 않았다. 그들의 두려움을 충분히 이해할 수 있었기 때문이다.

"생각보다는 적군."

리자크가 안도한 표정으로 말했다.

"네. 저 역시 적어도 마을 사람들의 절반은 도망갈 거라고 생각했습니다."

온 대륙의 모든 군대가 몰려온다는데 겁을 먹지 않을 사람은 없다. 마을의 분위기도 전과 달리 무겁다.

그럼에도 불구하고 도망간 사람이 고작 십여 명에 불과하니, 정말 신기한 일이 아닐 수 없었다.

"그만큼 스승님을 믿는다는 의미지."

오드만이 잔잔하게 미소 지었다.

그의 턱에 걸린 탐스런 흰 수염이 잔잔하게 흔들렸다.

"수염을 기르나?"

"보기 싫으십니까?"

"아닐세. 잘 어울리는군."

큰 사건을 여럿 겪으며 깨달음을 얻은 탓인지 오드만은 현자와 같은 분위기를 풍겼다. 외지에서 온 사람들은 그가 헬리오스 마탑의 탑주라고 착각할 정도였다.

"마을 재건엔 그리 오랜 시간이 걸리지 않을 것으로 사료됩니다. 일하는 마족들의 수가 워낙 많아서…… 한 달 정도면 대체적인 모양이 나오지 않을까 싶습니다."

리자크의 보고에 람스는 고개를 끄덕여 보였다.

그 이후 몇 가지 중요한 사안에 대한 이야기가 오고갔다.

막 회의가 끝나갈 무렵이었다.

똑똑.

노크 소리가 들려왔다.

"들어와."

문이 열리며 에밀리가 들어왔다.
"스승님, 손님이 오셨어요."
"손님?"
"네. 이르민 님이라고 하시던데……."
이르민, 사막 부족 술탄의 딸이다.
"나가마."
람스가 자리에서 일어났다.

* * *

이르민은 1층의 접객실에 앉아있었다.
그녀는 혼자가 아니었다.
그녀의 맞은편에 한 사람이 앉아 있었는데, 둘의 사이가 좋지 못한 듯, 개와 고양이처럼 으르렁거렸다.
이르민의 맞은편에서 이를 갈고 있는 사람. 그는 로쉬였다.
마녀들의 숲에 남겨진 주주와 그녀의 일행들은 조금 전 텔레포트 게이트를 이용하여 메딘산으로 돌아왔다.
마을의 참혹한 모습에 한숨을 쉬며 마탑으로 들어오던 중 이르민을 발견했다. 대뜸 로쉬가 그녀에게 적의를 보였다.
이르민이 사막 부족 술탄의 딸이라면, 로쉬는 늪 부족 술탄의 아들이다.
사막 부족과 늪 부족은 원수와 다를 바 없는 사이라 두 사람의 관계 역시 그리 좋다고는 말할 수 없었다. 그러던 차에 전쟁까지 터졌다. 로쉬가 이르민을 보고 이를 가는 것은 이 때문이다.

이르민은 철저하게 로쉬를 외면하고 있었는데, 항상 미소를 잃지 않던 평소와 달리 지금 그녀의 표정은 싸늘하기 그지 없었다.

람스는 그들의 심각한 분위기를 느끼고도 태연하게 접객실에 들어섰다. 그가 자리에 앉기 무섭게 이르민과 로쉬가 그에게 물었다.

"이 아이는 왜 여기 있는 거죠?"

"스승님, 이 여자와 무슨 관계에요?"

람스는 두 손을 깍지 낀 채 잠시 둘을 살폈다.

이르민과 로쉬 사이에 오가는 살벌한 분위기.

'그러고 보니 내전이 진행 중이었군.'

이르민이 그를 찾아온 이유를 짐작할 수 있었다.

사막 부족으로서는 이름 없는 퇴역 용병의 손이라도 빌리고 싶을 지경이다. 무력이 검증된 마탑의 탑주라면 어떻게든 영입하려 하는 게 당연한 수순.

로쉬도 그러한 분위기를 눈치 채고 이곳에 있는 것일 게다.

사실 늪 부족의 사정도 사막 부족과 크게 다를 바 없다.

아니나 다를까, 두 사람은 람스를 제 편으로 끌어들이기 위해 갖은 노력을 다했다.

람스로서는 난감할 따름이다.

이르민과 사막 부족의 술탄은 그가 탑을 떠난 이후로 처음 맺은 인연이고, 늪 부족의 경우는 술탄의 아들이 그의 제자다.

람스로서는 어느 한 편의 손을 들어주기 곤란한 상황이다.

마도시대의 악마 '헬'의 부활. 토벌군의 위험. 그리고 이젠 내분까지.

대체 어디에서부터 손을 써야 할지 막막하다.

돌연 람스가 벌떡 몸을 일으켰다.

그를 설득하던 이르민과 로쉬가 그를 따라 엉거주춤 일어서며 물었다.

"저와 가실 결심을 하셨군요."

"스승님, 물론 늪 부족의 편을 들어주실 거죠?"

람스는 어느 쪽의 말도 듣지 않았다.

"사막 부족과 늪 부족의 전쟁은 도가 지나쳤다. 이대로는 알타 왕국이 무너지고 말 것이다."

"하지만 그것은 늪 부족의 사악한 계략이……."

"뭐? 우리 부족이 사악한 계략을 꾸몄다고? 웃기지마! 싸움을 건 것은 너희가 먼저잖아. 우리의 광산을 공격해서 인부들을 학살하고 마정석을 강탈해갔잖아!"

"광산을 공격했다고? 그보다 너희가 먼저 마잔다라 상회를 공격했잖아! 건물을 불태우고, 그곳의 모든 사람들을 잔인하게 죽였어! 암살은 어떻고? 너희는 너희의 특기를 살려서 사막의 위대한 전사들을 암살했어. 아까운 인재들이 얼마나 많이 죽었는지 셀 수도 없어!"

"너희는 어떻고? 위대한 사막의 전사? 흥! 목적을 위해서라면 악마가 되길 주저하지 않는 피에 굶주린 흡혈귀 같은 놈들. 너희 전사들에게 얼마나 많은 양민들이 학살당했는지 알기는 해?"

둘 사이의 언쟁이 한층 격해졌다.

이르민의 수행무사들이 검에 손을 올리고, 로쉬의 호위처럼 우두커니 서 있던 브로큰하트가 살기를 번뜩였다.

당장이라도 칼부림이 날 것 같은 흉흉한 분위기.

쾅!

람스가 탁자를 내리쳤다.

돌로 된 탁자가 부서질 것처럼 진동했다.

소란스럽게 싸우던 이르민과 로쉬가 찔끔한 표정으로 람스를 봤다. 람스는 단호한 표정으로 두 사람을 쏘아보았다. 그 강렬한 눈빛에 두 사람은 고개를 숙였다.

분위기가 정리되자 람스가 한 자 한 자 끊어지는 말투로 입을 열었다.

"두 사람 다 각자의 부족으로 돌아가라."

"하지만……."

"스승님."

뭔가 불만이 있는 듯한 두 사람의 말.

람스가 손을 들어 그들의 입을 막았다.

"내가 너희에게 편지를 주겠다. 술탄께 내 말을 전하라."

람스가 이르민과 로쉬를 보며 짧고 불명한 어조로 말을 맺었다.

"이번 내전에 대해 두 분이 알아야 될 진실이 있다."

     * * *

람스는 간단한 내용을 적어 이르민과 로쉬에게 주었다. 두 사람은 뭔가 할 말이 있는 눈치였지만 람스의 표정이 워낙 삼엄하여 아무런 말도 꺼낼 수 없었다.

돌아가는 마차 안에서 이르민과 로쉬는 한숨을 쉬었다.

람스가 편지에 어떤 내용을 적었는지는 몰라도 아버지 술탄은 절대로 움직이지 않을 것이다.

지금의 상황은 너무도 심각하여 누구 한 사람의 말에 의해 좌지우지될 수 없기 때문이다.

이르민과 로쉬를 보낸 람스는 이번엔 파에톤을 불렀다.

"날 불렀다고 하던데?"

파에톤이 탑주의 집무실을 비틀거리며 들어섰다.

소파에 쓰러지듯 앉아 늘어지게 하품을 하는데, 술 냄새가 진동을 했다. 듣자하니 마녀들의 숲에서 돌아오자마자 술부터 찾았다고 한다.

힘을 잃은 무력감 때문이다.

그가 젊은 나이에도 불구하고 일인탑주의 저력을 과시할 수 있었던 것은 어디까지나 그가 흡수한 세 개의 오브 덕분이었다. 그 오브들을 모두 잃은 지금, 그는 고작 수련마법사 수준밖에는 되지 못한다.

졸지에 밤하늘을 밝히던 별에서 땅바닥에 굴러다니는 돌멩이보다 못한 신세로 전락한 것이다.

람스는 그를 동정하지 않았다. 도움을 주지도, 그의 불행을 위로하지도 않았다. 그저 아무 일도 없었던 것처럼 평범하게 대했다.

그의 불행은 그 스스로가 극복해야 할 과제다.

"한 가지, 도와줬으면 하는 일이 있네."

파에톤은 술에 찌든 눈으로 람스를 쳐다봤다.

심드렁한 표정, 또한 패배자의 눈빛이기도 했다.

람스는 무심한 얼굴로 말을 이었다.

"적탑주님께 시간을 내달라고 부탁드리게."

"루비 님에게?"

술이 확 깨버렸다.

파에톤은 미간을 찌푸린 채 람스를 쳐다봤다. 혹시 이 친구가 농담을 하는 건 아닐까 의심스러워서다.

"자넨 뭔가 착각하고 있군. 천하의 적탑주님께서 누가 오란다고 오고, 가란다고 갈 만한 사람이라고 생각하나? 하! 말도 안 되는 소리. 설사 일국의 왕일지라도 그분을 보려면 직접 행차해야하네."

적탑과 적탑주에 대한 자부심으로 가득한 말이었다.

람스는 여전히 표정에 변화를 보이지 않았다.

"그래서 자네에게 부탁하는 거야. 자네라면 적탑주님을 만날 수 있을 테니까."

"내 개인적인 친분을 이용한다고 해도 결과가 달라지는 건 아니야!"

"괜찮아. 판단은 그분이 알아서 할 테니까. 자네는 이 편지를 적탑주님께 전하기만 하면 돼."

람스가 밀봉된 편지를 들어보였다.

파에톤이 편지를 슬쩍 보더니 심드렁한 목소리로 말했다.

"급한 일인가보지? 그렇다면 직접 행차하지 그러는가? 헬리오스 마탑의 탑주라면 적탑주님께서도 시간을 내주실 수 있을지도 모르는데……."

"유감스럽게도 그럴 만한 여유가 없어."

람스의 얼굴이 진지해졌다.

그와 헬리오스 마탑은 위기상황에 직면해 있다. 이 상황을 타계하기 위해선 일단 힘을 키워야 한다. 한가하게 적탑주를 만나 여러 복잡한 이야기를 설명하고 또 설득할 만한 여유는 없다.

"다른 녀석을 시켜. 난…… 쓸모없는 놈이 되어버렸으니까."

"왜 그렇게 실의에 젖었는가?"

"몰라서 묻나?"

파에톤이 멀건 눈으로 천장을 올려다보며 말을 이었다.

"난 누구보다도 멋지고 화려한 마차를 가지고 있었지. 멋지고 고귀한 황금 마차. 항상 그걸 자랑스럽게 생각했어. 그 마차를 타고 높은 곳을 활보했지. 명성, 부귀, 남에게 굴하지 않을 힘. 그 모든 것이 내 품안에 있었다. 힘이 있는 한, 난 두려울 것이 없었다."

꿈에 젖은 듯 중얼거리던 그의 얼굴이 다음 순간 처참하게 일그러졌다.

"날 나로 존재할 수 있게 했던 황금 마차가 이젠 사라져버렸다. 몸속을 달궈주던 뜨거운 열기가 촛농처럼 녹아내렸다. 지금의 난…… 쓸모없는 패배자일 뿐이야."

그 말을 끝으로 그는 눈을 감아버렸다. 어떠한 말로도 실의에 빠진 그를 위로할 수 없어 보였다.

말없이 그를 바라보던 람스가 입을 열었다.

엉뚱하게도 그 자신의 스승에 대한 이야기였다.

"헬리오스 스승님은 비밀이 많은 분이셨네. 과거라든지 출신 같은 이야기를 거의 해주시지 않았지."

파에톤은 반응을 보이지 않았다.

람스의 말이 이어졌다.

"그러던 어느 날 만취하신 스승님께서 입을 여시더군. 뭔가 재미있는 이야기를 할 줄 알았더니, 아들 이야기더군. 자신에게 말썽쟁이 아들이 있다고."

우뚝.

파에톤의 몸이 굳었다.

"아들은 무척 뛰어난 인재였다고 한다. 마법을 배운 지 얼마 지나지 않아 스승님 당신의 실력을 뛰어 넘을 정도로."

"……."

"스승님은 기뻤지만, 또 한편으로는 힘들었다고 하시더군. 자신의 무능력, 그리고 자신으로 인해 아들이 안고 가야 할 한계를 분명히 알고 계셨지. 당시 스승님께선 마법학회에서 미치광이라고 매도되고 있을 때였다. 실력도 없으면서 말도 안 되는 이론을 나불거리는 자라는 말을 들으셨지. 스승님께선 자신의 악명이 자식의 장래에 나쁜 영향을 미칠까 두려워하셨다."

"……."

"스승님은 큰 결심을 하셨다. 어렵게 구한 오브 세 개와 적탑주 앞으로 된 편지 한 통을 잠이 든 아들의 곁에 남겨두고 길을 떠났다. 편지엔 아들과 자신의 관계를 숨겨달라는 말과 좋은 스승을 선처해달라는 부탁을 적었다고 했다."

파에톤의 얼굴이 일그러졌다. 람스의 말이 이어졌다.

"스승님께선 술을 먹을 때면 간혹 그 이야기를 하셨다. 아들에 대한 자랑, 가끔씩 들려오는 반가운 소식. 자신이 남긴 오브를 흡수해서 뛰어난 마법을 익히게 됐고, 일인탑주라는 명성까지 얻게 되었다고…… 잠꼬대까지 할 정도로 기뻐했다."

"……!"

"난 언젠가 스승님께 물었다. 그렇게 자식을 사랑하시면서 왜 찾아가지 않느냐고. 스승님께선 지금 자신이 나타나면 자식의 장래에 큰 부담이 될 거라고 하시더군. 그러곤 우연히 구한 오브를 정성스럽게 쓰다듬으며 말씀하셨다. 언젠가 자식의 장래에 누가 되지 않는 사람이 될 거라고. 자신을 미치광이라 매도한 자들을 놀라게 만들어주겠다고. 그래서 아들 앞에 떳떳하게 서겠노라고……."

람스는 파에톤을 바라보았다.

"유감스럽게도, 스승님께선 그 말씀을 지키지 못하셨다. 하지만 죽는 날까지 한 순간도 헛되이 보내지 않으셨다. 자식에게 부끄럽지 않은 아버지가 되기 위해 혼신의 힘을 다하셨지."

파에톤을 보는 람스의 눈길은 평소와 다름없이 담담했지만, 정작 그를 대하는 파에톤은 마치 자신의 속마음을 들킨 것처럼 고개를 들기 어려웠다.

"파에톤, 지금 너의 모습을 스승님께서 보신다면 뭐라 얘기하실 것 같은가?"

파에톤이 벌떡 몸을 일으켰다.

"간다. 가면 되잖아!"

투덜거리며 람스가 내민 편지를 들었다.

"젠장."

파에톤이 집무실을 나서려 할 때, 람스가 다시 입을 열었다.

"황금 마차는 사라졌지만, 자넨 아직 살아있네. 부서진 마차 따윈 잊어버려. 그깟 일에 부서질 힘이라면 없어져버리는 게 좋아. 그래야 어떤 역경에도 부서지지 않을 새로운 마차를 만들 수 있을 테니까 말이야."

람스의 말에 파에톤은 화가 난 사람처럼 입을 벌렸다. 그러나 결국 아무런 말도 하지 못했다. 그는 집무실 밖으로 걸어나가며 투덜거렸다.

"하여간 재수 없는 녀석이라니까."

파에톤의 발소리가 멀어지자 람스는 팔찌를 내려다보았다.

그가 파에톤에게 한 말은 사실 팔찌 속의 영혼, 테디오스가 시킨 일이었다. 테디오스는 오래된 영혼답게 사람을 부리는 데 탁월한 재주가 있었다.

"이렇게 말하는 게 과연 그에게 도움이 될 거라고 생각하는가?"

테디오스가 대답했다.

"물론이지. 저런 녀석은 단순해서 적당히 자극을 가하면 앞뒤 가리지 않고 뛰어들거든. 아마 이를 박박 갈면서 수련을 할게다. 자질이 나쁘지 않으니 오래지 않아 좋은 성과를 낼 수 있을걸?"

람스는 파에톤이 앉았던 소파에 잠시 눈길을 주었다.

파에톤. 그는 헬리오스 스승이 그토록 자랑하던 아들이었다. 그리고 파에톤 역시 헬리오스가 자신의 부친이라는 사실을 알고 있었다.

헬리오스 마탑에 대한 파에톤의 관심도 그것 때문이었다. 처음 만난 람스에게 보인 호감이나, 람스가 마왕에게 죽었다고 착각한 시점에서 보여준 헬리오스 마탑에 대한 걱정, 그 모두가 아버지인 헬리오스 스승과 관련이 있었다.

최근까지도 람스는 헬리오스 스승과 파에톤의 관계를 알지 못했다. 파에톤의 정체를 눈치 채고 람스에게 조언한 인물은 테디오스였다.

파에톤이 헬리오스 스승과 관련이 있을 것이라는 테디오스의 조언에 람스는 몇 가지 조사를 했고, 곧 둘의 관계를 알게 되었다.

"그런데 왜 굳이 적탑주를 이 일에 끌어들이려는 거지?"

언제부터인가 람스는 테디오스에게 말을 놓고 있었다. 그러나 그 자신은 그러한 변화를 인식하지 못했다. 테디오스와 편하게 대화는 것은 너무도 자연스러웠기 때문이다. 마치 오래전부터 그랬던 것처럼.

"알타 왕국에서 적탑주의 위치는 결코 가볍지 않아. 내전을 중재하는 데 그보다 적합한 사람은 없을 것이다."

람스는 테디오스의 말에 동의했다.

파에톤에게 건네준 편지엔 사막 부족과 늪 부족 간의 내전과 하트의 음모에 대해 자세하게 적어놓았다. 편지를 받은 적탑주가 람스의 의도대로 두 부족을 중재한다면 알타 왕국을 둘러싼 복잡한 상황이 조금은 수월하게 풀릴 것이다.

"그럼. 이 일도 해결 됐고 하니……."

람스가 자리에서 일어났다.

"수련을 하러 가볼까?"

"이제 9일 밖에 남지 않았다. 어떻게 수련을 할 생각이냐?"

"다행히 내겐 그 9일을 몇 달로 늘일 수 있는 방법이 있다."

"호오. 그거 참 흥미로운 이야기로구나."

람스가 허공에 손짓을 했다.

공간이 허물어지며 헬게이트가 열렸다.

람스는 책상위에 제자들을 위한 간단한 메모를 남긴 채 헬게이트에 올랐다.

* * *

시간은 빛살처럼 흘렀다.

어느덧 람스가 수련을 시작한 지 일주일이 훌쩍 지나갔다.

그 기간 동안 람스는 마계에 있었다.

일주일이라는 기간은 뭔가 일을 도모하기엔 턱없이 짧은 시간이다.

특히 강적을 상대로 수련을 하기엔 더더욱 그렇다.

그래서 람스는 마계행을 택했다.

마계와 중간계는 각각 다른 차원의 세계. 시간의 흐름 또한 다르다. 대략 중간계의 일주일이 마계에서의 석 달과 같다.

람스가 불의의 사고로 마계로 빨려 들어간 지 불과 몇 년 만에 대단한 실력의 소유자가 될 수 있었던 것도 이처럼 시간의 흐름이 다르기 때문에 가능한 일이었다.

마계에서 람스는 한적한 곳을 찾아가 수련에만 전념했다.

넬과 마왕을 보러 가고 싶은 충동도 생겼지만, 람스는 애써 충동을 억눌렀다. 다만 가끔씩 스키머를 불러 그들의 소식을 듣는 정도가 전부였다.

람스는 테디오스에게서 마도학을 익혔다.

테디오스는 훌륭한 스승이었다.

쓸데없는 농담을 많이 하긴 했지만, 그의 지식은 밑바닥을 모를 만큼 깊고 넓었다. 게다가 이미 리드라고 하는 걸출한 영웅을 키워본 경험까지 있었다.

람스의 입장에선 이보다 더 적합한 스승은 없을 것이다.

일주일 동안 람스는 테디오스에게서 소울드라이브를 익혔다. 소울드라이브는 신화시대의 유산으로 익히기가 매우 까다로운 능력이다.

람스가 갑자기 소울드라이브를 익히게 된 것엔 나름의 이유가 있었다.

지금까지 람스는 스승이 남긴 오브에게서 화염의 능력을 얻었다고 생각했다.

"마디오스는 말년에 소울드라이브와 유사한 능력을 하나 만들었다. 네가 화염을 다루는 데 쓰는 방식이 바로 그것이다."

람스가 불을 다루는 방식은 헬과는 달랐다.

헬은 불 그 자체인 셈이고, 람스는 마디오스가 오브에 남긴 지식을 바탕으로 화염을 다뤘다. 물론, 람스 자신은 그러한 사실을 알지 못했다. 오브에 담긴 마법과 지식은 뇌리에 새겨지듯이 기억되기 때문이다. 람스 또한 어느 날 갑자기 화염을 자유자재로 다룰 수 있었기에 자신의 능력이 화염인 것으로 생각했다.

"마디오스가 만든 능력도 뛰어나긴 하지만 아무래도 소울드라이브를 흉내 낸 것이다보니 원본보다는 조금 못한 부분이 있다."

그런 이유로 람스는 소울드라이브를 익혔다.

다행히 마디오스가 만든 능력과 소울드라이브는 유사한 점이 많았다. 고작 며칠 만에 그는 마음대로 소울드라이브를 펼칠 수 있는 수준에 이르렀다.

소울드라이브가 경지에 이르면 슬레이브를 선택할 수 있다.

람스는 불을 선택했다.

본래 불처럼 형체가 없는 존재는 소울하기가 무척 어렵다. 그럼에도 람스는 너무도 손쉽게 불을 슬레이브로 거뒀다.

"화염의 군주라 불렸었다지? 불을 수족같이 다뤘으니 친화력도 높았겠지. 그런데 정말 화염을 슬레이브로 해도 되겠나? '헬' 그놈의 능력이 화염이라 같은 속성으론 아무래도 불리할 텐데."

같은 능력이라면 경험이나 위력에서 '헬'이 월등히 앞선다.

"놈을 상대하려면 차라리 다른 슬레이브가 낫지 않겠냐?"

람스는 고개를 저었다.

"뭔가 다른 힘에 익숙해지기엔 시간이 너무 짧아."

테디오스의 람스의 생각에 동의했다.

비록 람스가 뛰어난 재능으로 빠르게 성취를 높였다고 하지만, 근본적으로 소울드라이브는 어려운 학문이다. 새로 뭔가를 시도하기엔 시간이 너무도 촉급하다.

람스가 테디오스에게서 배우고 익힌 것은 소울드라이브 뿐만이 아니었다.

테디오스는 마도시대의 마법들도 그에게 전수했다.

마도시대의 마법은 현대의 마법과는 그 체계가 전혀 다르고 난해하기 짝이 없어 익히기가 매우 어려웠다.

그런 마도의 마법을 람스는 그야말로 솜이 물을 빨아들이듯 손쉽게 익혔다.

그에 관해 테디오스는 아래와 같이 설명했다.

"수영과 같다. 한 번 제대로 익히면 오랜 시간 사용하지 않아도 쉽게 적응할 수 있는 법이지."

그는 람스를 마디오스의 환생이라 믿고 있었다. 마디오스는 마도시대의 뛰어난 마법사였다. 람스가 그의 환생이라면 마도시대의 마법에 익숙한 것은 너무도 당연한 일이다.

람스는 마도의 마법 중에서도 공간조작에 큰 관심을 보였다.

헬게이트가 공간조작마법의 대표적인 활용이었다. 오브에 깃들어있던 힘은 아공간 조작이었지만, 람스는 그 능력을 더욱 발전시켜 차원의 문을 여는 헬게이트를 생성해내기에 이르렀다.

차원을 마음대로 넘나드는 것은 분명 엄청난 능력이라 할만했다. 그러나 공간조작으로 할 수 있는 묘용은 그밖에도 무궁했다.

람스는 그 중에서도 적성에 맞는 몇 가지를 배워 자유롭게 사용할 수 있을 정도로 익혔다.

이 또한 석 달 만의 성과로, 테디오스의 말처럼 이미 한 번 익혔던 재주가 아니라면 도저히 설명할 수 없는 빠른 성취였다.

"이제 그만 가봐야겠다."

람스가 자리를 털고 일어났다.

준비는 끝났다. 아쉬움이 없는 건 아니지만 더는 여유가 없다.

떠나기에 앞서 람스는 스키머를 소환했다.

스키머는 예전의 젊음을 회복했다.

누군가에게서 피를 공급받은 모양이다.

"넬과 다크니스는 잘 있는가?"

스키머가 공손하게 고개를 조아리며 대답했다.

"차분히 힘을 비축하고 있던 두 분께서 드디어 얼마 전 활동을 재개했습니다. 이미 남쪽 지역에선 상당한 명성을 떨치고 있습니다."

"콜드레인의 동향은?"

"그는 아직 예전의 힘을 완전하게 회복하지 못했습니다. 넬 님의 준동을 예의주시하고 있지만 아직 이렇다 할 대응을 하고 있지는 않습니다. 당분간은 상처 회복에 주력할 것으로 보입니다."

"넬은…… 그녀는 잘 있는가?"

스키머가 짙은 미소를 지었다.

"건강하십니다. 이젠 제법 마왕을 잘 부리게 된 것 같습니다."

람스는 고개를 끄덕였다.

"그녀를 부탁한다."

"맡겨주십시오."

넬을 위한 몇 가지 당부를 남긴 람스는 헬게이트를 열고 중간계로 향했다.

* * *

쩌거걱!

헬게이트를 열고 람스가 도착한 곳은 메딘산 정상이었다.

삼 개월 만의 중간계.

그는 무의식적으로 도착 장소를 이곳으로 택했다.

스승과의 추억이 묻어있는 곳, 아니, 그보다는 오드만, 리자크를 제자로 들이고 아옹다옹 살았던 곳.

람스는 헬리오스 마탑을 바라보며 감회에 젖었다.

스승과 어린 시절을 보냈고, 마계에서 돌아온 이후엔 오드만 리자크를 비롯한 제자들과 많은 추억을 만든 곳이다. 비록 불의의 사고로 전소되어 버렸지만, 그 속에 담긴 추억은 예전 그대로 람스의 가슴에 담겨 있었다.

람스는 잠시 재가 된 헬리오스 마탑을 둘러보았다. 그러다 금이 간 담장 아래에서 작은 흔적을 발견했다. 그것은 오래전에 스승이 남긴 것으로 보이는 기록이었다.

그곳엔 그가 메딘산을 방문하고, 이곳의 풍경에 반하여 힘들게 목재를 구해와 어떤 식으로 마탑을 세웠는지 자세하게 기록되어 있었다.

그리고 기록의 제일 말미.

'마탑을 연 지 3년째. 폐허가 된 백탑의 잔해에서 오브를 안은 아이를 발견하다. 아이의 이름을 람스라 짓고, 제자로 받아들이다.'

람스는 망치로 머리를 후려친 것처럼 멍해졌다.

테디오스의 껄껄 웃는 목소리가 들려왔다.

"하하하. 결국 네가 흡수한 오브는 본래 네가 지니고 있던 것이었구나."

마디오스가 남긴 오브를 어떻게 헬리오스가 가지고 있었는지 밝혀지는 순간이었다. 애초에 스승이 남긴 오브는 람스의 것이었다. 그가 오브를 든 채 헬리오스에게 안긴 것이다.

신기하게도, 람스는 당시의 기억이 전혀 없었다.

"아마도 넌 완전히 새로운 삶을 살고 싶었을 게야. 그래서 자신의 기억조차 스스로 지워버린 걸 테지. 아무튼 이로써 네가 마디오스 본인이라는 것이 확실해졌구나."

람스도 인정하지 않을 수 없었다.

아니, 스승이 남긴 낙서를 보기 전부터, 그는 어렴풋이나마 자신이 마디오스일지도 모른다는 생각을 한 터였다.

이제 람스는 자신에 대해 분명히 깨달았다.

잠시 헬리오스 마탑을 바라보던 람스가 고개를 숙였다.

"다녀오겠습니다. 스승님."

람스가 다시 헬게이트를 열고 그 안으로 걸어 들어갔다. 그의 이번 목적지는 알타의 수도였다.

*   *   *

알타의 수도, 레헤반.

사막과 열정의 왕국을 상징하듯 모래사막 한 가운데에 우뚝 선 화려한 왕성.

멀리 레헤반의 왕성이 보이는 모래위에 천막들이 병풍처럼 늘어서 있었다. 그 수는 어림잡아도 수천은 족히 될 듯 보였다.

천막들에는 각기 그들의 출신을 뜻하는 깃발이 펄럭이고 있었는데, 그 중 절반은 독을 품은 전갈 문양의 깃발이었고, 나머지 절반은 거대한 구렁이 문양을 펄럭이고 있었다.

사막 부족과 늪 부족.

개와 고양이처럼 앙숙관계인 두 부족이 사막 한가운데에서 머리를 맞대듯 천막을 세운 것이다.

빽빽하게 서 있는 천막들의 중앙. 웅장한 저택을 연상시키는 거대한 천막 하나가 서 있었다.

그곳에 사막 부족의 술탄과 늪 부족의 술탄이 마주 앉은 채 서로를 향해 으르렁대고 있었다.

두 술탄의 등 뒤에서는 삼엄한 표정의 전사 백 명과 같은 수의 어쌔신들이 서로를 마주보며 섬뜩한 살기를 풀풀 날리고 있었다.

술탄들과 함께 자리한 이르민과 로쉬는 어색한 표정을 지을 수밖에 없었다.

'이걸 과연……'

'회의라고 부를 수 있을까?'

회의를 한답시고 술탄들이 모였지만, 그 분위기는 당장 칼부림이라도 날 것처럼 흉흉하기 그지없다. 실제로 회의장에 자리한 지 두 시간이 넘도록 술탄들은 아무런 말도 꺼내지 않았다. 그 지루한 시간 동안 상대를 노려보고만 있는 것이다.

그야말로 일촉즉발의 분위기. 작은 불똥 하나만으로도 이 일대가 시산혈해로 변할 수 있는 상황이다.

이럴 거면 대체 왜 이곳에 진을 치고 모여 있는지 모를 일이다. 차라리 전쟁을 하는 것이 더 통쾌할 텐데.

'그러고 보니 두 분이 모인 것 자체가 신기한 일이로구나.'

처음 람스에게서 편지를 받았을 때만해도 이르민과 로쉬는 술탄이 콧방귀도 뀌지 않을 것이라고 생각했다. 그러나 두 사람의 생각과 달리, 람스의 편지를 받은 술탄은 당장 자리를 박차고 일어났다.

"사막의 전사들을 소집시켜라. 일주일 후 레헤반으로 간다."

사막 부족의 술탄, 압슬라의 외침.

늪 부족에서도 비슷한 일이 벌어졌다.

이르민과 로쉬는 놀람을 감추지 못했다. 그 어떤 일에도 눈 하나 깜짝하지 않던 술탄이 고작 한 통의 편지에 무거운 엉덩이를 떼고 움직인 것이다.

이것은 어쩌면 전쟁이 또 다른 국면으로 전환될 수도 있음을 시사하는 것인지도 모른다.

이르민과 로쉬는 한 가닥 호기심을 느꼈다. 대체 람스가 보낸 편지에 어떤 내용이 적혀있던 걸까. 그러나 아쉽게도 그들은 편지의 내용을 확인할 수 없었다.

회의장 내에 괴괴한 살기가 날렸다.

두 술탄은 말없이 서로를 노려보았다. 먼저 입을 연 쪽은 압슬라, 사막 부족의 술탄이었다.

"너무 오래 기다리게 하는군."

그들은 누군가를 기다리고 있었다. 그래서 보기도 싫은 원수와 한자리에 앉아있는 수고로움을 감수하고 있는 것이다.

그가 입을 열자 기다렸다는 듯이 늪 부족의 술탄이 입술을 뒤틀며 이죽거렸다.

"흐흐. 지루하시오? 걱정 마시오. 곧 지루해할 틈도 없을 테니까."

"무슨 말이오?"

"머잖아 사막의 골칫덩이인 늙은 전갈들이 모조리 사라질 것이란 의미요."

사막 부족의 술탄도 독설이라면 그에 못지않았다.

"하. 과연 이빨 빠진 독사에게 그만한 힘이 있을까?"

"이빨 빠진 독사? 과연 이빨이 없는지 직접 확인해 보시겠소?"

두라하의 등 뒤에 시립한 암살자들이 흉험한 눈빛을 번뜩였다. 그에 자극을 받은 사막의 전사들이 허리춤에 걸린 검에 손을 올렸다.

당장 큰 싸움이 벌어질 것 같은 상황.

이르민과 로쉬도 마른침을 삼키며 긴장했다.

그때, 천막의 문이 열리며 한 사람이 들어섰다.

뻣뻣한 붉은 수염이 인상적인 노인이었다.

그를 본 술탄들이 아는 척을 했다.

"루비 님."

"어서 오시오."

붉은 로브의 노인이 너털웃음을 흘렸다.

"허허. 조금 늦었습니다."

그는 누군가 말을 하기도 전에 자리에 앉았는데, 그 위치가 압슬라와 두라하의 딱 중간에 해당하는 곳이었다. 자리 배치로 따지면 술탄들보다 오히려 상석이라 할 수 있는 곳이었지만, 아무도 그에게 불만을 표하지 않았다.

노인에겐 충분히 그만한 자격이 있었던 것이다.

적탑주 루비.

그것이 바로 노인의 정체였다.

또한 술탄들이 불편한 자리임에도 두 시간이 넘도록 기다린 장본인이기도 했다.

세 사람은 짧게 안부를 주고받은 후, 이내 본론으로 들어갔다.

"알아보셨소?"

늪 부족의 술탄, 두라하가 심각한 표정으로 물었다.

루비가 고개를 끄덕였다.

"아무래도 그의 말이 사실인 것 같소."

"정말이란 말이오?"

이번엔 압슬라가 물었다.

"왕성 일대가 뜨거운 용암으로 들끓고 있소. 화염에 내성을 가진 제자들을 보내봤지만 왕성 주변의 열기가 너무도 대단하여 내부의 상황을 파악할 수 없었소."

"어허!"

"정말로 그런 일이……."

압슬라와 두라하가 탄식을 흘렸다.

"그의 말이 사실이었단 말인가!"

일주일 전, 그들은 한 통의 편지를 받았다.

헬리오스 마탑의 탑주, 람스가 보낸 것이었다.

편지엔 알타 왕국의 내전과 관련된 중요한 이야기가 적혀 있었다.

하트가 모든 일의 주모자이며 내전은 결국 그의 의도에 따르는 어리석은 행동이라는 내용이었다.

술탄들은 코웃음을 쳤다.

다른 사람도 아닌 이 나라의 왕자가 그런 짓을 했다고?

그 순진한 사람이?

믿을 수가 없었다.

하지만 편지의 뒷면을 확인하는 순간 그들은 놀라지 않을 수 없었다.

편지의 뒷면엔 복잡한 마법진이 그려져 있었다. 언급된 내용대로 마법진의 중앙 부위를 누르자 놀랍게도 마법진에서 사람의 목소리가 흘러나왔다.

그 내용은 람스와 하트가 메딘산 정상에서 나눴던 대화였다.

이 마법진은 예전에 지흘에게 메딘산에 대한 권리의 증거로 사용했던 음성기록 마법이었다.

대화의 내용을 들은 술탄들은 놀람과 분노를 느꼈다.

이 처절한 내전이 왕자의 음모였을 줄이야.

"알타교가 이 나라에 뿌리를 내릴 수 있었던 것은 어디까지나 알타의 교리가 각 민족 고유의 특성을 인정해주었기 때문에 가능했던 일인 것을."

그들은 즉시 전쟁을 멈추고 내용의 진위를 파악하기 위해 수도로 사람을 파견했다.

그러나 파견된 관리는 왕성으로 들어갈 수 없었다.

왕이 백성들에게 대피령을 내렸기 때문이다.

즉시 왕성을 떠나 이웃 도시로 이주하라는 이주령이었다.

명령에 따르지 않는 주민들은 군사들로 하여금 강제 이주토록 했다.

백성들의 이주가 끝나자 이번엔 왕성을 지키는 군대마저 국경지역으로 이동했다.

왕의 명령에 따르는 관계자도 막상 그 이유를 알지 못했다.

그리고 군사와 백성들이 왕성을 빠져나간 다음 날, 그곳은 불지옥으로 변해버렸다.

왕과 신관 모두가 그 화염 속에 있었다.

왕성을 뒤덮은 열기는 너무도 뜨거웠다.

단련된 전사조차 왕성에 접근하지 못했다.

근처에만 가도 살이 익고, 옷에 불이 붙었다.

대체 왕성에 무슨 일이 생긴 걸까?

왕성을 나오지 못한 왕과 신관들은 어떻게 되었을까?

이 의문을 풀기 위해, 술탄들은 적탑에 도움을 청했다.

불에 관한 한 이 세상에서 가장 위대한 지혜를 가진 자들이 바로 적탑의 마법사들이었기 때문이다.

마침 적탑주 루비도 왕성의 변화에 큰 관심을 보이던 상황이었다.

파에톤을 통해 전해진 편지로 대강의 상황을 알고 있었지만, 직접 두 눈으로 사태를 파악할 필요가 있었다. 그러나 불에 관한 한 천하제일이라 자부하던 적탑의 마법사들조차 왕성에 접근할 수 없었다.

"정말 그의 말대로 지옥의 악마가 소환된단 말인가."

술탄들의 표정이 어두워졌다.

"대책을 논의해봅시다. 편지의 내용이 사실이라면 우린 한가하게 내전이나 하고 있을 때가 아닙니다. 왕성을 삼킨 악마는 곧 전 국토를 불바다로 만들 것이오."

"다른 마탑에 도움을 청하는 게 어떻겠소? 물을 근본으로 하는 청탑이라면 뾰족한 수가 있을지도 모르지 않소?"

자고로 물이 불을 끈다는 것은 누구나 아는 이치다.

적탑주 루비가 고개를 가로저었다.

"아니. 그들은 나서지 않을 것이오."

단호한 말이었다.

청탑을 비롯한 다른 모든 마탑들이 전쟁 준비에 열을 올리고 있었다. 메딘산 일대를 초토화시키기 위해서였다.

마왕토벌.

너구리 가면이 우려하던 사태가 실제로 벌어지려 하고 있었다.

"청탑이 안 된다면 이 사태를 어떻게 해결해야 한단 말이오?"

술탄들이 루비에게 답을 요구했다.

"일단은……."

루비가 긴 침묵을 깨고 입을 열었을 때다.

밖이 소란스러워지는가 싶더니 곧 화려한 갑옷을 입은 전사 하나와 검은 두건을 뒤집어쓴 어쌔신이 천막 안으로 뛰듯이 들어왔다.

그들은 각자의 술탄들에게 은밀한 귓속말을 전했다.

압슬라의 짙은 눈썹이 일그러지고, 두라하의 입가가 뒤틀렸다.

"뭣이?"

"괴물이 날뛰고 있다고?"

술탄들이 급히 천막을 박차고 나갔다.

거대한 화광이 부족의 천막을 휩쓸고 있었다.

*   *   *

술탄들이 이끌고 온 병사는 대형 천막 안에 시립한 백 명만이 아니었다.

수도를 병풍처럼 둘러싼 천막 안에 수천의 전사들이 있었고, 인근의 사구 안에도 그와 비슷한 수의 어쌔신들이 숨어있었다.

 언제든 술탄의 명령이 떨어지면 당장 자리를 박차고 나와 칼을 휘두를 전사들이 우글우글 모여 있는 셈이다.

 그런데 술탄의 명령 없이는 절대로 움직이지 않아야 할 그들이 전쟁을 벌이고 있었다.

 전쟁의 대상은 늪 부족도 사막부족도 아니었다.

 그것은 불길에 휩싸인 화염 괴물이었다.

 괴물은 돌을 대충 깎아 만든 조각상과도 같은 모양이었다.

 높이는 3미르가 넘고, 오우거가 부럽지 않을 육중한 몸을 하고 있었다.

 그러한 몸뚱이가 붉은 화염을 무섭게 뿜어내고 있었다.

 돌로 만들어진 괴물이 옷 대신 불길을 두르고 있는 형상이었다.

 괴물들과 전사들은 좁은 구역에서 어지럽게 난전을 벌이고 있었는데, 괴물의 전신에서 화염이 뿜어져 나오는지라 싸움에 이골이 난 사막의 전사들조차 상대할 방법을 찾지 못하고 우왕좌왕했다.

 사정은 늪 부족의 어쌔신들도 마찬가지였다.

 괴물들이 나타난 지 고작 수 분에 지나지 않았는데, 이미 희생자의 수가 백을 넘기고 있었다.

 "저것이 무슨 괴물이란 말인가?"

 생전 처음 보는 괴물의 모습에 술탄들은 아연실색했다.

그들은 사막을 돌아다니는 수많은 몬스터들을 보았지만, 이런 형태의 괴물은 생전 처음이다.

술탄들은 적탑주에게 시선을 돌렸다.

그 지혜가 하늘에 닿았다는 마탑의 탑주라면 괴물에 대해 알고 있지 않을까?

루비가 고개를 저어보였다.

"나도 처음 보는 놈들이오."

"허허. 천하의 적탑주님도 모르는 괴물이 있다니……."

"아무래도 평범한 몬스터는 아닌 것 같은데…… 마법의 기운이 느껴지는구려."

"마법으로 만들어진 인공생명이란 말이오?"

"골렘인 것 같소."

"골렘?"

술탄들은 놀람을 감추지 못했다.

골렘과 같은 마법생물은 좀처럼 보기 힘든데다, 간혹 보게 되는 종류도 점토나 돌로 만들어진 것이 고작이다. 지금처럼 화염을 두른 골렘은 들어본 적도 없다.

적탑주의 짐작은 옳았다.

괴물의 정체는 골렘이었다.

그것도 마도시대 이후 단 한 번도 출현한 적이 없다는 마그마골렘이었다.

"얼마 전에 딥블루에서 저와 유사한 괴물들이 관찰되었다는 소문은 있었지만, 설마 진짜로 존재할 줄이야."

"흠. 놈들의 정체가 무엇이건 간에 더 이상 두고 볼 수는 없겠소. 이대론 피해가 너무 크오."

괴물들은 미쳐 날뛰고 있었다. 시간이 흐를수록 부족의 피해가 눈덩이처럼 커졌다.

"놈들을 상대하는 것은 아무래도 마법사들이 유리할 것 같소이다."

루비는 마법사들에게 공격 준비를 지시했다. 그리고 술탄들에게 부탁했다.

"신호를 보내면 군사들을 물려주시오."

술탄들은 알겠다며 고개를 끄덕였다.

굳이 이유를 물을 필요는 없었다.

화염계 마법이 광범위한 피해를 일으킨다는 것은 상식 중의 상식이다.

마법사들을 지휘하던 파에톤이 준비완료를 신호를 보내오자 술탄들이 일제히 병력을 후퇴시켰다.

사력을 다해 괴물들과 싸우던 전사들이 썰물처럼 물러났다.

"지금이다."

루비가 쩌렁쩌렁한 목소리로 외쳤다. 공격 명령을 내림과 동시에 그 자신이 가장 먼저 화염을 발사했다.

콰우우!

가볍게 내저은 지팡이 끝에서 집채만 한 화염이 생성되었다. 표적을 가리키자 화염구가 짙은 매연을 뿜어내며 전장의 하늘을 달궜다.

그 뒤를 따르듯 마법사들의 화염 마법이 전장으로 쏟아졌다.

콰아아아앙!

반경 수백 미르가 폭발과 화염에 휩싸였다.

뜨거운 열기와 새카만 매연이 구름처럼 치솟아 올랐다.

허공으로 폭사된 모래알갱이가 비처럼 와수수 쏟아졌다.

그 위력은 그야말로 경천동지. 불기둥이 불쑥불쑥 솟구치며 장대한 폭발을 일으키는 광경은 가히 압권이었다.

'과연 대단하구나.'

술탄들은 감탄을 금치 못했다.

마법사들의 능력이 뛰어나다는 것은 익히 알고 있던 사실이다. 하지만 이렇게 대단할 줄이야.

"하하. 과연 마법사, 아니, 적탑의 마법이오. 저렇게 대단한 위력이라니. 그 괴상한 괴물들을 일거에 쓸어버렸구려."

"놈들이 제아무리 대단하다 해도 저 불길 속에선 결코 무사하지 못할 것이오."

껄껄 웃는 술탄들. 그러나 정작 적탑주 루비의 표정은 그리 좋지 못했다.

충천하는 불길 너머에서 움직임이 느껴졌다.

설마 저 폭발 속에서도 죽지 않은 놈들이 있단 말인가?

사막의 돌풍이 시야를 가리던 검은 연기를 몰아냈다.

"맙소사."

"이럴 수가!"

사람들의 입에서 경악성이 터져 나왔다.

화광이 충천하는 대지 위, 전멸했을 거라 믿었던 괴물들이 멀쩡히 살아 움직이고 있었다.

수는 다소 줄었다.

대충 헤아려보니 열 마리 정도가 사라졌다. 그러나 나머지 90마리의 괴물들은 너무도 온전한 모습이었다.

"이럴 수가!"

두라하가 신음처럼 중얼거렸다.

그 집중포화를 정면으로 받고도 멀쩡하다니.

세상에 이런 괴물이 존재할 줄은 상상도 하지 못했다.

"쏴라!"

적탑주가 다시 명령을 내렸다.

또다시 소나기처럼 화염마법이 쏟아졌다.

루비도 이번엔 마력을 잔뜩 끌어모아 장엄한 불꽃을 쏘아 올렸다.

쿠구구! 콰아아앙!

전보다 월등히 강한 폭발이 일어났다.

기둥처럼 솟아오른 화염이 창공의 구름마저 흩어놓았다.

폭발의 반작용으로 일어난 돌풍에 말이 쓰러지고, 전사들이 낙엽처럼 날려갔다.

이 정도면 충분하리라. 제아무리 대단한 괴물일지라도 태양이 떨어진 듯한 이 폭발을 견뎌내지는 못하리라.

"으으음. 이번에도."

아니었다. 검은 매연이 사라지고 마침내 드러난 현장. 폭발의 파괴력을 말해주듯 지옥의 아가리처럼 푹 꺼진 크리에이터 안에서 붉은 형체들이 이글거리고 있었다.

30마리가 더 쓰러졌다.

그러나 60마리는 아직 건재하다.

지글지글 끓고 있는 사막 위를 괴물들이 네 발로 걸었다.

놈들은 입이 없었다. 굶주린 맹수처럼 포효도 터트리지 않았고, 그르렁거리는 목울림도 없었다. 그저 기계처럼 묵묵히 표적을 향해 나아갈 뿐이다. 한데, 그 모습이 오히려 더 공포를 자아냈다.

괴물들은 마법사들을 가장 먼저 처리해야 할 적으로 인식했다. 네 발로 뛰는 짐승처럼 구덩이를 빠져나온 괴물들이 마법사들에게 달려들었다.

막 새로운 마법을 준비 중이던 마법사들은 괴물들의 돌격에 혼비백산했다. 더러 도망치는 와중에도 마법을 쏘며 저항하는 자가 있었지만, 집중되지 않은 공격은 괴물들에게 별다른 피해를 입히지 못했다.

그렇게 마법사들은 하나하나 괴물들에게 희생되었다.

괴물들의 사냥이 시작되었다.

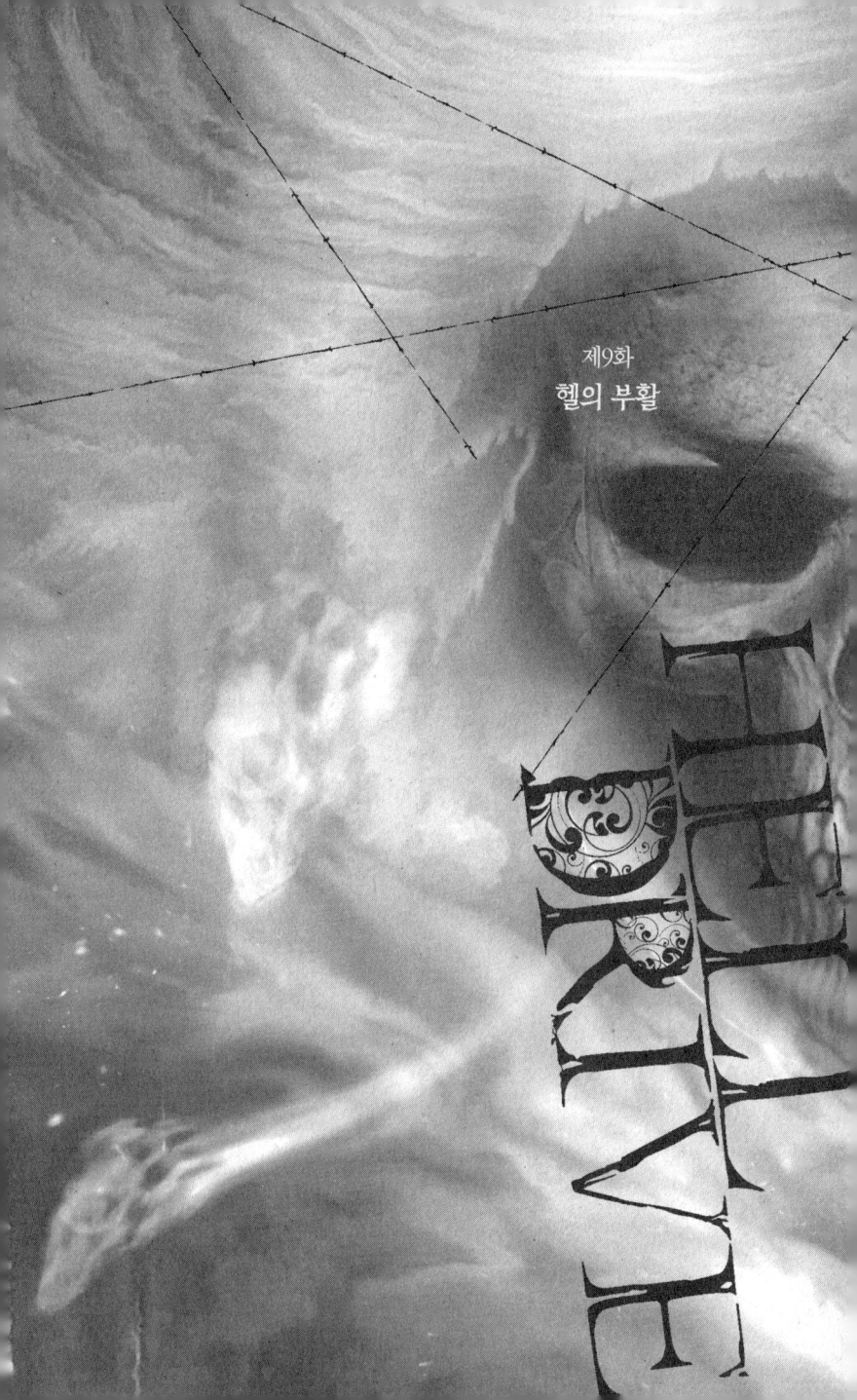

쩌거거걱!

우렁찬 굉음과 함께 공간이 수직으로 쪼개졌다.

헬게이트에서 걸어 나온 람스가 주위를 둘러보았다.

타는 듯한 열기, 쏟아지는 뙤약볕, 끝없이 펼쳐진 사막.

알타의 수도 레헤반 인근의 사막지역이다.

람스는 오래전 사막부족의 술탄을 만나기 위해 이 길을 지나갔다.

"수도까지는 제법 거리가 있군."

멀리 사막을 달구는 아지랑이 너머로 왕성의 모습이 어렴풋이 보인다.

램스는 왕성을 향해 걸어갔다.

그렇게 얼마쯤 걸었을까.

'연기가……?'

높게 솟은 사구 너머로 검은 매연이 솟구치고 있었다. 그 양과 농도가 단순히 식사를 준비하는 모닥불 정도로는 결코 발생할 수 없는 정도였다.

불길한 느낌을 받은 램스가 걸음을 서둘렀다. 그의 신형이 한줄기 연기처럼 흐르더니 순식간에 사막의 사구를 넘었다.

사구 아래로 일렬로 늘어선 천막들이 보였다. 그리고 그 너머에서 진행 중인 전쟁의 모습도.

아니, 그것은 전쟁이 아니었다. 일방적인 학살.

붉은 화염을 두른 괴물들이 양떼 무리 속에 뛰어든 늑대들처럼 날뛰고 있었다.

"마그마골렘."

램스가 신음처럼 중얼거렸다.

괴물들은 리차드가 만들었던 마그마골렘이었다.

어찌된 이유에선지 그 저주받은 괴물들이 이곳에서 날뛰고 있었다.

마그마골렘들은 강했다. 그리고 잔인했다. 놈들이 껑충껑충 몸을 날릴 때마다 누군가가 죽고, 누군가는 불구가 되었으며, 또 누군가는 겁을 집어먹고 달아났다.

램스는 잠시 전황을 살폈다.

마그마골렘의 수는 대략 오십.

놈들은 사방으로 흩어진 채, 닥치는 대로 학살을 자행했다.

마그마골렘에 맞서는 자들은 사막 부족의 전사들과 늪 부족의 어쌔신들. 드문드문 적탑 출신으로 보이는 마법사들의 모습도 보인다.

수는 인간 쪽이 월등히 많지만 전황은 극히 암울하다.

붉은 괴물은 창칼이 통하지 않고, 마법에도 뛰어난 내성이 있었다.

싸움의 양상 자체가 괴물들에게 유리하다. 지금과 같은 난전 상태에서는 마법사들이 큰 힘을 발휘하지 못한다. 광범위한 폭발을 일으키는 적탑의 마법사들은 더더욱 그러하다. 자칫 잘못 마법을 사용했다간 폭발하는 화염에 아군이 당할 수도 있기 때문이다.

개중에 몇몇, 괴물들을 상대로 분전하고 있는 사람들도 있었다.

그 중 가장 돋보이는 사람은 로브자락을 휘날리며 동시에 다섯 마리의 괴물을 상대하고 있는 적탑주 루비였다. 그는 상황의 불리함에도 불구하고 시의적절하게 마법을 구사하여 분위기를 주도하고 있었다. 이미 그의 손에 쓰러진 괴물들의 수가 다섯을 넘었다.

그러나 그의 선전에도 불구하고 불리한 상황은 나아질 기미가 보이지 않았다.

전체적인 상황을 살펴본 람스는 전장의 한곳을 향해 몸을 날렸다.

압슬라와 이르민이 있는 곳이었다.

　　　　*　　*　　*

사막의 전사들은 용맹하다. 그들은 두려움을 모른다. 제아무리 강한 적이라 해도 결코 물러서는 법이 없다.

지금 이곳의 전사들도 마찬가지다. 그들은 무적을 자랑하는 마그마골렘에게 과감하게 달려들었다. 동료들의 몸뚱이가 찢겨져나가고 머리통이 재가 되어 흩날리는데도 전사들은 단 한 발자국도 물러서지 않았다.

부족의 술탄 압슬라도 전사들의 그러한 호전성을 응원했다. 그러나 지금처럼 적의 능력이 월등한 상황에서는 사막 부족의 용맹과 호전성이 오히려 문제가 되었다.

마그마골렘을 쓰러트리기 위해 목숨을 초개와 같이 버린 전사들. 결국 그와 같은 희생이 막대한 피해를 양산했다.

문득 정신을 차리고 주위를 둘러봤을 땐, 그 많던 사막의 전사가 모두 사라지고 기껏 남은 인원은 술탄을 보호하는 호위 전사 몇 뿐이었다.

전사들을 모조리 처치한 마그마골렘들은 이내 술탄과 이르민에게 마수를 뻗쳤다. 십여 마리의 괴물이 쿵쿵 지축을 울리며 달리는 모습은 가히 공포 그 자체였다.

 호위들이 술탄을 지키기 위해 마주 달려 나갔다. 그들의 실력은 일반 전사들보다 월등히 뛰어나다. 하지만 애초에 붉은 괴물들은 창칼이 통하지 않는 상대.

 호위병들은 부나방처럼 온몸이 불길에 휩싸인 채 죽어나갔다. 이제 더 이상 술탄을 지킬 전사가 남아있지 않았다.

 "사막의 전사는 죽음을 두려워하지 않는다."

 압슬라는 위기 앞에서도 당당했다.

 그러나 딸에겐 미안함을 담아 말했다.

 "미안하구나. 딸아. 아무래도 여기가 마지막인 것 같구나. 네가 좋은 남자를 만나 행복하게 사는 모습을 보고 싶었는데……."

 이르민은 고개를 가로저었다.

 "아니에요, 아버지. 저도 자랑스러운 사막의 딸, 마지막까지 아버지와 함께 할 수 있어서 기뻐요."

 그녀는 모래 위에 떨어진 검을 주워들고 술탄 옆에 나란히 섰다. 자세도 어설프고 기세도 엉망이었지만, 단호한 표정과 의기만은 그 어떤 전사에게도 뒤지지 않았다.

 술탄이 껄껄 웃었다.

 "과연 내 딸이로다. 네가 이처럼 호쾌한 성품인줄 알았으면 일찌감치 검술을 가르칠 걸 그랬구나."

 "마법도 좋았습니다, 아버지."

"그래. 딸아, 오늘 강적을 만나게 되었구나. 신명난 칼싸움을 벌여볼까?"

"미흡하지만 아버지를 돕겠어요."

두 사람은 서로를 마주보며 따뜻한 시선을 나누었다.

쿵쿵!

어느새 마그마골렘들이 코앞까지 다가왔다.

"자! 가자!"

압슬라가 용맹하게 외치며 앞서 나갔다.

그는 검술에도 뛰어난 조예가 있어 마그마골렘과 훌륭한 대결을 펼쳤다. 그러나 상대하는 골렘이 한 마리에서 두 마리, 다시 세 마리로 늘어나자 더 이상 버티지 못했다.

"아버지!"

압슬라가 피를 뿌리며 쓰러지자 이르민이 찢어질 듯한 비명을 질렀다. 그녀는 급히 지팡이를 대신해 검으로 모래 위에 마법진을 그렸다.

써든샤워(Sudden Shower)!

일정 구역에 소나기를 부르는 3레벨의 청탑의 마법.

쏴아아!

무섭게 쏟아진 소나기는 마그마골렘들에게 치명적인 타격을 주었다. 금세 화염의 기세가 줄어들고, 움직임이 둔해졌다. 하지만 이르민의 마력은 그리 강하지 않았다. 그녀가 부른 소나기는 몇 분 만에 그 위력을 상실했고, 마그마골렘들은 이내 기세를 회복했다.

 분노한 골렘들이 이르민에게 달려왔다.

 "아아."

 이르민은 암담한 한숨을 쉬었다.

 아무래도 여기까지가 한계인 모양이다.

 문득 아쉬움이 남는다.

 그를 보지 못하고 가는 것이 억울하다.

 오늘 아침만 해도 그를 만나게 된다는 생각에 들떴는데, 이렇게 허무하게 죽다니.

 그녀의 머리 위에 거대한 그늘이 드리워졌다.

 골렘이 붉은 눈을 번뜩이며 그녀를 내려다보고 있었다.

 이르민은 눈을 감고 마지막을 준비했다.

 골렘이 굵고 투박한 손을 내밀어 그녀의 작은 머리를 잡아 뽑으려 했다.

 그때, 이르민의 귓가에 누군가의 목소리가 들려왔다.

 "엎드려."

 이르민은 반사적으로 몸을 숙였다.

 그 순간 뜨거우면서도 서늘한 기운이 그녀의 등과 뒤통수를 훑었다.

 쩌거걱!

 썩은 나무 등걸이 넘어가는 듯한 소리가 들렸다. 뒤이어 쿵 하고 무거운 무언가가 땅위에 쓰러지는 소리도 들렸다. 팍팍

한 모래 먼지가 주위를 자욱하게 뒤덮었다.

이르민이 고개를 들었다.

그녀를 벌레처럼 눌러 죽이려 했던 괴물들이 모두 허리가 두 동강 난 채 바닥을 뒹굴고 있었다. 그리고 그녀의 곁에는 어느새 나타난 청년이 화염이 일렁거리는 검을 한 줌의 연기로 되돌리고 있었다.

"괜찮소?"

청년이 물었다.

다정하지도 않은 그 목소리에 이르민은 왈칵 눈물을 흘렸다. 그는 마지막 순간에 그녀가 떠올린 바로 그 사람이었다.

"람스 님."

이르민이 손으로 입을 가린 채 눈물을 흘렸다.

"다치지 않아서 다행이오. 그런데……."

람스가 고개를 돌려 술탄을 확인했다.

"술탄의 상세가 심상치 않소."

마그마골렘에게 일격을 허용한 압슬라는 전신에 화상을 입은 채 사경을 헤매고 있었다.

"아! 아버지."

이르민은 정신을 차렸다.

그를 만난 기쁨에 아버지를 잊고 있었다.

"이걸 쓰시오."

람스가 품에서 포션 하나를 꺼내주었다.

포션을 받아들고 압슬라에게 달려갔다.

압슬라는 코와 입에서 검붉은 피가 흘러나왔다.

다급해진 이르민은 일단 포션을 압슬라에게 먹였다.

다행히도 포션의 효과는 뛰어났다.

압슬라가 격한 기침과 함께 정신을 차렸다.

"이르민…… 무사했구나."

이르민은 환성을 질렀다.

"네, 아버지. 우린 살았어요."

"어떻게…… 된 거지?"

"그분이 왔어요."

"그분?"

"헬리오스 마탑주님 말에요. 그분이 우리의 목숨을 구했어요. 아! 이럴 게 아니라 직접 만나서……."

이르민이 고개를 돌렸다. 그러나 람스의 모습은 이미 사라지고 없었다. 어느새 그녀 곁을 떠나 괴물들의 무리 속으로 몸을 날린 것이다.

이르민은 서운한 마음이 들었다.

조금 더 곁을 지켜주길 바랐는데.

그러나 그녀는 이내 고개를 저었다.

어지러운 전장이야말로 그가 있어야 할 곳이다. 그가 그녀의 곁에 남아있으면 구할 수 있는 많은 생명을 잃게 될 것이다.

그를 이해할 수 있다.

그녀는 사막의 딸, 전사의 후예니까.

전장으로 떠나는 남자의 등을 지켜보는 것은 그녀들의 긍지이자 자랑이다.

하지만 왜일까. 마음 한편이 아린 이유는.

* * *

람스는 곧장 마그마골렘 무리로 뛰어들었다.

그가 골렘을 상대하는 법은 단순했다.

불길에 휩싸인 골렘에게 접근하여 가볍게 툭 하고 친다.

건드리는 부위는 어디라도 상관없다.

팔, 어깨, 등, 머리.

어느 곳이든 그의 손길이 닿으면 그것으로 끝이다.

마그마골렘의 생명의 원천은 바로 활활 타오르고 있는 불길이다. 즉, 불길이 골렘의 핵 역할을 하고 있는 것이다.

람스는 바로 그 불길을 흡수해버렸다.

그는 화염의 군주라 불리는 인물. 불을 마음대로 조종하는 능력은 천하에 따를 자가 없다.

골렘에게 가볍게 손을 대는 것만으로도 골렘을 움직이게 만드는 '핵'인 불길을 모조리 흡수할 수 있었다.

불길을 빼앗긴 골렘은 검은 돌무더기가 되어 바닥에 와르르 쏟아졌다.

람스가 골렘을 상대하는 시간은 턱없이 짧았다.

한 줄기 바람처럼 골렘들에게 접근하여 가볍게 툭. 그가 지나가고 나면 골렘 몇 기가 와르르 쓰러졌다.

"제법 소울드라이브에 익숙해진 모양이구나."

테디오스가 희희낙락한 음성으로 말했다.

지금 람스는 골렘들을 소울드라이브로 상대하고 있었다.

원래 람스가 사용하던 능력은 마디오스가 남긴 것이었다. 마디오스는 테디오스의 소울드라이브에 깊은 감명을 받았다. 이에 소울드라이브와 비슷한 기술을 만들었는데, 지금까지 람스가 화염을 지배할 수 있었던 근간이 바로 이것이다.

마디오스는 마도시대의 뛰어난 천재 마도사. 그가 만든 능력 역시 평범하지 않았다. 하지만 아무리 잘 만들었어도 원본이라고 할 수 있는 소울드라이브보다는 부족한 점이 많았다.

람스는 마계에서 테디오스의 지도로 소울드라이브를 익혔다. 그리고 오늘 이곳에서 처음으로 실전에 소울드라이브를 사용했다.

뛰어난 자질 덕분에 소울드라이브를 극성으로 익혔지만, 실전 감각이 부족했다. 그래서 골렘의 몸에 손을 대는 수고로움을 감수해야 했다.

골렘에 손을 댄 순간 골렘의 생명력이라 할 수 있는 화염에 의지를 투영하고 굴복시킨다. 다른 사람이 보기엔 장난을 치듯 툭툭 건드리는 것 같지만, 그 짧은 시간동안 이처럼 복잡한 과정을 거치는 것이다.

"무쇠로 만든 검조차 줄줄 녹아내릴 정도로 뜨거운 골렘을 맨손으로……"

람스의 활약에 사람들은 할 말을 잃었다.

순식간에 십여 마리의 골렘을 처치했다.

그 사이 위기에 빠진 늪 부족 술탄과 로쉬도 구해낼 수 있었다.

"이젠 익숙해졌다."

소울드라이브가 어떻게 작용하는지 충분히 알게 됐다.

그의 움직임이 달라졌다.

좀 전까진 먹이를 노리는 제비처럼 골렘들 사이를 날쌔게 뛰어다녔다면, 이젠 산책을 하는 듯 느긋하게 걸었다.

그를 적으로 인식한 골렘들이 우르르 달려들었다.

붉은 화염 거인들이 수십 마리나 지축을 흔들며 달려드는 모습은 용암이 쇄도하는 광경을 떠올리게 만든다.

람스는 평소처럼 뒷짐을 졌다. 그리고 어느 순간 가볍게 손을 펼쳤다.

허공에 떠오른 뭔가를 낚아채는 듯한 동작.

그 단순한 동작에 몰려든 골렘들 전부가 몸을 휘청거렸다.

화르륵!

마치 바람에 휩쓸린 불길처럼 골렘의 핵심이라 할 수 있는 불길이 람스에게로 고개를 숙였다. 그리고 다음 순간 활짝 펼친 람스의 손아귀로 골렘의 불길들이 빨려 들어갔다.

람스가 펼친 손을 오므렸다.

그의 손안에서 일렁이던 불길이 퍽 하고 꺼졌다.

불길을 빼앗긴 골렘들이 와르르 무너졌다.

그것으로 끝이었다.

사막 부족과 늪 부족을 어지럽히던 100여 마리의 골렘 모두가 검은 돌무더기로 변해버렸다.

* * *

골렘들을 처리한 람스를, 술탄들은 반가이 맞이했다.

"이게 얼마만인가?"

"오랜만일세."

람스에게 반가움을 표하던 압슬라와 두라하가 상대를 보고 싸늘한 코웃음을 쳤다. 뒤이어 시퍼렇게 선 칼날과 같은 대화가 이어졌다.

"좀 전의 싸움은 인상적이었소. 과연 사막의 전사들이더군. 죽는 줄도 모르고 나방처럼 달려들다니."

"늪 부족의 어쌔신도 대단하더이다. 어떻게든 살려고 도망 다니는 꼴이 참으로 가관이었소."

"전장에서 개죽음 당하느니 살아서 후일을 도모하는 편이 좋지 않겠소?"

"무슨 소리! 전장은 전사들의 위대한 성지요. 전장에서 뼈를 묻는 것이야말로 전사의 영광이자 자부심이지."

두 술탄은 큰일을 겪고도 여전히 자존심을 굽히지 않았다.

"과연 누구의 말이 옳은지 제대로 한 번 해보겠소?"

"오호라. 그쪽에서 그리 나온다면 마다하지 않겠소이다. 설마 오늘 싸움을 보고 늪 부족을 판단했다면 그게 오산이라는 걸 알게 될 것이오."

"나 또한 마찬가지요. 오늘은 중요한 회의가 있어 고작 전사 천 명만을 대동했지만, 다음 전장에선 사막을 가득 메운 전사들의 혼과 기백을 볼 수 있을 것이오."

갈수록 술탄들의 말싸움은 치열해졌다.

람스는 그들의 싸움에 개입하지 않았다.

사막 부족과 늪 부족의 일은 그의 관점에서 봤을 땐 작은 일이다. 지금 당장 신경을 써야 하는 것은 왕성의 움직임.

하트의 말대로라면 변고는 이틀 후에 일어나야 한다. 그런데 벌써 왕성이 저 모양이다. 게다가 왕성의 깊은 곳에서부터 파도처럼 퍼져 나오는 파장은 인간의 것이라곤 볼 수 없을 만큼 심대한 악의를 뿜어내고 있었다.

'헬이 깨어났다.'

람스는 확신했다.

무슨 이유에선지 예정보다 일찍 헬이 깨어난 것이다.

이로 인해 헬의 각성 전에 일을 도모해보려던 그의 계획이 틀어지고 말았다.

람스는 적탑주 루비를 찾아갔다.

루비는 파에톤에게서 치료를 받고 있었다.

그는 골렘 십여 마리를 처치해서 적탑주의 위신을 세웠는데, 그 과정에서 자잘한 상처를 입었다.

"정말로 살아있었군."

람스를 본 적탑주 루비가 눈가에 자글자글한 주름을 만들었다.

"잘 있었으면 연락이라도 하지 않고……."

마법사들은 그가 적탑의 지하에 묻힌 줄 알고 소울러들의 도움까지 빌려가며 발굴 작업을 했었다.

"그런데 방금 그건 뭔가?"

골렘들을 쓰러트릴 때 람스가 보였던 능력. 불길을 빨아들이는 것처럼 보였다. 적탑 계열의 마법 중엔 그러한 능력이 없었다.

람스는 간단하게 설명했다.

"소울드라이브입니다."

"소울드라이브?"

루비의 얼굴에 놀람이 떠올랐다.

"어떻게?"

마법을 익힌 람스가 어떻게 소울드라이브를 익힐 수 있단 말인가. 게다가 지금의 능력을 보니 결코 그 성취가 가볍지 않았다.

상반된 힘은 충돌하기 마련이다.

애초에 람스는 적탑계열의 마법사라기보다는 화염을 슬레이브로 둔 소울러에 가까웠다. 비록 헬리오스의 마법을 일부 익혀 활용하긴 했지만, 그의 진정한 능력은 화염에 대한 친화력에 기반을 두고 있었다.

하지만 그 모든 사정을 설명하기엔 상황이 여의치 않았다.

람스는 어쩌다보니 그렇게 되었다는 말로 대답을 피했다.

적탑주 루비도 심상치 않은 상황을 파악한 듯 더는 물어보지 않았다.

"상황은 어떻습니까?"

람스가 물었다.

이곳의 상황을 묻고 있는 게 아니다.

람스의 시선은 저 멀리 화염에 휩싸인 왕성에 고정되어 있었다.

"생각보다 심각······."

루비가 그간 알아낸 정보를 전하려 할 때였다.

쿠와아아앙!

천지가 뒤집히는 듯한 지진과 함께 폭발음이 울렸다.

"와, 왕성이······."

방금 전까지 화염에 휩싸여 있던 왕성에서 거대한 폭발이 일어났다.

 왕성 전체를 아우르는 거대한 불기둥이 하늘 높이 솟구치더니, 곧 왕성이 허물어진 아래에서 괴수가 일어나듯 화산이 폭발했다. 화산은 울컥울컥 용암을 토해내며 무섭게 자라났.

 장대하고 위험한 자연 재해 앞에 사람들은 할 말을 잃었다.

 화산 폭발.

 알타에서는 역사상 한 번도 없었던 일이다.

 그 대재앙이 지금, 그것도 하필이면 왕성에서 터지다니!

 우연이라 보기엔 너무도 공교롭다.

 검은 매연이 하늘을 뒤덮고 검은 돌덩어리들이 우박처럼 떨어졌다.

 "이건…… 자연현상이 아니야."

 루비가 혼이 빠진 목소리로 중얼거렸다.

 주위에 팽배한 마나, 비틀린 대기, 비정상적인 화염의 이동 경로.

 이 모든 정보가 말하는 것은 오로지 하나.

 "마법이다."

 왕성을 삼킨 화산폭발은 마법에 의한 것이다.

 루비는 스스로 말하고도 믿기지가 않았다.

 "맙소사!"

 적탑의 마법 중에 화산을 일으키는 마법이 있다.

 하지만 그 규모는 고작 작은 화산을 일으키는 정도에 지나지 않는다. 그 크기는 대략 나지막한 동산 정도.

그것도 적탑 최고의 마법사인 루비가 총력을 기울여 시전했을 때 가능한 이야기다.

왕성을 삼킨 화산은 규모가 다르다.

인간의 능력으로는 결코 불가능한 재앙.

그런데 놀랍게도, 주위에 팽배한 마나는 지금 눈앞의 화산이 마법으로 인해 발생된 것임을 말해주고 있는 것이다.

람스는 지그시 화산폭발의 중심부를 바라보았다.

화산의 중심, 그곳에서 하트의 기운이 느껴진다.

너무도 농밀하여 마치 람스를 유혹하는 것처럼 느껴지는 기운.

아니, 그것은 이미 하트라고 부를 수 없는 것이었다.

기운 자체는 하트의 것이 맞는데, 묘하게 변질되어 있다.

"먹혔군."

람스가 중얼거렸다.

리버스 출신의 베인과 리차드가 그랬듯, 하트 역시 오브에 깃든 악마, '헬'에게 먹혀버린 것이다.

어떻게든 '헬'을 막아보겠다던 하트의 의지는 결국 악의에 굴복하고 말았다.

"보아하니, 완전히 각성한 모양인데?"

테디오스가 무거운 목소리로 말했다.

그들이 서 있는 먼 곳까지 끔찍한 악의가 그대로 전달되었다.

"기세가 심상치 않구나. 일단은 물러나는 게 좋을 것 같다."

'헬'의 존재감을 가늠해 본 테디오스는 서슴없이 후퇴를 권했다. 그만큼 '헬'의 존재감은 대단했다.

테디오스가 예상했던 정도보다 훨씬 더.

"놈은 너무 위험해."

마디오스가 어째서 '헬'의 힘과 영혼을 백 개나 되는 오브에 나누어 담았는지 이해가 되었다.

존재 자체가 재앙. 그야말로 걸어 다니는 지옥인 셈이다.

람스는 완성되지 않았다.

석 달이라는 시간은 새로운 무언가를 완성하기엔 너무도 짧은 시간이다.

지금은 일단 물러나서 때를 기다려야 한다.

사람들의 희생을 발판 삼아서라도 시간을 벌어야 한다. 설사 그 때문에 세상의 절반이 불에 잠긴다 할지라도.

어쩌면 람스가 완성된 이후에도 '헬'을 감당하지 못할 수도 있다.

"대륙이 불타버리면 은거한 절대자들이 모습을 드러내겠지."

오스칼 가문의 지스, 주디스 형제.

미카엘 가문의 리드, 여제 레미안.

그밖에도 하이엘프 엘르나, 또 다른 차원의 마왕 프로레스크와 같은 자들이 있다.

모두가 나타날 필요는 없다.

그중 단 한 명이라도 나와도 충분하다.

완성된 람스는 '헬'에게 조금 부족한 정도의 실력일 것이다. 능력 자체는 비등, 부족한 것은 경험 정도. 그 부족한 면을 다른 누군가가 보충해 줄 수 있으면 족하다.

"오래 기다릴 필요는 없을 게다. 길어야 2주. 너의 재능이라면 어쩌면 열흘 안에 수련이 끝날 수도 있다. 마계에서 수련을 하면 충분히……."

테디오스의 말이 끝나기도 전에 람스가 걸음을 옮겼다.

분출하는 화산을 향해 정면으로 걸어갔다.

테디오스는 기겁을 했다.

"설마 놈과 싸울 생각이냐?"

람스는 대답하지 않았다.

그의 걸음이 빨라졌다.

"죽게 된다."

테디오스가 경고했다.

람스는 걸음을 멈추지 않았다.

화산이 만들어낸 검은 매연이 그를 삼켰다. 코를 찌르는 매캐한 악취가 진동을 한다. 치명적인 독가스. 그러나 람스는 태연하게 걸음을 옮겼다.

테디오스의 경고가 이어졌다.

"놈은 악마다. 아서라, 넌 이길 수 없어. 놈의 존재감이 느

꺼지지 않느냐?"

뿌연 안개와 같은 가스 지대를 넘어가니, 이번엔 용암이 물처럼 흘러가고 있었다. 람스는 찐득찐득하게 신발 바닥에 달라붙는 용암 위를 걸었다.

무쇠도 녹여버리는 용암이다. 그 위를 걸으면 순식간에 온몸이 녹아내릴 것이다. 그러나 그처럼 위험한 용암도 람스를 위해하지 못했다. 심지어 그가 신은 신발이나 옷조차 태우지 못했다. 오히려 람스가 걸음을 옮길 때마다 주위의 용암이 급격하게 식으며 딱딱한 돌덩어리로 변해버렸다.

"정말로…… 할 거냐?"

람스는 고개를 끄덕였다.

"사태가 심상치 않다."

그가 화산 폭발의 중심부를 턱짓했다.

용암을 꾸역꾸역 토해내는 화산. 시커멓게 일어난 암운 속에서 창백한 뇌전이 명멸하고 있었다.

화산의 기세는 무시무시했다.

"하루면 알타 왕국이 사라질 것이다. 일주일이면 대륙 전체가 용암에 잠기겠지."

"……"

테디오스는 대답할 말을 찾지 못했다.

사실이다. 이 기세라면 일주일 만에 대륙이 불바다로 변해버릴 것이다. 애초에 그가 생각했던 것보다 화산의 기세가 훨씬 더 거셌다.

"하지만 이대로는 개죽음이 될 뿐이다."

람스는 희미하게 웃었다.

그 웃음이 자포자기한 사람의 그것처럼 보이지 않았다. 테디오스는 의문을 느꼈다. 설마 놈을 이길 자신이라도 있다는 걸까?

무슨 수로?

그는 람스의 능력을 훤히 꿰뚫어보고 있다.

마계에서 그를 수련시킨 사람이 바로 테디오스 자신이 아닌가. 그가 아는 한 람스는 '헬'을 이길 수 없다. 능력에서 현격한 차이가 있기 때문이다.

그러고 보니 마계에 수련을 하러 가기 전에도 헬을 상대로 묘한 자신감을 보이곤 했다.

"뭐냐? 믿고 있는 거라도 있는 거냐?"

람스는 대답하지 않았다. 그저 뚜벅뚜벅 화산의 중심을 향해 걸어갈 뿐이다.

산책을 하듯 느린 걸음이었지만, 신기하게도 정작 움직임 자체는 빛살처럼 빨랐다.

불과 몇 걸음 만에 까마득하게 느껴지던 화산이 코앞에 이르렀다.

대지의 분노를 보여주듯 열정적으로 용암을 쏟아내던 화산. 그런데 그 화산이 갑자기 움직임을 멈췄다. 지면을 잠식하던 용암도 더 이상 흐르지 않고, 가스 분출도 없었다.

갑자기 시간이 정지한 것처럼 화산 자체가 돌연 활동을 멈춘 것이다.

지극히 비현실적인 장면.

람스는 이것이 '헬'의 소행임을 눈치 챘다.

헬은 그가 온 것을 눈치 챈 것이다.

드드드드.

지진이 일어나더니 화산의 옆구리가 쩍 하고 갈라졌다. 상처에서 피가 솟구치듯, 용암이 분출했다. 분출하는 용암을 타고 한 사람이 나타났다.

하트였다.

찬란한 황금색의 머리칼과 눈썹이 검붉은 빛으로 변했고, 영롱하던 눈동자마저 탁해졌지만, 그는 분명 하트였다.

알타의 왕자. 리버스의 수장. 알타의 번영과 화합을 위해 온몸을 바친 사나이.

그가 잔뜩 일그러진 얼굴로 람스 앞에 섰다.

"람……스."

하트가 가래 끓는 소리로 람스를 불렀다.

그가 입을 열 때마다 희뿌연 연기가 입 밖으로 흘러나왔다.

"난…… 실패했다."

그의 얼굴이 일그러졌다. 비통한 울음이었다. 그러나 정작 그의 눈에서 솟은 것은 눈물이 아니라 붉은 용암이었다.

"알타는…… 멸망하고 말겠지?"
마지막 순간에도 하트는 알타를 걱정했다.
람스는 그를 보며 힘 있는 목소리로 말했다.
"아니. 그런 일은 없을 것이다."
"……."
하트는 멍한 눈으로 그를 바라보았다.
"그대가?"
람스는 고개를 끄덕였다.
"믿어라."
하트의 입 꼬리가 일그러졌다.
아마도 웃으려고 하는 것 같았다.
"잘…… 부탁한……다."
그 말을 끝으로 그의 얼굴에서 표정이 사라졌다.
잔뜩 일그러졌던 얼굴이 일순간 무표정하게 변했다.
그리고 다음 순간,
"ㅎㅎㅎㅎㅎ."
그의 입에서 흉악한 웃음소리가 새어나왔다.
"흐하하하하하하!"
하트가 고개를 들었다. 아니, 그는 이미 하트가 아니었다.
마도시대의 악마.
헬.
하트는 마지막 남은 영혼의 한 조각마저 이 추악한 악마에게 먹혀버리고 말았다. 이로써 헬은 온전한 모습으로 이 땅에 강림하게 되었다.

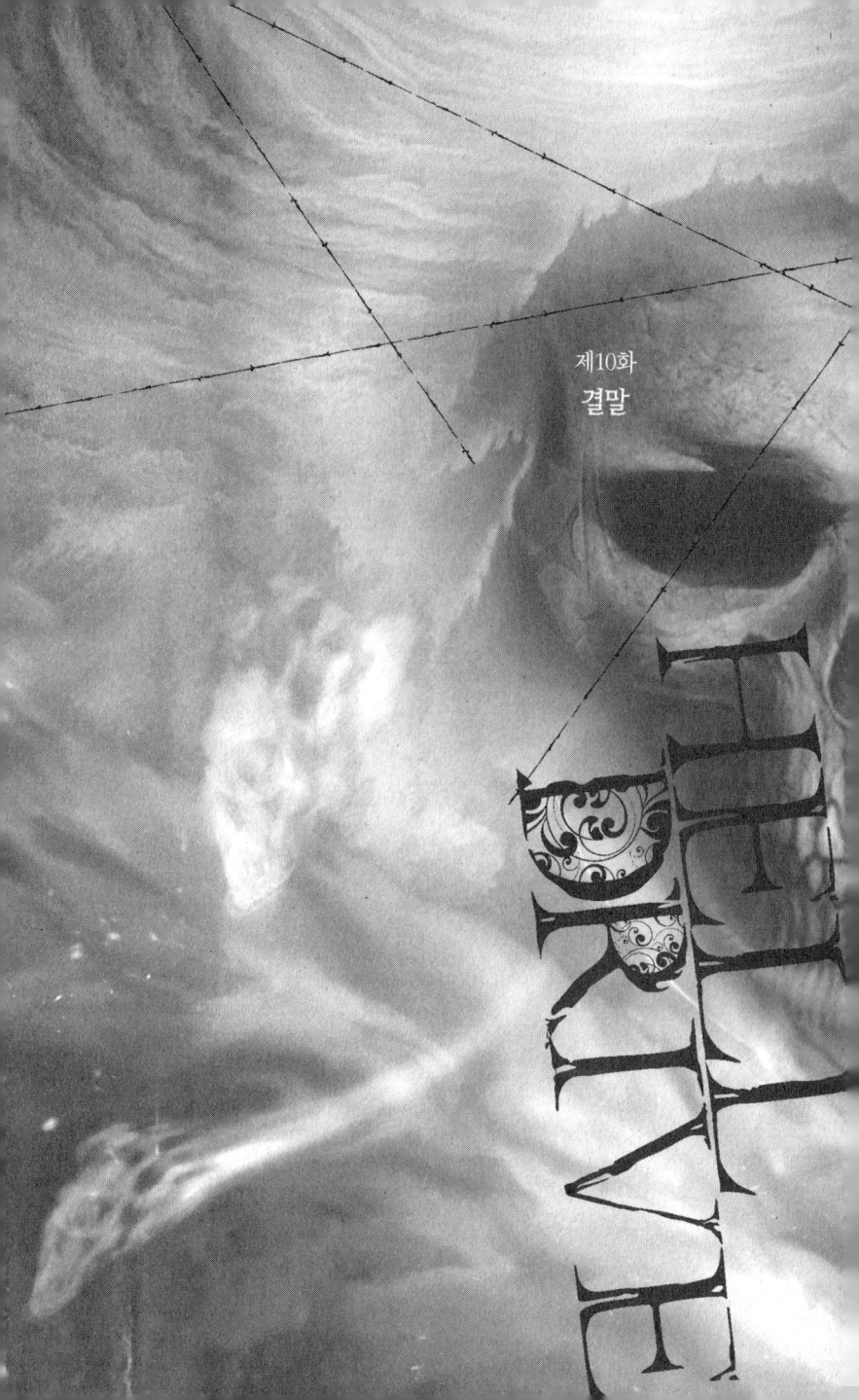

"마침내 부활하였도다."

그의 목소리는 종을 울리는 것처럼 크고 웅장했다. 하지만 정작 목소리 자체는 까마귀의 울음소리만큼이나 기괴했다.

그의 머리 위에서 불길이 치솟아 오르더니 두 개의 길고 큰 뿔이 되었다. 등 뒤에서 박쥐의 그것처럼 검은 날개가 솟구치고, 손톱이 갈고리처럼 길고 흉악하게 변했다. 피부는 도마뱀과 같이 비늘로 덮이고, 두 다리의 형태도 염소의 그것이 되었다.

그야말로 악마의 모습 그대로였다.

헬이 하늘을 올려다보았다.

자유를 만끽하려는 걸까?

그러나 정작 그의 미간은 심하게 일그러졌다.
"여전히 맑은 하늘이로군."
기분 나쁘다는 듯이 중얼거렸다.
하지만 정작 하늘은 화산에서 분출된 가스와 매연으로 짙은 그림자를 드리우고 있었다. 그럼에도 그는 하늘이 맑다고 생각했다.
'헬'이 손을 머리 위로 올려 가볍게 저었다.
쿠르릉.
어디에선가 짙은 먹구름이 몰려와 가뜩이나 어두운 하늘을 완전히 뒤덮었다.
'헬'이 대지를 보았다.
움직임을 멈췄던 화산이 다시 활동을 재개했다.
곳곳에서 가스가 분출하고 용암이 부글부글 끓었다.
그것조차도 '헬'은 불만이었다.
그가 지면을 향해 손을 내저었다.
지면을 뒤덮던 용암이 붉은 색에서 노랗게, 다시 푸른색으로 변했다. 느릿느릿 흘러가던 용암이 시냇물처럼 빠르고 급하게 흐르기 시작했다.
하늘엔 짙은 먹구름이 몇 겹이나 겹쳐져 낮인지 밤인지 헤아릴 수 없을 정도로 사위가 어두워졌으며, 지상엔 강물과 안개 대신 용암과 독가스가 흐르고 있었다.
그야말로 지옥의 모습이 아닌가.

"헬."

람스가 끓는 듯한 목소리로 헬을 불렀다.

그제야 헬이 고개를 들어 람스를 보았다.

시큰둥한 표정으로 람스를 보던 그가 어느 순간 미간을 찌푸린다.

저 얼굴, 어디선가 본 듯한데.

정확하게는 느낌이 누군가와 닮았다.

그런데 정작 그게 누구인지 또렷이 기억나지 않는다.

뒤늦게 한 인물이 떠올랐다.

헬의 얼굴이 사악하게 변했다.

"너였군."

기억났다.

람스의 분위기가 누굴 닮았는지.

"크리스탈 감옥. 내 영혼을 조각조각 부숴 더러운 오브 안에 봉인한 놈."

헬이 날카로운 이빨을 드러내며 웃었다.

"마디오스, 바로 네놈이로구나."

헬의 기세가 뜨겁게 달아올랐다.

으드득.

헬이 이를 갈았다. 그때마다 하늘에서 벼락이 떨어졌다.

이미 이 주변은 헬의 영역.

그의 의지대로 움직이는 공간이다.

"흐흐. 어쩌다 그 꼴이 되었느냐? 존재감이 턱없이 줄어들었구나."

마디오스는 헬에 버금가는 존재였다.

그의 기습에 손 쓸 틈도 없이 당했을 정도다. 하지만 지금 눈앞에 있는 젊은 마디오스는 그야말로 보잘것없는 존재다.

마음만 먹으면 벌레처럼 발로 밟아 죽여 버릴 수 있을 정도다.

람스를 보는 헬의 검은 눈동자가 살기로 번들거렸다. 그는 지금 람스를 어떻게 죽일까 고민하고 있었다. 수많은 방법이 떠올랐다. 그 중 잔인하고 고통스럽지 않은 것은 단 한 가지도 없었다.

람스가 헬에게 물었다.

"넌 어째서 지옥을 원하는가?"

내내 의문이었다. 어째서 헬은 세상의 파괴를 원하는가.

"흐흐."

헬이 나직하게 웃더니 대답대신 도리어 질문했다.

"넌 어째서 식사를 하느냐?"

"……?"

람스가 미간을 찌푸렸다.

헬의 질문이 계속되었다.

"어찌하여 몸을 씻고, 어째하여 옷을 입는가?"

"먹는 것은 살기 위해서요, 씻고 옷을 입는 것은 사람답기 위함이다."

"나 또한 그와 같다. 세상을 불태우는 것은 나의 거룩한 사명이자 숙명이다."

"너 또한 한때는 사람이었다. 마도시대의 마법사. 그런데 어찌하여 그리 변했는가? 그대를 변하게 만든 사건이라도 있었는가?"

람스의 물음에 헬은 신앙을 전파하는 사도처럼 엄숙한 표정을 지었다.

"난 스스로 변하였도다. 허무의 세상을 떠도는 악의를 모아 스스로 신이 되었노라. 세상의 악이 모두 이 몸에서 태어났노라. 질병, 고통, 저주, 죽음이 내 심장에서 태어나 내 위장에서 자라고 내 복음에 따라 악의를 품고 내 항문을 통해 이 땅에 뿌리내렸노라. 이로 인해 세상은 신음하고, 굶주리고, 서로를 죽이고, 상처받게 되었노라. 이 모두가 나의 뜻이요, 나의 의지였노라."

"미친놈."

테디오스가 욕을 했다.

"뭐? 질병, 고통, 저주, 죽음이 자신의 똥구멍에서 태어났다고? 흥! 네놈이 태어나기도 전부터 질병과 죽음은 존재했다."

놀랍게도 헬은 테디오스의 말을 엿들을 수 있었다.

"그 또한 나였느니라. 과거엔 뜻과 의만 존재하였으나, 지금은 이렇게 실존하노라."

"미쳤어. 저 놈은 완전히 돌아버린 거야!"

테디오스가 큰소리로 소리쳤다. 그가 스스로를 악이라 주장하고 신격화하는 것에 거품을 물 정도로 흥분했다. 너무도 흥분한 나머지 알 수 없는 말을 지껄였다.

"저놈 분명 여자에게 인기가 없었을 거야. 그러니까 저런 헛소리를 지껄이는 거지. 고대의 격언 중에 남자가 30년을 굶주리면 마법사가 되고, 60년을 굶주리면 대마법사가 된다고 했다. 그리고 100년을 굶으면 마침내 인간의 탈을 벗고 요괴가 된다지? 저놈은 분명 수천 년은 굶었을 거다. 그러니 저런 미치광이 악마신봉자가 된 게지!"

그는 헬을 위한 충고도 아끼지 않았다.

"이봐, 아직도 늦지 않았어. 지금이라도 여자를 만나서 사랑을 해. 어쩌면 인간으로 돌아갈 수 있을 지도 몰라."

그러다 무슨 생각이 들었는지 껄껄 웃었다.

"혹시나 하는 소린데, 여자와 어떻게 하는지 모른다고 아랫도리 대신 이마의 뿔을 사용하면 곤란해. 아무리 급해도 허리를 쓰라고. 머리를 쓰면 서로 골치만 아플 테니까 말이야."

헬의 이마에 돋은 뿔을 양물에 빗대어 놀린 것이다.

테디오스의 재치 있는 입담에 근엄한 척 악을 설파하던 헬도 분노를 드러냈다.

"과연 무지한 놈들이로다. 내 오늘 네놈들을 죽여 수만 년 동안 갇혀 지낸 한과 분을 풀고야 말리라."

헬이 하늘을 떨쳐 울리는 고함을 지르며 람스에게 달려들었다.

람스 또한 자세를 잡고 헬에게 맞섰다.
그렇게 람스와 헬의 결전이 벌어졌다.

*　　*　　*

헬은 스스로를 악의 근원이라 칭했다.
그 말이 사실인지는 몰라도, 그의 능력이 신의 반열에 접어든 것만은 사실이었다. 그가 분노하자 하늘에서 벼락이 소나기처럼 쏟아지고, 대지 곳곳이 갈라지며 용암이 솟구쳤다. 더불어 헬의 전신에서 검은 불길이 일어났는데, 신기하게도 그 검은 불길에 닿은 것은 돌이든 흙이든 순식간에 검은 재가 되어 날렸다.
불에 탄다는 느낌보다는 부스러진다는 느낌이었다.
"죽어라, 마디오스!"
헬이 갈까마귀처럼 소란스럽게 외치며 갈고리 같은 손톱을 뻗었다.
람스는 맞대응하듯 주먹을 펼쳤다.
펑!
람스를 향해 뻗어오던 헬의 손에서 폭발이 일었다. 그러나 헬은 미동조차 하지 않았다. 철판을 뚫고 갑옷을 녹이던 람스의 불길이 헬에게는 전혀 통하지 않았다.
"간지럽지도 않구나."

헬이 가소롭다는 듯 웃으며 독수리가 병아리를 낚아채듯 람스의 머리를 움켜잡으려 들었다.

람스가 재빨리 물러서며 두 주먹을 연속으로 펼쳤다.

퍼퍼퍼펑!

헬의 전신에서 폭발과 함께 불길이 일었다. 그러나 이번 공격에도 헬은 꿈쩍도 하지 않았다.

람스는 버스트플레임이 전혀 통하지 않자 이번엔 손끝에서 화염을 길게 뽑아냈다. 막대기처럼 수직으로 치솟은 화염이 검과 비슷한 모양을 이루었다.

화염검.

람스가 불꽃으로 만든 화염검을 쥐고 번개같이 휘둘렀다.

이번만큼은 헬도 심상치 않음을 느끼고 손끝에서 길게 자라난 손톱으로 검을 낚아채려했다. 그러나 그 움직임이 람스보다는 확연히 느리고 둔했다.

헬의 손톱이 썩둑썩둑 잘려나갔다.

"역시 검은 통하는구나."

테디오스가 반가운 목소리로 외쳤다.

람스가 진중하게 화염검을 휘둘러 헬을 몰아붙였다.

손톱에 이어 손가락과 손목, 팔과 어깨까지 깨끗하게 잘라버렸다.

팔 하나를 잃은 헬이 두어 걸음 물러서더니 히죽 웃었다.

"고작 이 정도로 날 이길 수 있을 것 같으냐?"

말이 끝남과 동시에 팔이 잘려나간 어깨에서 화륵하고 불길이 일더니 새로운 팔이 돋아났다.

"저놈…… 존재자체가 화염이로구나."

활활 타오르는 불을 검을 아무리 공격해봐야 헛수고다. 근원이 파괴되지 않는 한, 불은 계속해서 불타오를 뿐이다.

람스는 헬의 근원이 하트의 몸일 거라 생각했다.

봉인에서 깨어난 헬이 구태여 하트의 몸에 안주하고 있는 것이 그 증거다.

마음을 굳힌 람스는 맹렬하게 화염검을 휘두르며 헬을 압박했다.

부웅! 붕!

화염검이 허공을 달굴 때마다 헬의 몸뚱이가 조각났다.

심장이 쪼개지고, 머리가 재로 변했다.

어차피 하트는 이미 죽어버렸다. 지금 눈앞에 있는 육체는 주인이 떠나고 없는 빈집과 같은 껍데기일 뿐.

람스의 공격엔 거칠 것이 없었다.

심장과 머리에 이어, 팔, 다리 몸까지 재로 변했다.

그렇게 하트의 몸 전체가 재가 되어 사라졌다.

그러나 헬은 소멸하지 않았다.

"으하하. 드디어 마지막 봉인마저 사라졌구나!"

헬이 대소를 터트렸다.

그의 존재감이 급격하게 부풀어 올랐다.

테디오스가 떨리는 음성으로 뇌까렸다.

"하트의 육체는 헬의 약점이 아니라 그의 힘을 제어하는 마지막 봉인이었구나."

하트는 죽는 순간에도 헬을 막기 위해 안간힘을 썼다. 그리하여 자신의 육체를 매개로 헬을 봉인해두었다. 그런데 그 봉인이 람스에 의해 깨어지고 말았다.

헬이 허무하게 당했던 것은 바로 이 때문이다.

람스에 의해 완전하게 부활하려 한 것이다.

이제 헬은 육체의 구석에서 벗어나 자유로이 세상을 활보할 수 있게 되었다. 불이 존재하는 곳이라면 어느 곳이든 마음대로 넘나들 수 있고, 불이 존재하는 한 영원히 죽지 않을 것이다.

"덕분에 자유로워졌다, 마디오스. 고마운 마음에서 조금 놀아주도록 하지."

헬이 양손을 펼쳤다. 그의 손바닥에서 화염이 솟구쳤다. 화염은 이내 투박한 모양의 도가 되었다.

화염도.

양손에 각각 하나, 쌍도.

람스의 화염검을 흉내 낸 것이다.

두 자루의 화염도를 집어든 채 헬이 나직하게 웃었다.

"오라. 내 너에게 공포를 일깨워 주리라."

람스는 거절하지 않았다. 그대로 지면을 박차고 뛰어올라 허공에서 몸을 뒤집으며 화염검을 휘둘렀다.

부우웅!

화염검이 둥근 만월을 그렸다.

헬이 피식 웃으며 쌍도를 비스듬히 엇갈려 들고 공격을 막았다.

펑!

람스의 화염검과 헬의 쌍도가 부딪히자 폭발이 일어나며 사방으로 불똥이 튀었다.

"이번엔 내 차례다!"

간단한 동작으로 람스의 공격을 상쇄시킨 헬이 팽이처럼 휘돌며 공격해 들어갔다.

쌍도에서 시작된 불길이 헬의 전신을 타고 휘돌아갔다. 빙빙 돌아가는 몸을 따라 똬리를 튼 뱀처럼 허공으로 솟구친 화염이 어느새 폭풍으로 변했다.

플레임 토네이도.

측정할 수 없는 뜨거운 열기의 화염폭풍이 광범위한 지역을 뒤덮었다. 소용돌이처럼 말려 올라가는 헬의 화염이 강력한 흡입력을 발생시키며 주위의 모든 것을 빨아들였다.

천하의 람스조차도 이 공격에는 속수무책이었다.

지금까지 단 한 번도 타지 않았던 그의 옷과 신발이 검은 연기를 토해내며 오그라들기 시작했다.

"놈은…… 놈은 진정한 악마다. 감당할 수 없다. 지금은 물러서야 해!"

헬의 능력에 소스라치게 놀란 테디오스가 소리쳤다.

이대로는 헬의 소용돌이에 말려 온몸이 갈기갈기 찢겨지고, 화염에 불타 재조차 남기지 못할 것이다.

람스는 물러서지 않았다.

그는 오히려 플레임 토네이도를 향해 달려갔다.

화염 폭풍에 전신이 짓이겨질 것만 같았다. 람스는 이를 악물며 고통을 참아냈다.

토네이도가 만들어낸 화염에 그의 옷이 모조리 불타고, 머리카락마저 지지직거리며 타들어갔다.

소용돌이의 외곽이 이 정도인데, 중심부의 열기는 대체 얼마나 뜨겁단 말인가.

그 용솟음치는 열기조차도 람스는 견뎌냈다. 그리고 마침내 소용돌이의 중심부에 닿았다.

"어서 오너라!"

헬이 큰 소리로 외치며 맞물린 톱니바퀴처럼 조밀하게 회전하는 화염도로 람스를 찢어발기려 했다.

천 갈래 만 갈래, 형체도 알아볼 수 없는 작은 살점으로 분해될 위기!

위기의 순간, 람스는 화염검을 뽑아 헬의 공격을 막아냈다.

펑! 하는 폭발과 함께 람스의 화염검이 허무하게 폭발했다. 그러나 화염검의 희생으로 람스는 무사히 헬에게 다가갈 수 있었다.

"이놈!"

헬이 화염도를 치켜들고 잘 요리된 고기에 칼질을 하듯, 람스의 등을 찍어내려 했다. 다시 찾아온 위기 앞에서도 람스는 태연했다. 그는 몸을 비틀어 가까스로 헬의 공격을 피해냄과 동시에 한 손으로 헬의 가슴을 짚었다.

그리고 소리쳤다.

"열려라!"

쩌거거거걱!

우렁찬 뇌성과 함께 헬의 몸속에서 헬게이트가 열렸다.

"무엇?"

헬이 당황하는 사이, 활짝 열려진 차원의 문이 불길을 빨아들이기 시작했다. 그것은 블랙홀과 같은 흡입력으로 순식간에 헬과 그가 일으킨 화염의 소용돌이를 모조리 삼켜버렸다.

쩌거거거걱!

헬게이트가 요란한 소음과 함께 닫혔다.

람스가 삼엄한 눈으로 주위를 살폈다.

그 어디에도 헬의 모습은 보이지 않았다. 마지막 한 조각까지 모조리 헬게이트에 빨려버린 것이다.

람스는 이글거리는 용암 위에 그대로 쓰러져버렸다.

괴롭고 힘들다.

온몸이 타는 듯이 뜨겁다.

지금 그의 몸은 엄청난 열기를 내뿜고 있었다.

헬이 일으킨 불길에 타격을 받은 탓이다.

오브의 힘을 흡수한 이후로 처음 경험하는 뜨거움이었다. 그처럼 헬의 불길은 무시무시했다.

람스의 옷은 이미 재가 된 지 오래고, 그의 머리칼과 눈썹도 불에 타서 엉망이 되었다. 그래도 입가에 미소가 떠돈다.

"정말 대단하구나. 정말 대단해!"

테디오스가 흥분한 목소리로 연신 대단하다는 말을 내뱉었다.

불가능하리라 생각한 승부.

애초에 비교도 안 되는 전력이었다.

람스가 이길 확률은 천의 하나, 만의 하나도 되지 않았다.

그럼에도 불구하고 람스는 승리했다.

"훌륭하다. 이로써 중간계는 평화를 되찾았구나. 모두 너의 활약 덕분이다. 하하하. 어떠냐? 놈을 쓰러트린 소감이."

람스가 몸을 일으켰다.

"아직 끝난 게 아니야."

"무슨 소리냐?"

"녀석을 마계로 보낸 것일 뿐. 쓰러트린 게 아니잖아."

"설마 녀석을 완전히 끝장낼 생각이냐?"

"마계는 제2의 고향과 같은 곳이야. 그곳이 악마의 소굴로 변하는 걸 두고 볼 수는 없어."

마계엔 그를 따르는 마족들이 적지 않다. 그리고 그녀, 넬도 그곳에 있다.

"그렇구나. 좋다. 이곳에서 넉넉잡고 반년만 수련하자꾸나. 너의 재능으로 볼 때, 반년이면 충분히 놈을 꺾을 수 있을 게다."

람스는 고개를 저었다.

"반년은 너무 늦어."

중간계의 시간으로 반년이면, 마계는 수 년이 훌쩍 지나갔을 것이다. 그 사이에 마계는 파괴되고 형체조차 알아볼 수 없게 변할 것이 분명하다.

"그러면……?"

"지금 불러내야지."

"진심이냐?"

"그래. 물론 그냥은 아니야. 약간의 준비를 해야 해."

무작정 놈을 부를 수는 없다. 모종의 준비가 필요하다.

다행히 헬게이트가 중요한 단서를 제공했다.

그의 생각대로만 된다면 헬을 충분히 물리칠 수 있을 것이다. 그러기 위해선 준비가 필요했다.

그러나 람스의 생각과 달리 무언가를 준비할 시간적 여유가 그들에겐 없었다.

우르르.

지진이 일어나는가 싶더니, 도도하게 흐르던 용암이 쩍 하고 갈라졌다. 그리고 그 속에서 붉은 형체가 천천히 모습을 드러냈다.

"헤, 헬……."

놀랍게도 그것은 헬이었다.

그가 용암을 매개로 마계에서 중간계로 넘어온 것이다.

"이놈, 마디오스!"

람스를 본 헬이 으르렁거렸다.

그의 검은 눈동자가 분노로 일그러져 있었다.

그 무시무시한 모습을 본 테디오스가 앓는 소리를 했다.

"젠장맞을. 마계에 갔으면 예쁘장한 마족이나 꼬시면서 놀 것이지."

람스도 이번만큼은 놀랐다.

설마 그가 차원의 벽마저 넘어설 줄이야.

"감히 이 몸을 곤란하게 만들어?"

헬의 분노가 극에 이르렀다. 헬게이트에 빨려 들어간 것은 무척이나 수치스런 경험이었다.

"뭉개주마. 네놈의 살 한 점, 피 한 방울 하나 남기지 않고 모조리 먹어치워 주마."

헬이 람스를 가리켰다.

그의 손가락에서 밝은 빛이 뿜어져 나왔다.

그것은 하얗게 빛나는 화염이었다.

열기가 너무도 뜨거워 푸르다 못해 하얗게 빛나는 것이다.

번쩍 하는 백광이 람스를 덮쳤다.

다행히 람스는 이번 공격에 당하지 않았다. 위기의 순간에 한 줄기 연기로 변해 몸을 피한 것이다.

"연기로 변해? 감히 내 앞에서 화염의 권능을 사용하다니."

헬이 람스를 향해 손바닥을 펼쳤다.

"오라!"

람스의 전신에서 돌연 불길이 확 일어나더니 하수구로 빨려 내려가는 오물처럼 헬에게로 빨려 들어갔다.

람스가 몸을 휘청였다.

방금 그는 힘의 근원이라고 할 수 있는 화염을 모조리 헬에게 빼앗기고 말았다.

이제 람스는 화염검을 일으킬 수도, 연기로 변해 몸을 피하는 것도 불가능해졌다.

헬이 잔인하게 웃었다.

"이 얼마나 무능한 모습인가."

헬이 람스를 가리켰다.

번쩍 하며 하얀 불길이 람스에게 날아들었다. 힘을 빼앗긴 람스는 아예 피할 생각도 못하고 멍하니 공격을 바라만 보고 있었다.

"이제 그만 가거라!"

헬이 득의의 미소를 지었다.

그 순간이었다.

하얀 불길이 람스를 삼키려던 바로 그 순간, 람스가 느린 동작으로 손을 내밀었다. 누가 봐도 헛된 저항으로 보였다. 그러나…….

쩌거걱!

람스의 손바닥 끝에서 헬게이트가 열렸다.

그 크기는 무척 작아서 고작 그의 손바닥 크기 정도에 불과했다. 하지만 그토록 작은 게이트로도 헬이 쏘아낸 하얀 불길을 삼키기에는 충분했다.

"이놈이 아직도 포기하지 않았구나!"

헬이 연속으로 람스를 향해 하얀 불길을 쏘았다.

다섯 발의 하얀 불길이 람스에게 쇄도했다.

람스는 여전히 멍한 표정이었다. 마치 얼이 빠진 듯한 모습. 신기한 것은 그런 와중에도 느릿느릿 손을 뻗어 하얀 불길을 모조리 흡수해 버렸다는 것이다.

아니, 엄밀히 말해 그는 하얀 불길을 흡수한 것이 아니었다. 헬게이트를 작게 열어 하얀 불길을 모조리 삼킨 것이다.

"공간조작마법!"

헬의 안면이 흉악하게 일그러졌다.

마도의 대표적인 마법이 바로 공간조작마법이다.

공간을 접고, 펼치고, 휘고, 틀어버리는 능력. 하지만 공간조작마법은 구사하기가 매우 까다로워 마도시대의 마법사 중에서도 이를 다룰 수 있는 자가 극히 드물었다.

그 엄청난 마법을 람스는 자유자재로 사용하고 있는 것이다.

"설마, 마디오스로서의 기억이……"

테디오스가 한 가닥 기대가 서린 음성으로 말했다. 지금 람스의 텅 빈 표정. 어쩌면 마디오스의 기억이 깨어난 것인지도 몰랐다.

"그래. 어떻게 사용해야 할지 알겠군."

멍하던 람스의 얼굴에서 표정이 되살아났다.

그 표정은 테디오스가 기대하던 마디오스의 초탈한 느낌과는 전혀 달랐다. 부드럽고 잔잔한 물결 같은, 람스 본인의 표정이었다.

그는 마디오스의 기억을 되살린 것이 아니었다. 멍한 표정을 지은 것은 공간조작마법을 활용하기 위해 복잡한 계산을 하고 있었기 때문이다.

그리고 마침내 모든 계산이 끝났다.

람스가 자리에서 몸을 일으켰다.

헬에 의해 가장 강력한 무기라 할 수 있는 화염을 모조리 빼앗겼지만 그는 당당했다.

"무언가 믿는 구석이 생긴 모양이로구나. 하지만 소용없다. 네놈은 이곳에서 죽는다. 내가 그리 정했으니, 너의 운명은 그리 될 것이다."

헬이 근엄하게 말하며 손바닥을 펼쳐 머리 위를 가리켰다.

"위대한 죽음의 권능 앞에 처절하게 죽어가거라."

허공에 마법진 수십 개가 생겨나더니, 그곳에서 유성이 튀어나왔다.

유성을 부르는 마법.

메테오(Meteor)!

그러한 유성을 비처럼 쏟아 붓게 만드는 보다 상위의 마법.

메테오 스웜(Meteor Swarm)!

마법진을 통해 소환된 유성 수십 발에 헬이 자신의 권능을 더했다. 유성들이 찬란한 백광을 번뜩였다.

유성의 파괴력에 하얀 불길의 뜨거움을 합한 것이다.

"이 공격에서 벗어날 수는 없을 것이다."

헬이 큰 소리로 외치며 머리 위로 올렸던 손을 아래로 내리쳤다.

허공에 떠 있던 거대한 유성들이 람스를 향해 떨어져 내렸다. 유성들은 그 하나하나의 크기가 작은 성만한 크기였다. 그렇게 거대한 유성들이 50여개나. 그것도 하얀 불길에 이글이글 타오르며 떨어지고 있었다.

람스는 물론이고 이 근방 모두가 파멸의 광란 속에 묻히고 말 것이다.

람스는 의외로 침착했다.

그는 자신의 머리 위로 떨어지는 유성들을 찬찬히 살피더니, 무언가 계산이 끝난 듯한 표정으로 손을 들어올렸다. 그의 손가락이 하늘을 가리켰다.

"열려라."

쩌거거거거걱!

하늘이 열렸다.

먹구름으로 가득 찬 하늘 위에 동에서 서로 이어지는 붉은 선이 생기더니 수박이 갈라지듯 좌우로 쩍 갈라졌다. 그것은 초대형 헬게이트였다.

 하늘을 가르듯 활짝 열려진 차원의 문은 헬이 소환한 유성들과 먹구름을 모조리 먹어치웠다.

 쩌거거걱!

 헬게이트가 사라졌을 때는 하늘 위엔 더 이상 아무 것도 남아있지 않았다.

 하얀 불길을 이글거리던 유성도, 뇌전을 뿌리던 먹구름도.

 순식간에 맑은 하늘이 열렸다. 푸른 하늘이 펼쳐지며 뜨거운 햇살이 머리 위를 밝혔다.

 "이, 이런…… 말도 안 되는……."

 헬이 하늘을 올려다보며 턱을 덜덜 떨었다.

 하늘을 열어버렸다고?

 이런 공간조작마법은 들어본 적도 없다.

 저벅저벅.

 람스가 그에게로 다가왔다.

 헬은 덜컥 겁을 집어먹었다.

 상대는 하늘을 열어버리는 괴물 같은 놈이다. 그런 능력이라면 무슨 짓을 벌일 지 알 수 없다.

 "다, 다음에 두고 보자!"

 헬은 그 능력에 너무도 걸맞지 않는 삼류 악당과도 같은 발언을 뱉으며 한 줌의 연기로 변하여 도망쳤다.

람스가 그의 도주를 허용할 리 없었다.

"열려라."

쩌거거걱!

허공이 열리며 헬이 변한 연기를 빨아들였다.

쩌거걱! 쩌걱!

헬을 삼킨 헬게이트가 닫히고 람스 앞에서 또 다른 헬게이트가 열렸다.

헬이 그 속에서 굴러 떨어졌다.

"뭐?"

헬은 방금 자신에게 생긴 일이 믿기지 않는 지 고개를 휘휘 저었다.

람스가 무심한 표정으로 그를 내려다보았다.

헬은 지독한 공포를 느꼈다.

그 와중에도 어떻게든 람스를 죽이고자 은밀히 화염을 쏘았다. 그러나 람스는 너무도 가볍게 그의 능력을 삼켜버렸다. 굳이 헬게이트를 열 필요도 없었다. 화염이 날아오는 공간 자체를 접어서 지워버렸다.

헬의 안색이 해쓱해졌다.

그는 비로소 알게 되었다.

도저히 람스를 상대할 수 없음을.

그가 일그러진 얼굴로 람스에게 말했다.

"네놈, 괴물이군."

람스가 건조한 음성으로 대꾸했다.

"괴물은 바로 너지."

"날…… 죽일 건가?"

"넌 존재 자체가 해악이야."

헬은 두려워하긴커녕 오히려 웃었다.

"흐흐흐. 그래. 날 죽여라. 하지만 쉽진 않을 것이다."

"……."

"그 누구도 날 죽이지 못한다. 내 영혼은 끊임없이 타오르는 불길, 영원한 생명. 잊었는가? 마디오스, 과거 넌 날 죽일 수 없다는 걸 깨닫고 백 개의 오브에 날 나눠담았지. 지금도 그때와 다르지 않다. 넌 날 죽일 수 없을 것이다. 어딘가에 봉인하는 것이 고작이겠지. 난 영원히 존재할 테니, 언젠가 너의 봉인에서 풀려나 또다시 세상을 꿈꾸게 될 것이다."

헬은 람스를 향해 가슴을 내밀었다.

"자, 날 봉인해라."

지금은 실력이 부족하여 봉인당하겠지만 결국은 다시 부활하고 말리라.

"저 사악한 놈!"

테디오스가 분통을 터트렸다.

참으로 안타까운 일이다. 천하에 다시없는 미치광이 악마이건만 정작 놈을 해치울 방법이 없다니.

"어쩔 수 없구나. 놈의 말이 맞다. 봉인을 하자꾸나. 영원히 빠져나올 수 없는 금단의 봉인을."

테디오스의 말에 람스는 고개를 저었다.

"영원한 봉인이란 존재하지 않아."

마디오스가 행한 봉인조차도 결국엔 풀리고야 말았다. 제아무리 대단한 봉인이라도 수백 수천 년 후에는 풀리고 말 것이다.

"그럼 어떻게 하잔 거냐? 설마 녀석을 이대로 풀어주자고?"

"아니. 난 놈을 영원히 살아날 수 없도록 만들겠어."

"불가능해. 놈의 말을 못 들었느냐? 놈은 영원불멸한 존재다. 어떠한 방법으로도 죽일 수 없어."

"난 놈을 죽이지 않아."

"그럼?"

"분해할 뿐이지."

람스가 허공에 손을 펼쳤다.

쯔가가가가가가가가가각!

요란한 소리와 함께 손바닥만 한 크기의 헬게이트 수천 개나 한꺼번에 열렸다.

람스가 놀란 표정의 헬에게 말했다.

"난 널 죽이지 않겠다. 마디오스가 했듯 너의 몸을 수천조각으로 분해하마. 단! 이번엔 오브처럼 뻔한 물건 속에 널 남겨두지 않겠다. 각기 다른 차원에 너의 일부를 뿌려놓겠다. 이제 두 번 다시 부활할 수 없을 것이다, 헬."

"아, 안 돼!"

헬이 비명을 질렀다.

그 순간 허공에 떠있던 수천 개의 헬게이트들이 검은 박쥐 떼처럼 그에게 달려들었다. 작은 헬게이트들은 헬의 몸뚱이를 손바닥만한 크기로 뜯어먹고는 요란한 굉음과 함께 사라졌다.

헬게이트들은 람스의 말대로 각기 다른 차원에 헬의 파편을 토해낼 것이다.

누군가 차원을 마음대로 넘나들 수 있는 존재가 있어 일부러 헬의 몸을 모으지 않는 한, 영원히 헬은 부활하지 못할 것이다.

"이제 끝났구나."

헬의 마지막 한 조각을 삼킨 헬게이트가 사라지자 람스는 비로소 안도의 한숨을 쉬었다. 그러다 문득 고개를 흔들었다.

"아니. 아직 끝이 아니다."

그는 주위를 둘러보았다.

헬은 사라졌지만, 알타의 왕성을 삼킨 화산은 아직까지 활동을 계속하고 있었다.

이대로는 이곳뿐만이 아니라 주변 지역 모두가 화산으로 인해 극심한 피해를 입을 것이다.

람스는 소울드라이브를 시전 했다.

부글부글 끓어오르는 용암과 검은 먹구름이 그에게로 빨려 들어가기 시작했다.

*　　*　　*

"람스, 너 대체 정체가 뭐냐?"

모든 일이 끝난 후, 돌아가는 길에 테디오스가 물었다.

"마디오스도 이런 재주는 없었다. 아니, 넌 마디오스의 환생이 분명해. 그럼, 대체 뭘 먹은 거냐? 뭘 먹었는데 이렇게 터무니없이 강해? 아니, 그보다, 그 능력은 대체 뭐야? 헬게이트는 하나를 생성하는 데도 막대한 마력이 필요해. 그런 헬게이트를 수천 개나? 하늘을 쪼개버린 거대한 헬게이트는 또 어떻고? 그 마력들을 대체 어디서 구한 거냐?"

"마력이라면 이곳에 널려 있었다."

"널려? 어디에?"

"바로 여기."

람스가 지면을 가리켰다.

"땅? 아! 소울드라이브."

테디오스가 뭔가가 떠오른 듯 소리쳤다.

"그래, 소울드라이브라면 화염에게서 마력을 보충할 수 있었겠지. 아니다. 넌 분명 헬에게서 화염을 모두 빼앗겼잖아? 설마 다른 곳에서…… 화산이냐?"

람스는 대답하지 않았다.

"아니야? 하긴 화산 정도로는 어림도 없겠지. 그럼 어디냐? 그 엄청난 마력을 구한 곳이…… 설마 이 대륙 아래의 용암 전체를 말한 건 아니겠지?"

람스의 입가에 흐릿한 미소가 어렸다.

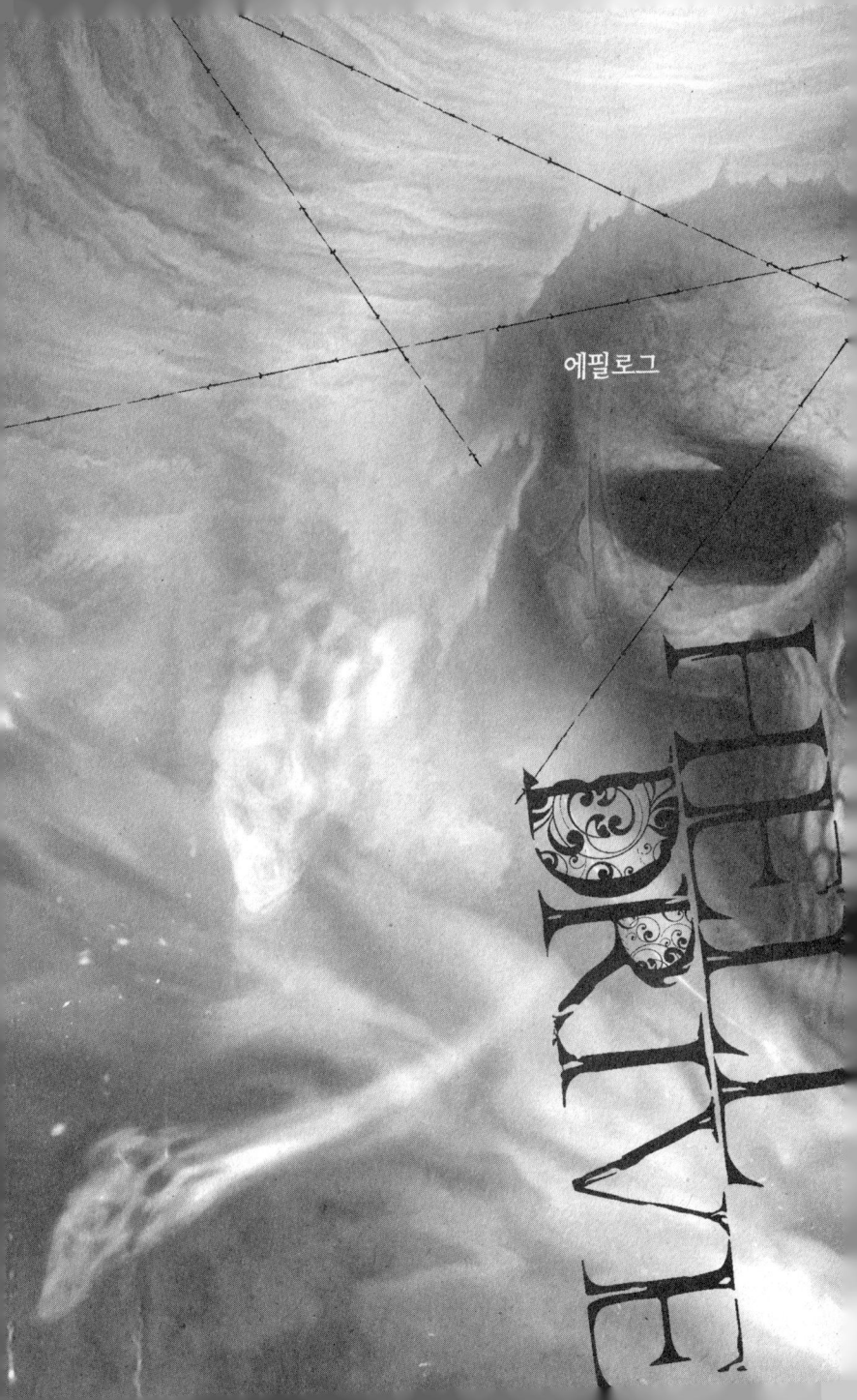
에필로그

람스가 헬과 혈투를 벌인 지 어느덧 한 달이 지났다.

헬리오스 마탑의 최상층.

람스는 그의 집무실에 앉아 리자크의 보고를 듣고 있었다.

"마을 재건은 거의 완료되었습니다. 아직 세세한 정비가 남아있지만, 생활하는 덴 큰 불편함이 없을 것입니다. 탑에 머물러 있던 주민들도 모두 주거지로 이동했습니다."

마족들에 의해 부서진 마을.

마물들을 대거 동원함으로써 고작 한 달 만에 복구할 수 있었다.

의외로 주민들은 마물들을 보고도 큰 동요를 일으키지 않았다. 이전에도 어둠의 족속들을 봐온 데다, 마족들과의 전쟁으로 간까지 커졌기 때문이다.

"집은 부족하지 않겠지?"

"넉넉하게 지었습니다. 최근 이주한 주술사들에게까지 모두 돌아가고도 여유가 있습니다."

마을 재건에 대한 보고가 끝나자 이번엔 마탑의 재정에 대한 설명이 이어졌다.

"마법램프의 판매가 꾸준히 증가하고 있습니다. 싸고 품질이 좋다는 소문이 퍼지면서 귀족들뿐만이 아니라 서민 가정에도 점차 보급되는 추세입니다. 최근엔 이웃 왕국에서도 저희 마탑의 마법램프를 구입하고 싶다는 연락을 보내왔습니다."

"다른 마탑들의 반응은?"

"예상대로 별다른 반응이 없습니다. 애초에 그들이 판매하고 있는 마법등은 품질이나 가격이 마법램프보다 월등히 뛰어나서 별다른 충돌이 없습니다. 아! 그리고 얼마 전, 사막 부족의 술탄님께서 사형이 만든 포션을 대량으로 구입하고 싶다는 의사를 밝혀왔습니다."

"포션을?"

"네. 우연히 사용해 봤더니 효과가 무척 뛰어나더라고 말씀하시더군요. 주문량이 꽤 많습니다."

알타의 왕성에서 화산이 터지던 날, 사막 부족의 술탄 압슬라는 마그마골렘에게 치명적인 부상을 입었다. 그의 상세가 위험한 것을 보고 람스는 포션을 주었다. 그때의 사건이 계기가 되어 포션을 구입하려는 모양이다.

"사막 부족의 부족민들에겐 술탄을 살린 기적의 영약이라고 소문이 난 모양입니다. 적어도 몇 년은 포션을 파는 것만으로도 돈 걱정을 할 필요가 없을 듯 보입니다."

보고하는 리자크의 얼굴에 웃음이 떠오른다.

얼마 전까지만 해도 가난에 허덕이던 헬리오스 마탑이 어느새 대륙에서 몇 손가락 안에 드는 수입을 챙기고 있다. 헬리오스 마탑의 초창기부터 어려움을 함께했던 리자크이기에 그 기쁨이 남다를 수밖에 없었다.

어느덧 이야기는 알타 왕국에 대한 내용으로 자연스럽게 이어졌다.

"알타 왕국의 권력 공백은 사막 부족과 늪 부족의 술탄이 개입함으로써 정리가 되는 분위기입니다."

"결국 알타교가 들어서기 전으로 돌아가는 셈이군."

"네. 하지만 알타교는 여전히 알타 왕국의 국교로 남았습니다. 오히려 더 많은 사람들이 알타교를 신봉하게 되었습니다. 화산이 폭발하기 전에 알타의 국왕이 백성들에게 대피 명령을 내린 것 때문인 것 같습니다. 사람들은 알타신의 영험함 덕분에 큰 피해를 막을 수 있었다며 돌아가신 국왕과 왕자에 대한 칭송이 자자했습니다."

"다행이군. 그런데 알타의 권력을 두 부족의 술탄이 이었다라……. 가뜩이나 사이가 좋지 않은 두 부족이 더 첨예하게 충돌하게 됐군."

"그게…… 우려와 달리 두 부족의 술탄에게선 아무런 움직임이 없습니다. 따로 아는 사람을 통해 들은 말로는……."

람스가 그의 말을 끊고 질문을 던졌다.

"리자크. 자넨 아는 사람이 무척 많은 모양이군."

리자크는 나라 안팎의 소식에 무척 밝았다.

지금까지 그는 여관 일을 통해 아는 사람이 많은 덕분이라고 설명했지만, 그가 발굴해온 정보 중에는 일반인이 접할 수 없는 은밀한 것도 다수였다.

리자크가 어색한 표정으로 뒷머리를 긁었다.

"그게…… 예전에 잠시 '주시자의 눈'이라는 곳에 몸을 담은 적이 있습니다."

주시자의 눈.

대륙에 존재하는 정보 길드 중 가장 유명하고 또한 가장 뛰어나다고 소문난 곳이다.

전해오는 말에 의하면 그들은 세상의 모든 일에 정통하여 각 나라의 중요한 기밀도 모조리 꿰고 있다고 했다.

"어쩐지…… 정보에 밝다 했더니 그런 곳에 있었군."

람스가 부드럽게 웃었다. 그가 턱짓을 했다. 이야기를 계속해보라는 뜻이다. 리자크가 헛기침을 하며 말을 이었다.

"사막 부족과 늪 부족, 서로 반목하기엔 상황이 좋지 않습니다. 오랜 내전으로 군사적 경제적 피해가 눈덩이처럼 불어난 데다, 알타를 보는 주위 왕국들의 분위기도 흉흉한 터라 당분간 내전 따위는 꿈도 못 꿀 겁니다."

"주위 왕국들이?"

"알타는 마정석이 대량으로 생산되는 나라입니다. 대륙 어디에서도 알타만큼 품질 좋은 마정석이 나오는 나라는 없죠."

마정석은 마나를 담아둘 수 있는 특별한 성질 때문에 마법사들과 마법물품을 사용하는 귀족들에게 인기가 많았다. 그 중에서도 가장 인기 있는 마정석이 바로 알타에서 생산된 상품이다.

국토의 대부분이 사막과 늪인 알타가 부유하게 살 수 있는 것도 다 이 마정석 광산 때문이다. 당연히 주변국들은 알타의 광산에 눈독을 들이고 있었다.

지금까지는 알타에 전력이 막강하여 욕심은 나도 나서지 못했지만, 지금은 사정이 다르다.

"당분간 두 술탄은 마정석 광산을 지키는 것만으로도 정신이 없을 겁니다."

그것으로 그날의 보고가 끝났다.

원래대로라면 보고를 마치고 곧장 집무실을 나갔어야 할 리자크. 무슨 이유에선지 쭈뼛거리고 서 있었다.

뭔가 할 말이 있는 눈치였다.

"파에톤에 관한 일입니다."

"파에톤?"

리자크가 꺼낸 이야기는 엉뚱하게도 얼마 전 헬리오스 마탑에 합류한 파에톤에 관한 내용이었다.
"네. 스승님께서 그를 좀 말려주셔야 할 것 같습니다."
"그를 말려? 무슨 뜻인가?"
리자크가 입을 삐죽거리며 말했다.
"그는 수련을 너무 지나치게 합니다."
람스는 미소를 지었다.
무슨 소린가 했더니.
"웃으실 얘기가 아닙니다, 스승님. 그는 수련을 너무 과하게 합니다. 그가 하도 과격하게 수련을 하는 통에 다른 제자들이 수련장 근처에도 얼씬을 못할 정도입니다."
"그가 어떤 수련을 하는데 수련장을 사용할 수 없다는 건가?"
"어느 날 그가 저와 사형에게 수련방법을 물어보더니, 그 길로 장로님들을 꼬여내어 수련장에 무차별로 마물과 마족들을 소환하고 있습니다."
오래전 오드만과 리자크가 그랬듯, 파에톤은 마물들을 소환하여 한계 이상의 수련을 하고 있었다. 그 수련 방법이 워낙 험하고 거칠어서 다른 제자들이 수련장 근처엔 얼씬도 안 한다는 말이었다.
람스는 파에톤의 마음을 충분히 이해했다.
잃어버린 마력을 되찾기 위해 그는 그야말로 사력을 다하고 있는 것이다.

"그에겐 그럴 만한 사정이 있으니 네가 이해해라. 제자들의 수련이 걱정이라면 다른 장소를 알아보도록 하고."

하지만 리자크는 뭔가 불만이 남아있는 모양이었다.

"하지만 스승님. 그가 장로님들을 독점하는 바람에 저와 주주의 수련에 차질이 생기고 있습니다."

"수련을 하고 싶어? 넌 수련을 귀찮아하는 줄 알았는데?"

"그것이……."

리자크가 뒷머리를 긁적이며 대답했다.

"예전처럼 놀려고 하니까 마음대로 안 됩니다. 수련이라도 하지 않으면 좀이 쑤셔서 견딜 수가 없습니다."

그의 말에 람스는 미소를 지었다.

예전엔 어떻게든 게으름을 피우려고 노력하던 리자크였다. 그런 그가 이젠 수련을 하지 않으면 좀이 쑤신단다. 람스가 바라던 대로 좋은 습관이 생긴 셈이다.

"알았다. 장로들에게 너와 주주에게도 시간을 할애하라고 말하마."

"감사합니다. 스승님."

리자크는 희희낙락한 얼굴로 집무실을 나갔다.

* * *

람스는 자리에서 일어나 창가에 섰다.

웅장한 메딘산이 한 눈에 들어왔다.

그의 시선은 산의 정상을 향했다.

그곳에 스승과의 추억이 깃든 헬리오스 마탑이 있다.

'파에톤이 수련을 하고 있다라…….'

한때 아버지를 원망했던 파에톤. 그가 헬리오스 마탑에 머물며 아버지가 만들고 람스가 개량한 마법을 익히고 있다.

지금의 그는 오브의 힘을 잃었기에 어지간한 숙련 마법사보다도 못한 수준이다. 그럼에도 누구보다도 열심히 수련을 하고 있었다.

람스는 언젠가 그가 과거보다 훨씬 더 뛰어난 능력의 소유자가 될 것임을 믿어 의심치 않았다.

아마도 먼 곳으로 떠난 스승도 지금의 파에톤을 모습을 보며 흐뭇한 미소를 짓고 있을 것이다.

"아하하하하!"

"와아! 오드만 스승님이시다!"

"모두 숨어! 도망가!"

아이들의 시끄러운 웃음소리와 함께 소란스런 발소리가 이어졌다. 최근 헬리오스 마탑은 어린 제자들을 대거 받아들였다. 그들 대다수가 전쟁고아들이었다. 갈 곳 없는 아이들을 람스가 제자로 들인 것이다.

"이놈들아, 여기는 소란을 피우면 안 되는 곳이라니까!"

다급한 오드만의 목소리가 들려왔다.

바쁘게 뛰어다니며 아이들을 단속하지만, 아이들은 영 그의 말을 듣지 않았다. 워낙 마음이 여리고 아이들에게 약한 사람이다. 눈치 빠른 아이들이 그 점을 놓칠 리가 없었다.

"모두 정지!"

제법 위엄이 서린 목소리.

왁자지껄 떠들던 아이들이 조용해졌다.

'에밀리로군.'

람스는 지금의 목소리가 에밀리의 것임을 눈치 챘다.

"너희들, 이렇게 소란을 피우면 내가 어떻게 한다고 했지?"

아이들이 미적미적 대답했다.

"혼난다고 했어요."

"그래, 혼난다고 했지? 어디, 누구부터 혼나볼까?"

아이들은 당장 잘못했다고 빌었다. 오드만과는 달리 에밀리를 상당히 무서워하는 눈치다.

"오히려 아이들 교육은 에밀리가 더 잘하는군."

확실히 그녀는 아이들을 가르치는 일에 재능이 있었다. 그녀의 한 마디에 날뛰던 아이들이 금세 얌전해졌다.

곧 에밀리의 호령에 따라 아이들은 절도 있는 동작으로 사라졌다.

삐걱 하고 집무실의 문이 열렸다.

오드만이 고개만 슬쩍 들이밀며 람스를 불렀다.

"저…… 스승님."

람스가 그를 보았다.

오드만이 어색한 표정으로 말을 이었다.

"화가 나신 건 아니죠?"

"……?"

"아이들이 아직 철이 없어서 그런 것이니 너무 노여워하지 마세요."

오드만은 아이들의 소란에 람스가 화를 낼까 우려하는 것이었다. 그는 아직도 람스를 어려워했다. 이 사람 좋게 생긴 탑주는 사실 마계의 마족들을 구름처럼 몰고 다니는 엄청나게 위험한 인물인 것이다.

"아이들이 다 그렇지."

람스가 인자한 미소를 보였다.

오드만은 안도의 한숨을 쉬었다.

"아직 아무것도 모르는 아이들입니다. 부디 실수를 하더라도 너그러운 마음으로 용서해주십시오."

그러곤 작은 목소리로 '수련을 시킨다고 마물 우리에 던져 넣으시면 안 됩니다. 아직은요.' 라고 중얼거렸다.

람스는 하하 소리 내어 웃었다.

마물이라.

그러고 보니 오드만과 리자크 때는 그런 과격한 방법을 사용했었지.

하지만 그때는 어쩔 수 없는 선택이었다.

오드만은 몸이 망가져 마법을 익힐 수 없는 상태였다. 그에겐 새로운 육체가 필요했다. 그래서 한계를 넘나드는 수련을 강요했다.

리자크는 너무 게을렀다.

어지간한 방법으로는 그 썩어빠진 정신을 개조할 수 없었을 것이다.

주주는 헬리오스 마탑에 오기 이전부터 흑마법을 익히고 있었다. 그런 그녀에게 속성이 전혀 다른 헬리오스 마탑의 마법을 전하기 위해선 편법을 동원할 수밖에 없었다.

이처럼 오드만, 리자크, 주주의 경우엔 어쩔 수 없이 인간의 한계를 시험하는 수련을 시킬 수밖에 없었다. 하지만 새로 들인 제자들은 다르다. 그들은 구태여 무리할 필요가 없다.

그러나 자세한 사정을 알지 못하는 오드만은 혹여나 람스가 어린 제자들을 난폭하게 다룰까 전전긍긍했다.

'그는 아이들에게 좋은 할아버지가 되겠구나.'

엄한 에밀리와 인자한 오드만.

아이들에게 더 없이 훌륭한 부모이자 스승이 될 것이다.

그때였다.

다급한 발소리와 함께 리자크가 문을 벌컥 열었다.

"스, 스승님."

람스가 엄한 목소리로 소리쳤다.

"노크!"

"네? 아…… 네."

리자크가 다시 문을 닫고 똑똑 노크를 했다.

"들어와."

"스승님, 큰일 났습니다."

"무슨 일이냐?"

"늪 부족 술탄님께서 급전을 보내셨는데……."

리자크가 호들갑스럽게 외쳤다.

"방금 다국적의 군대가 알타의 북쪽 국경선을 넘었다고 합니다."

람스의 표정이 굳어버리고, 오드만의 입이 쩍 벌어졌다.

"마왕토벌군."

우려하던 사태가 마침내 벌어진 것이다.

"때가 됐구나."

팔찌 속의 영혼, 테디오스가 말했다.

"가봐야지?"

테디오스의 말에 람스는 고개를 끄덕였다.

알타의 국경을 넘은 다국적 연합군의 목적지는 헬리오스 마탑이다. 마왕토벌. 언젠가 너구리 가면이 우려하던 마왕토벌군이 마침내 활동을 개시한 것이다.

그들은 마왕은 물론, 마왕과 관계가 있어 보이는 모든 것을 세상에서 지워버릴 것이다.

헬리오스, 메딘산, 그리고 알타까지.

"연합군이 몰려왔다고요?"

영롱한 목소리와 함께 눈부시게 아름다운 여인이 집무실 안으로 들어왔다.

넬이었다.

그녀는 과거와 달리 두 눈에 총기가 반짝이고, 말과 행동도 자연스러웠다.

"뭐야? 싸움이야?"

그녀의 발아래에서 마왕 다크니스가 모습을 드러냈다.

그 역시 변했다.

과거와는 비교도 안될 만큼 무거운 존재감을 과시했다.

마왕은 예전의 신위를 완전히 되찾았다.

그럼에도 우려와 달리 광폭하게 날뛰지 않았다.

넬이 마왕을 완벽하게 제어하고 있기 때문이다.

테디오스의 조언으로 마계에서 수련을 한 것이 큰 도움이 되었다.

스키머에 따르면 둘은 마계에 떨어진 이후 연일 악전고투를 이어갔다고 한다. 처음엔 살아남기 위해 싸웠고, 이후엔 빼앗기 위해 싸웠다.

경험은 사람을 성장시킨다.

마족과의 피 말리는 싸움 중에 넬은 잃었던 이지를 조금씩 회복했고, 그녀가 모든 기억을 되찾았을 때엔 이미 마계가 그녀와 그녀의 슬레이브인 다크니스의 수중에 떨어진 후였다.

절대자였던 콜드레인과 그를 따르는 두 파멸 역시 그녀의 발아래 무릎을 꿇었다.

그렇게 마계를 정복한 후에, 그녀는 람스의 곁으로 돌아왔다.

그것이 일주일 전의 일이다.

그녀의 복귀 이후로 주주가 한동안 날선 신경전을 벌였음은 물론이다. 혹시나 사이가 나빠지면 어쩌나 걱정했지만, 힘에 눌린 탓인지, 아니면 틈새시장을 공략하기로 한 것인지, 그도 아니면 적당한 타협을 한 것인지, 요즘 두 여자는 꽤나 죽이 잘 맞았다.

"절 찾아오는 자들이니 제가 가겠어요."

넬이 강한 자신감을 보였다.

"어라? 넬 님께서 가시나요? 그럼 저도 가겠습니다."

리자크가 좋은 구경을 놓칠 수 없다며 손을 들었다.

그러자 오드만도 지지 않겠다는 듯이 말했다.

"리자크가 간다면 이 몸도 빠질 수 없겠지."

어느 틈엔가 달려온 에밀리가 오드만의 팔짱을 끼며 방긋 웃었다.

"할아버지가 가시면 저도 갈게요."

그녀를 따라 집무실에 들어온 아이들도 영문도 모른 채 서로 가겠다고 아우성을 쳤다.

"저도요. 저도."

"나도 갈거에요."

"나도! 나도!"

테디오스가 웃음 섞인 음성으로 말했다.

"어째 일이 커졌는걸?"

조용히 혼자 다녀오려고 했더니, 상황을 보니 여의치 않게 되었다.

"뭐, 어떠냐? 이렇게 된 거, 모두 함께 가는 것도 좋지 않겠어?"

잠시 생각해보던 람스가 고개를 끄덕였다.

"좋다. 모두 가자."

그렇게 헬리오스 마탑의 탑주와 제자들은 마왕토벌대를 맞아 단체 소풍을 떠났다.

* * *

"그런데 괜찮을까요?"

"뭐가?"

"토벌군이라면 제법 수가 많을 텐데. 어린 제자들이 다치기라도 하면……"

"날 못 믿겠다는 거냐?"

"그럴 리가 있겠습니까? 전 단지 걱정이 돼서……"

"걱정 말거라. 위험해지면 헬게이트를 열고 아이들을 피신시키면 되니까."

"아! 그런 수가 있었군요."

*   *   *

끝없이 펼쳐진 사막.

이글거리는 모래사막 위에 수를 헤아릴 수 없을 만큼 거대한 규모의 군대가 진을 치고 있었다.

아밀다란 제국, 탈론, 에이플, 카말, 자르단, 미스턴……

바람이 나부끼는 가지각색의 깃발만큼이나 다양한 출신의 기사와 병사들.

다양한 나라에서 몰려온 듯, 기사들과 병사들의 복색이 무척 다양했다. 이처럼 다양한 인종들이 한데 섞여 있음에도 불구하고 군대의 기강은 삼엄했다.

뜨거운 사막의 햇살 아래에서도 소란스럽거나 흔들리는 구석이 없다.

결전을 앞둔 용사들다운 풍모.

그에 반해 그들의 맞은편에 서 있는 사람들.

즉, 마왕토벌군이 토벌해야 할 대상은 소란스럽고 난잡하기 짝이 없었다.

코흘리개 아이들이 넓게 펼쳐진 천막 안을 운동장인 양 뛰어다니고, 마왕의 하수인이라고 할 수 있는 헬리오스 마탑의 관계자들은 리리아가 싸가지고 온 다과를 펼쳐놓고 한가로운 소풍을 즐기고 있었다.

"많이도 몰려왔군."

"그러게요. 엄청나네요."

오드만과 리자크의 말에 마왕 다크니스가 발끈하여 소리쳤다.

"저게 뭐가 많아? 이 몸을 토벌하러 오려면 적어도 저 규모의 열 배는 끌고 와야지. 안 해! 자존심 상해서 못 싸워! 저놈들더러 남은 놈들 싹싹 끌어 모아서 다시 오라고 해!"

마왕은 흥분하여 길길이 날뛰었지만, 정작 그 말에 신경쓰는 사람은 아무도 없었다. 예전에야 무섭고 두려운 존재였지만, 이젠 넬의 귀여운 애완동물일 뿐이다.

"그런데 아이언과 성교의 깃발이 보이질 않네?"

"그 두 곳은 이번 토벌전에 참가하지 않았습니다. 소문으로는 매지 님과 알케미스트 님의 입김이 작용했다는 것 같습니다."

"매지 님은 그렇다 치고, 알케미스트 님은 왜?"

"글쎄요. 들리는 말로는 스승님의 실력에 감복해서 열렬한 지지자가 되었다는 소문이 있던데…… 뜬구름 같은 소문이라……."

"사실인지 아닌지는 몰라도 아이언이 참가를 안 한 건 정말 다행이구나."

"그럼요. 대륙에서 최고의 전력을 가진 세 곳 중 두 곳이 참전을 안 한 거니까요."

그때, 토벌군에서 한 기의 말이 먼지 구름을 뿌옇게 일으키며 달려왔다.

말 위에 앉은 거만한 표정의 사내가 헬리오스 마탑의 천막을 향해 웅혼한 목소리로 외쳤다.

"난 탈론 왕국의 마들 백작이라고 한다. 그대들 중에 마왕이나 마왕의 사주를 받은 자가 있는가?"

마왕 다크니스가 모습을 드러냈다.

"날 부른 거냐?"

훅 하고 주위를 뒤덮는 거대한 존재감.

마왕의 존재감에 크게 놀란 마들 백작의 말이 앞발을 들며 몸부림을 쳤다. 말안장에 앉아 거들먹거리던 마들 백작이 볼썽사납게 지면으로 내동댕이쳐졌다.

그 모습을 본 다크니스가 끌끌 거리며 웃었다.

"고놈, 마왕님 앞이라고 제법 재롱을 떠는구나. 귀여워서 살려주마."

바닥으로 떨어진 마들 백작이 비틀거리며 몸을 일으켰다. 그 와중에도 제법 호기 있게 소리쳤다.

"마, 마왕에게 권고한다. 항복하라. 그리하지 않으면 끔찍한 결말이 기다리고 있을 것이다."

"항복?"

다크니스가 몸을 크게 일으키며 협박하듯 말했다.

"내가 항복하면? 살려줄 테냐?"

"그, 그건……."

마들 백작은 당황했다.

마왕이 항복하면 과연 살려줘야 할까? 아니다. 그들은 마왕 토벌대다. 마왕을 토벌하기 위해 이 삭막한 사막을 찾아온 것이다.

"역시 안 되겠지?"

마왕이 한껏 비웃음을 날렸다.

마들 백작의 얼굴이 붉으락푸르락 변했다.

"무모한 저항은 그만두는 것이 좋을 것이다. 우리의 군대를 보라. 그대들의 보잘것없는 병력으로는 결코 감당하지 못할 것이다."

"보잘것없다고?"

다크니스가 피식 웃더니 람스를 돌아보았다.

"이런 말까지 들었는데 가만히 있을 수 없지?"

람스가 그의 요청을 받아들였다.

적당한 무력 과시는 협상에 유리하게 작용한다.

람스가 가볍게 손을 펼쳤다.

쩌거거거걱!

헬게이트가 거대한 규모로 무려 세 개나 열렸다.

스키머와 디스터가 각각 하나의 게이트 앞에 서서 자신을 따르는 마족과 마물들을 불러냈다.

마지막 남은 헬게이트를 향해 마왕이 소리쳤다.

"나머지 떨거지들. 나와!"

콜드레인과 그가 이끄는 마왕군이 보무도 당당하게 모습을 드러냈다.

이제 상황은 역전되었다.

헬리오스 마탑이 이끄는 군대가 연합군보다 수 배는 더 많았다.

"히익!"

마들 백작이 비명을 질렀다.

바닥에 쓰러져 바들바들 떨고 있는 그에게 마왕이 말했다.

"가서 전해. 마음 넓은 이 마왕님께서 아량을 베풀어 줄 테니까 그만 까불고 돌아가라고."

"히이이이익!"

마들 백작이 기다시피 뛰며 토벌군으로 돌아갔다.

그러나 마계의 막대한 세력을 보고도 토벌군은 회군하지 않았다.

"저 녀석들. 끝까지 해보겠다는 건가?"

뿌우!

진격을 알리는 나팔소리와 함께 연합군의 파도가 서서히 밀려오기 시작했다.

"살려준다고 하는데도 굳이 죽으려고 달려드는군."

마왕이 큭큭 대며 웃었다.

커다란 그의 눈동자에 살기가 어렸다.

그때, 람스가 자리에서 일어났다.

세가 불리함을 알고 스스로 물러났으면 좋으련만. 뜻대로 되지는 않았지만, 그렇다고 전면전을 벌일 수는 없다.

"저희가 함께하겠습니다."

스키머와 디스터가 나섰다.

람스가 고개를 저었다.

"아니다. 이번은 혼자 하마."

그는 적의 대군을 맞아 홀로 나아갔다.

두두두두두두!

사구를 넘어 밀려드는 군대의 위용은 가히 산사태와 같았다.

람스는 뒷짐을 진 채 군대의 파도 속으로 걸어 들어갔다.

"사악한 마왕의 종자!"

"죽어라!"

광기에 찬 외침과 함께 창과 화살이 소나기처럼 쏟아졌. 위험천만한 상황이건만, 람스는 여전히 뒷짐을 진 손을 풀지 않았다.

기괴한 일이 생긴 것은 바로 그때였다.

성난 외침과 함께 람스를 삼키던 군대.

그들의 선두가 갑자기 낡은 담벼락 무너지듯 허물어졌다.

"뭐, 뭐지?"

"독이다! 놈이 독을 풀었다."

놀란 군대의 외침. 당황하여 우왕좌왕 하는 병사들의 움직임.

람스는 그 모든 일이 자신과 관련이 없다는 듯, 여전히 뒷짐을

진 모습으로 군대의 중앙을 파고들었다. 그의 영역 안으로 뛰어들어온 사람은 기사든 마법사든 이내 의식을 잃고 쓰러졌다. 시간이 지날수록 쓰러진 사람이 기하급수적으로 쌓여갔다.

"아니. 독이 아니야."

마왕의 호출로 중간계로 나온 콜드레인이 중얼거렸다.

"그는 사람의 체온을 빼앗고 있는 거다."

리자크가 불쑥 물었다.

"체온을 빼앗아요?"

콜드레인이 눈살을 찌푸렸다.

무엄한 인간 같으니. 예전 같으면 감히 질문을 던졌다는 이유 하나만으로 죽음을 면키 어려웠을 것이다. 하지만 이제는 그럴 수 없다. 놈의 배후에 마왕이 있기 때문이다.

마왕 다크니스는 힘을 되찾은 이후로도 오드만과 리자크를 특별하게 생각했다.

"어려운 시절을 함께 보낸 친구들이다. 성공한 후에 헌신짝 버리듯이 하는 건 마왕답지 않은 일이지."

대체 뭐가 마왕다운 일인지 모르겠다.

"방금 전에 스승님께서 사람의 체온을 빼앗는다고 했는데…… 그게 무슨 뜻입니까?"

눈치도 없이 리자크가 다시 물었다.

"람스, 그는 화염의 군주. 세상에 존재하는 모든 화염은 모두 그의 것이지. 산 하나를 순식간에 불태울 수도 있고, 반대로 무섭게 타오르는 산불을 한순간에 흡수해버릴 수도 있지."

리자크가 고개를 끄덕였다.

"네, 확실히 대단하시죠."

콜드레인이 그를 힐끔 내려 보며 말을 이었다.

"사람의 체온 또한 일종의 열이다. 때문에 녀석의 지배에서 자유로울 수 없다."

"헉!"

리자크의 입이 떡 벌어졌다.

"그 말씀은…… 스승님께서 사람들의 체온을 빼앗고 있다는 말씀이십니까?"

"인간은 약한 생물이다. 체온이 불과 몇 도만 내려가도 저체온증에 걸리고, 그보다 더 내려가면 손발이 굳고 결국엔 얼어 죽게 되지. 녀석은 토벌군 놈들의 체온을 적당히 뽑아내서 무력화시키고 있는 거야."

콜드레인의 말은 사실이었다.

람스는 사람의 체온을 빼앗을 수 있었다.

사람은 체온이 30도 아래로만 내려가도 신체기능이 저하되고 환각, 기억상실을 증상을 겪는다. 그리고 25도 아래로 내려가면 호흡을 못하고 폐에 출혈이 생기며 결국 죽게 된다.

토벌군의 전력은 대단했지만, 그들이 인간인 이상 람스의 제약에서 벗어날 수는 없었다.

그를 쓰러트리고자 접근한 기사와 병사들은 채 몇 걸음 다가오기도 전에 가슴을 부여잡고 쓰러졌다. 그렇게 체온을 잃고 쓰러지는 것은 마법사들 역시 마찬가지였다. 보통 사람들보다야 저항력이 강하겠지만, 결국엔 람스의 의지를 거스르지 못했다.

뜨거운 열사의 사막 한가운데에서 저체온증으로 쓰러지게 되다니. 누구도 상상하지 못한 사태였다.

람스는 구름처럼 몰려온 병사들을 모조리 쓰러트리며 앞으로 앞으로 나아갔다.

급기야 토벌군을 지휘하는 지휘관들을 찾아냈다.

파랗게 질린 입술로 바닥에 쓰러진 사람들 중 황금 갑옷을 입은 자를 일으켜 세웠다. 그는 제국의 황제가 보낸 공작이었다.

"돌아가서 황제에게 전하라. 알타와 헬리오스 마탑엔 내가 있다. 원한다면 언제든 쳐들어와도 좋다. 하지만 뒷감당은 그대와 그대의 주인이 책임져야 할 것이다."

제국의 공작은 턱을 덜덜 떨며 물었다.

"그대는…… 그대는 중간계를 삼키려 하는가? 이 세상을 멸망시키려 하는가?"

"난 아무것도 원하지 않는다. 그저 내 탑과 내 땅을 지키려는 것일 뿐. 너희가 나의 것을 탐하지 않으면 나 또한 너희의 것을 탐하지 않으리라. 잊지마라. 헬리오스 마탑은 원한을 잊지 않는다."

그 말을 끝으로 람스는 제국의 공작을 놓아주었다. 올 때와 마찬가지로 쓰러진 병사들을 사이를 걸어 본래의 자리로 돌아갔다. 람스가 사라지자 쓰러졌던 병사들이 몸을 털고 일어났다. 그들의 죽음의 문턱까지 몰고 갔던 저체온증은 씻은 듯이 사라지고 없었다.

죽은 사람은 단 한 명도 없었다.

그럼에도 토벌군은 전의를 상실하고 말았다.

토벌군의 사령관인 제국의 공작이 하늘을 올려다보며 탄식을 토했다.

"대륙의 위대한 정신과 혼이 오늘 무참히 짓밟혔도다."

죽은 사람은 없지만, 그 어떤 전쟁에서도 느껴보지 못한 굴욕과 패배감이 그들을 절망케 했다.

그 길로 토벌군은 해산하여 각자의 나라로 흩어졌다.

* * *

토벌군을 물리치고 헬리오스 마탑으로 돌아가는 길에 테디오스가 물었다.

"앞으로 어떻게 할게냐?"

람스가 무슨 소리냐는 듯 팔찌를 내려다보았다.

"오늘은 굴욕을 당하고 물러났지만 녀석들은 언젠가 또 토벌군을 조직할 게다. 이곳에 마왕이 있는 한 끊임없이 몰려올 테지. 그때마다 네가 나설 수는 없다. 또한 영원히 네가 막을 수도 없을 것이다."

람스의 표정은 나쁘지 않았다.

이에 대해서 이미 생각해 둔 바가 있었다.

"알타와 헬리오스 마탑은 강해질 것이다. 지금보다 훨씬 더. 그 어떤 위협에도 굴하지 않을 무력을 갖추게 될 거다."

"어떻게? 무슨 수로?"

람스가 넬과 마왕을 돌아보며 말했다.

"알타는…… 마계와 손을 잡는다."

"뭣?"

전혀 생각지도 못한 말이다.

"말도 안 돼!"

테디오스가 비명처럼 외쳤다.

마계와 손을 잡는다고? 터무니없는 소리다.

하지만 람스는 그렇게 생각하지 않는 모양이었다.

"헬리오스 마탑은 지금도 마계와 잘 어울리고 있다. 헬리오스 마탑이 한 것을 알타 왕국이라고 못하란 법은 없지."

"술탄들이 반대할 텐데?"

"설득해야지."

"그래도 말을 듣지 않으면?"

"잘 설득해야지."

"그래도 안 되면?"

"넬과 다크니스가 바빠지겠지."

"끙."
테디오스가 앓는 소리를 냈다.
"과연 잘될까?"
람스가 빙그레 웃으며 분명한 어조로 대답했다.
"물론!"

* * *

몇 년 후, 대륙엔 붉은 제국이 탄생했다.

『헬 드라이브』 완결

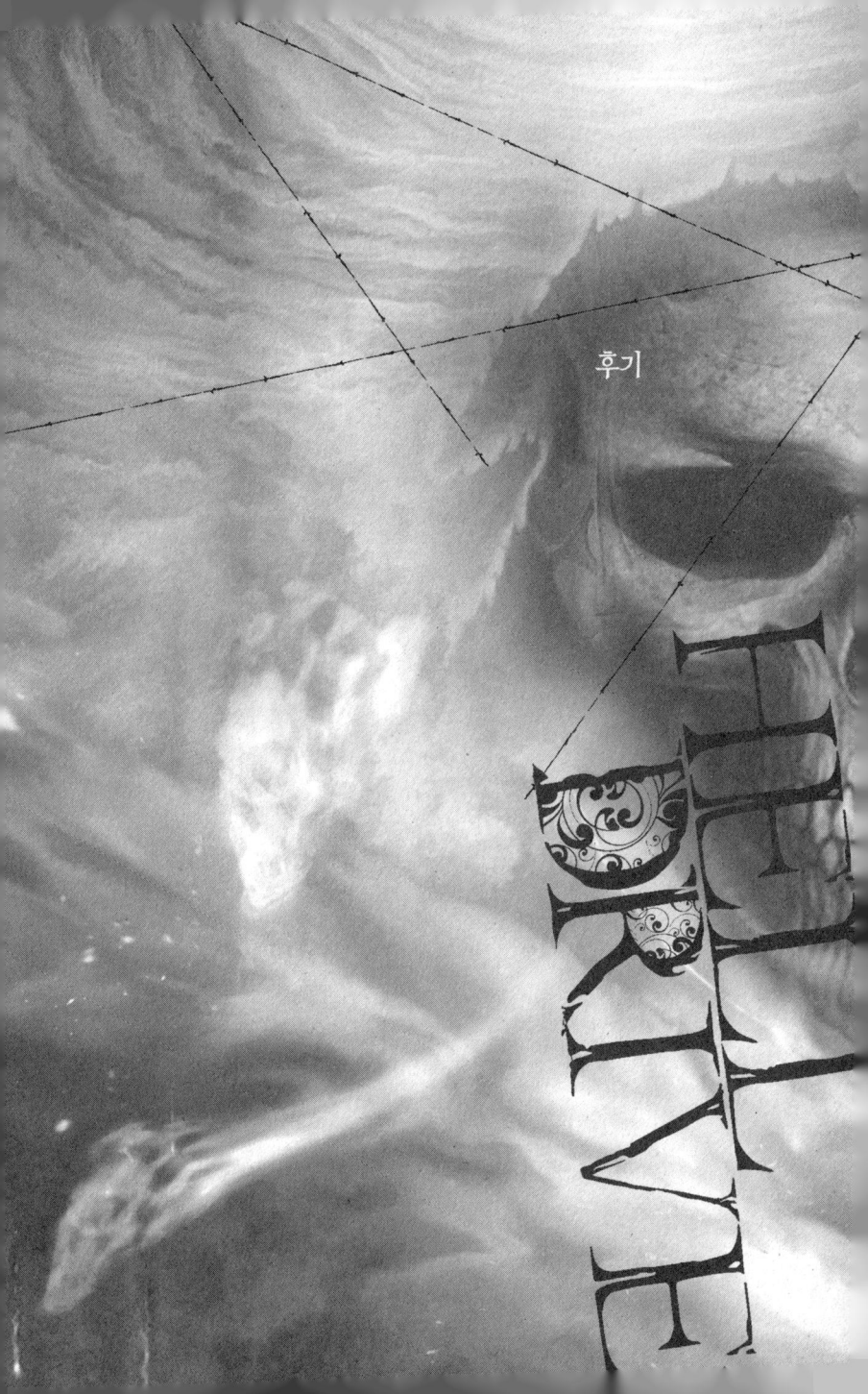

소울드라이브가 끝난 후, 후기에 차기작 제목을 플레임 드라이브가 될 것이라고 했습니다.

그러나 정작 나온 책은 헬 드라이브.

작업을 하다 보니 플레임 드라이브보다 헬 드라이브가 어울린다는 생각이 들었기 때문입니다. 오랜 고민 끝에 결국 헬 드라이브라는 타이틀로 신작이 나오게 되었습니다.

그러고 보니 능력복제술사가 끝난 후에도 차기작으로 언급된 작품 대신 데몬하트가 나왔군요. 앞으로 차기작에 대해 함부로 언급하지 말아야겠다는 생각을 하는 계기가 됐습니다.

헬 드라이브는 소울드라이브의 최종 악당이 주인공이 되면 어떨까, 하는 생각에서 시작된 글입니다. 주인공 람스가 사용하는 기술들은 모두 소울드라이브의 마디오스가 사용한 기술들이거나 그의 변형입니다.

헬 드라이브의 람스는 전작의 주인공들과는 달리 처음부터 완성형에 가까운 무력을 지니고 있습니다. 그렇다보니 기존과는 다른 전개가 필요했는데, 나름 흥미로운 경험이었다 생각합니다.

이쯤 되었으니 차기작에 대해 언급해야 할 터인데, 글쎄요. 두세 작품을 염두에 두고 있는데, 과연 어떤 이야기가 될까요? 어떤 작품이 되든, 작업하는 저에게는 모두 즐거울 것 같습니다.

무더운 여름입니다.

헬 드라이브로 잠시나마 즐거우셨길 바라며, 차기작으로 다시 인사드리겠습니다.

2010. 8. 파주에서 엽사.

Dark Blaze
다크 블레이즈

김현우 판타지 장편소설

FANTASYSTORY & ADVENTURE

『레드 데스티니』, 『골든 메이지』의 작가!
김현우 판타지 장편소설

십 년 전쟁의 승리에 파묻힌 충격적 비화.
제국이 아버지의 죽음을 감췄다!

알파드 공의 죽음과 엘리멘탈 프로젝트의 실체
뒤틀린 진실을 알기 위해 아르미드 남매가 복수의 칼을 들었다!

dream books
드림북스